奥威尔作品

狮子与独角兽

The Lion and the Unicorn

[英]乔治·奥威尔 著　董乐山 贾文浩 贾文渊 译

北京燕山出版社
BEIJING YANSHAN PRESS

十八岁时的奥威尔

一九九三年,英国以奥威尔的名字命名了一个政治写作奖项。这个奖项是英国最重要的政治新闻和写作奖,其评奖标准是"将政治写作变成艺术",涉及政治、道德、思想、历史以及在公共政策、社会和文化中的议题的虚构和纪实作品都可参选。这个奖初设图书、新闻两个奖项,后增设博客奖。

襁褓中的奥威尔

三岁时的奥威尔

十四岁时的奥威尔（右一）和小伙伴

奥威尔在伊顿公学（后排左一）

奥威尔的伊顿公学毕业照（坐第三排右一）

在索斯沃尔德海滩（1934）

在墓园（1936）

在沃林顿饲养的山羊穆里儿（1939）

写作中的奥威尔（1938—1939）

一九三八年奥威尔的身份登记资料

　　我洗过盘子,当过家庭教师,在蹩脚的私立学校里教过书。我还在伦敦一家书店里干过一年多的半日工店员……到了一九三五年左右,我能够靠写作收入生活了,该年年底,我搬到乡下,开了一家小杂货铺。

　　工作之外,我最喜欢做的事情是种花,特别是种菜。我喜欢英国式的烹调和英国啤酒、法国红葡萄酒、西班牙白葡萄酒、印度红茶、浓烈烟草、煤烧的壁炉、烛光和舒服的椅子。我不喜欢城市、闹声、汽车、收音机、罐头食品、中央供暖、"现代式"家具。

——乔治·奥威尔

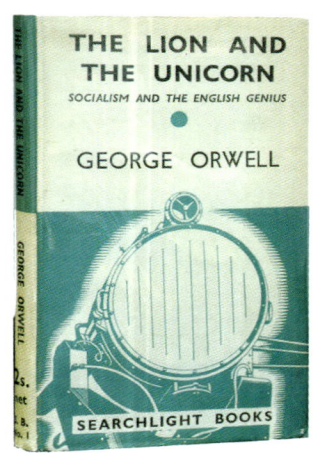

《狮子与独角兽》初版（1941）

即使一种软弱、丑陋、怯懦、体臭而且无论如何再没有生存理由的生物，仍希望按其自己的方式生存下去并保持快乐。我不能逆转现有的价值天平，或者使自己成功，但是我可以接受失败，反过来使它为我所用。我可以自己认命，然后努力在这种条件下求生存。

——乔治·奥威尔

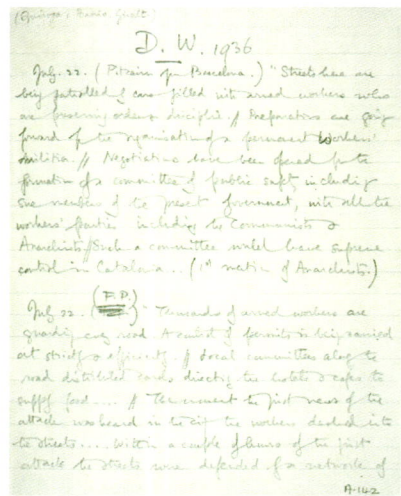

奥威尔日记（1936）

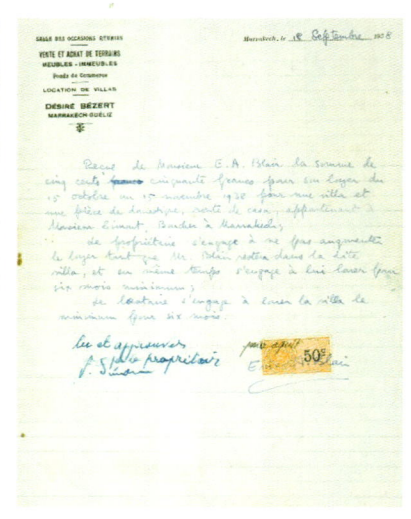

奥威尔手迹（1938）

目录
CONTENTS

代序　我为什么要写作 / 001

收容所 / 001
绞刑 / 011
射象 / 017
书店回忆 / 025
我的简历 / 031
西班牙内战回顾 / 034
如此欢乐的童年 / 043
为小说辩护 / 093
新词 / 102
艺术和宣传的界线 / 114
文学和极权主义 / 120
好的蹩脚作品 / 125
政治与英语 / 130
英国向左还是向右 / 146
狮子与独角兽 / 153

为什么社会主义者不相信乐趣 / 214
为英国式烹调辩 / 222
民族主义记事 / 225
英国式谋杀的衰落 / 247
泡一杯好茶 / 252
观蟾随想 / 255
文学的防卫 / 260

代序　我为什么要写作

乔治·奥威尔

从很小的时候开始，也许是五六岁的时候，我就知道了我长大以后要当一个作家。在大约十七岁到二十四岁之间，我曾经想放弃这个念头，但是我心里很明白，我这么做是违背我的天性的，或迟或早，我会安下心来写作的。

我是三个孩子里中间的一个，两头的年龄差距都是五岁，我在八岁之前很少见到我父亲。为了这个原因和其他原因，我的性格有些孤僻，我很快就养成了一些不讨人喜欢的习惯举止，这使我在整个学生时代不受人欢迎。我有孤僻孩子的那种编织故事和同想象中的人物对话的习惯，我想从一开始起我的文学抱负就同无人理睬和不受重视的感觉交杂在一起。我知道我有话语的才能和面对不愉快事实的毅力，我觉得这为我创造了一种隐蔽的个人天地，我在日常生活中遭到的失败可以在这里得到补偿。不过，我在整个童年和少年时代所写的全部认真的——也就是说真正当作一回事的——作品，加起来不会超过五六页。我在四岁，也许是五岁，写了第一首诗,我母亲把它记了下来。我已经什么都记不得了,除了它说的是关于一只老虎,那只老虎有"椅子一般的牙齿"——这句子造得还够格,不过我想这首诗是抄袭布莱克①的《老虎,老虎》的。我十一岁的时候,爆发了一九一四至一九一八年的战争,我写了一首爱国诗,发表在当地报纸上,两年后又有一首悼念基钦纳②逝世的诗,也登在当地报纸上。我长大了一些以后,不时写些蹩脚的而且常常是没有写完的乔治时代风格的"自然诗"。我也曾两次尝试写短篇小说,都以失败告终,不堪一提。这就是我在那些年代里实际上用笔写下来的全部认真的作品。

但是,在这期间,从某种意义上来说,我确也从事了文学活动。首先是那些我不花什么力气就能很快地写出来的但是并不能为我自己带来很大乐趣的应付差事的东西。除了学校功课以外,我还写些应景诗,那是一种半开玩笑的打油诗,我能够按今天来看是惊人的速度写出来——十四岁的时候,我曾只花了大约一个星期的时间,模仿阿里斯托芬③写了一部押韵的完整诗剧——我还参加了校刊的编辑,有铅印的,也有手稿。这些校刊都是些你无法想象的可笑到可怜程度的东西。我当时为它们所花的力气要比我今天为最无价值的新闻写作所花的力气少得多了。但是与此同时,在大约十五年以上的时间里,我还在进行一种完全不同的写作练习:那便是编造一个关于我自己的连续"故事",一种只存在于心中的日记。我相信这是许多儿童和少年都有的一种共同习惯。我在很小的时候就常常想象我

---

① 布莱克(William Blake, 1757—1827),英国诗人、画家,擅插图。

② 基钦纳(Earl Kitchener, 1850—1916),英国陆军元帅,曾任埃及陆军司令。因攻占喀土穆有功,封为伯爵;后任印度军队司令、埃及和苏丹总督。

③ 阿里斯托芬(Aristophanes,约前448—前385),古希腊喜剧诗人。

是侠盗罗宾汉或什么的,把自己想象为令人刺激的冒险故事中的英雄,但是很快我的"故事"就不再是这种露骨的自我陶醉性质了,而越来越成为对我自己在做的事情和看到的东西的单纯的描述。有时我的脑际会连续几分钟出现这样的话:"他推开门进了房间。一道淡黄色的阳光透过细布窗帘斜照到桌上,上面有一匣半打开的火柴放在墨水缸旁。他右手插在口袋里,向窗前走去。下面的街上有一只黄棕色的猫在追逐一片枯叶",等等,等等。这个习惯一直继续到我二十五岁的时候,贯穿了我还没有从事文学活动的年代。虽然我得花力气寻觅,而且的确花了力气寻觅适当词语,我似乎是在一种外力的驱使下,几乎不由自主地在做这种描述景物的练习。可以想象,这个"故事"一定反映了我在不同的年龄所崇拜的不同作家的风格,不过就我记忆所及,它始终保持了在描述上一丝不苟的特点。

我大约十六岁的时候突然发现了单纯词语本身所带来的乐趣,也就是词语的声音和联想。《失乐园》[①]中这两行:

这样他艰辛而又吃力地

向前:他艰辛而又吃力,

今天在我看来已不是特别精彩了,但是当时却使我全身战栗;用"hee"来拼"he"(他)也增加了快感。至于描述景物的必要性,我早已全部明白了。因此,如果说我在那个时候要写书的话,我要写的是什么样的书就可想而知了。我要写的是大部头的结局悲惨的自然主义小说,里面尽是细枝末节

[①] 《失乐园》,英国诗人弥尔顿(John Milton,1608—1674)的名著。

的详尽描写和明显比喻，而且还尽是成段成段的华丽辞藻，所用的字眼一半是为了取其声音的效果而用的。事实上，我的第一部完整的小说《缅甸岁月》就是一部这种小说，那是我在三十岁的时候写的，不过在这以前很久就已构思了。

我之所以提供这些背景材料是因为我认为不了解一个作家的早期发展的一些情况是无法估量他的动机的。他的题材由他所生活的时代所决定——至少在我们自己生活的这些动荡不安的革命性的年代里是如此——但是在他开始写作之前，他就已经形成了一种感情态度，这是他以后永远也无法摆脱的。毫无疑问，提高自己的气质和避免在还没有成熟的阶段就动起手来，或者陷于一种反常的心态，是他之责任；但是如果他完全摆脱早年的影响，他就会扼杀写作的冲动。除了需要谋一生计以外，我想从事写作，至少从事散文[①]写作，有四大动机。在每一作家身上，它们都有不同程度的存在，而在任何一个作家身上，所占比例随着时间的变化而有不同，要看他所生活的环境气氛而定。这四大动机是：

一、纯粹的自我中心。希望显得聪明，为大家谈论，死后留名，向那些在你童年的时候冷落你的大人出口气，等等，等等。硬说这不是动机，而且不是一个强烈的动机，完全是自欺欺人。作家同科学家、艺术家、政治家、律师、军人、成功的商家——总而言之，人类的全部上层精华——都有这种特性。而广大的人类大众却不是这么强烈的自私。他们在大约三十岁以后就放弃了个人抱负——说真的，在许多情况下，他们几乎根本放弃了自己是个个人的意识——主要是为别人而活着，或者干脆就是被单

[①] 这里的散文是与韵文相对而言，包括小说和随笔，而在中文中，散文一般只指随笔。

调无味的生活重轭压得透不过气来。但是也有少数有才华有个性的人决心要过自己的生活到底，作家就属于这一阶层。我应该说，严肃的作家整体来说比新闻记者更加有虚荣心和以自我为中心，尽管不如新闻记者那样看重金钱。

二、审美方面的热情。欣赏外部世界的美，或者，在另一方面，欣赏词语和它们正确组合的美。享受一个声音的冲击力或者它对另一个声音的冲击力，享受一篇好文章的铿锵有力或者一个好故事的节奏明确。希望分享一种你觉得是有价值的和不应该错过的经验。在不少作家身上，审美动机是很微弱的，但是即使是一个写时论的或者编教科书的作家都有一些爱用的词句，对他有非功利的吸引力；或者他可能特别喜欢某一种印刷字体、页边的宽窄，等等。任何书，凡是超过火车时刻表水平以上的，都不能完全摆脱审美的考虑。

三、历史方面的冲动。希望看到事物的如实面貌，找出真正的事实把它们存起来供后代使用。

四、政治方面的目的——这里所用"政治"一词是指它的最大程度的泛义而言。希望把世界推往一定的方向，改变别人对他们要努力争取的到底是哪一种社会的想法。再说一遍，没有一本书是能够真正做到脱离政治倾向的。有人认为艺术应该脱离政治，这种意见本身就是一种政治态度。

不难看到，这些不同的冲动必然会互相排斥，而且在不同的人身上和在不同的时候有所不同。从本性来说——所谓你的"本性"是指你在刚成年的时候所达到的状态——我是一个头三种动机压倒第四种动机的人。在和平的年代，我可能会写一些讲究辞藻的或者仅仅是描述性的书，而且很可能对我自己的政治倾向几乎毫无意识。但是实际情况是，我却为形势所迫，成了一种写时论的作家。我先在一种并不适合我的职业中度过了五年（缅甸的印度帝国警察部队），后来又经受了贫困和失败的滋味。这增强了我对权威的天生憎恨，使我第一次充分认识到劳动阶级的存在，而且在缅甸的工作使我对帝国主义的本性有了一些了解；但是这些经验还不足以使我具有明确的政治方向。接着来了希特勒、西班牙内战，等等。到了一九三五年年底，我仍没有做出最后的决定。我记得在那个时候写的一首小诗，表达了我的进退维谷的困境。

西班牙内战和一九三六至一九三七年之间的其他事件决定了天平的倾斜，从此我知道了自己站在哪里。我在一九三六年以后写的每一篇严肃的作品都是直接或间接地反对极权主义和拥护民主社会主义的，当然是根据我所理解的民主社会主义。在我们那个年代里，认为你能够避免写这种题材，在我看来几乎是胡说八道。大家都在用某种方式为掩蔽写这种题材。这简单到就是一个你站在哪一边和采取什么方针的问题。你对自己的政治倾向越是有明确意识，你就越有可能在政治上采取行动而不牺牲自己的审美和思想上的独立完整。

我在过去十年之中一直最想要做的事情就是使政治写作成为一种艺术。我的出发点总是由于我有一种倾向性，一种对社会不公的强烈意识。我坐下来写一本书的时候，我并没有对自己说："我要生产一部艺术作品。"我之所以写一本书，是因为我有一个谎言要揭露，我有一个事实要引起大家的注意，我最先关心的事就是要有一个让大家来听我说话的机会。但是，如果这不能同时也成为一次审美的活动，我是不会写一本书的，甚至不会写一篇杂志长文。凡是稍微留心看一看我的作品的人都会发现，即使这是直接的宣传，它也包含了一个职业政治家会认为无关本题的许多内容。我不能够，也不愿意完全放弃我在童年时代所形成的世界观。只要我还健康地活着，我就会继续对散文这一文体抱有强烈的感情，热爱地球表面上的一切事物，对具体的东西和各种知识感兴趣，尽管这些知识是片段的或者无用的。要压抑这一方面的自我，我是做不到的。我该做的是把我天性的爱憎同这个时代对我们所要求的基本上是共同的而不是个人的活动调和起来。

这样做可不容易。这就引起了结构和语言问题，而且这还以一种新的方式提出了真实性的问题。我这里只举一个由此而引起的那种比较明显的困难的例子。我写的那部关于西班牙内战的书《向加泰隆尼亚致敬》当然是一部毫不掩饰的政治作品，但是基本上我是用一种相当超然的态度和对形式的尊重来写的。我在这本书里的确做了很大努力，要把全部真相说出来而又不违背我的文学本能。但是除了其他内容以外，这本书里有很长的一章，尽是引自报纸上的话和诸如此类的东西，为那些被指责与佛朗哥合谋的托派分子辩护。显然这样的一章会糟蹋全书，因为过了一两年后普通读者会对它失去兴趣。一位我所尊敬的批评家教训了我一顿。"你为什么把这种材料放在里面？"他说，"本来是一本好书，你却把它变成了新闻报道。"他说得不错，但我只能这样做。因为我正好知道英国只有很少的人才被允许知道的事情：清白无辜的人遭到了诬告。如果不是由于我感到愤怒，我是永远不会写那本书的。

这个问题以某种方式又出现了。语言问题比较细腻，讨论起来要花太多的时间。我这里只想说，在后来的几年中，我努力写得不那么渲染而更严谨些。不管怎么样，我发现等到你完善了任何一种写作风格的时候，你总是又超越了这种风格。《动物农庄》是我在充分意识到自己在做什么的情况下努力把政治目的和艺术目的融为一体的第一本书。我已有七年不写小说了,不过我希望很快就再写一部小说。它肯定会失败,每一本书都是一次失败,但是我相当清楚地知道,我要写的是一本什么样的书。

回顾刚才写的几页,我发现自己好像在表示我的写作活动完全出于公益精神的驱使。我不希望让这成为最后的印象。所有的作家都是虚荣、自私、懒惰的,在他们的动机的深处,埋藏着的是一个谜。写一本书是一桩消耗精力的苦差事,就像生一场痛苦的大病一样。你如果不是由于那个无法抗拒或者无法明白的恶魔的驱使,你是绝不会从事这样的事的。你只知道这个恶魔就是那个令婴儿哭闹要人注意的同一本能。然而,同样确实的是,除非你不断努力把自己的个性磨灭掉,你是无法写出什么可读的东西来的。好的文章就像一块玻璃窗。我说不好自己的哪个动机最强烈,但是我知道哪个动机值得遵从。回顾我的作品,我发现在我缺乏政治目的的时候我写的书毫无例外地总是没有生命力的,结果写出来的是华而不实的空洞文章,尽是没有意义的句子、辞藻的堆砌和通篇的假话。

一九四六年《流浪汉》第四期夏季号

董乐山 译

收容所

下午快近黄昏的时候,我们四十九个人,四十八个男的和一个女的,躺在草地上等收容所开门。我们累得话也不想多说了。我们就那样精疲力竭地躺在那里,满脸胡楂,嘴里叼着自己卷的纸烟。头顶上,栗树开满了花,再上面,大片大片的云朵在晴空中几乎一动不动地挂着。我们东一个、西一个地躺在草地上,好像是肮脏的城市垃圾。我们弄污了这里的风景,像丢在海岸上的沙丁鱼罐头和纸口袋。

如果说大家说了什么话,说的也只是这个收容所的所长。他是个恶魔,大家都这么认为,一个鞑子,一个暴君,一条咋咋呼呼、骂骂咧咧、铁石心肠的恶狗。他在场的时候,你连大气也不敢出,他好几次在半夜里把胆敢顶嘴的流浪汉赶了出去。轮到你受搜查的时候,他恨不得把你倒过身举起来狠狠地摇一摇抖一抖。要是他抓到你夹带烟草,你就会受到重罚,要是你带着钱进去(这是违法的),那就只有求上帝保佑你了。

我身上有八便士。"我的天,伙计,"那些老油子劝告我,"你可千万别带进去。带八便士进收容所要关七天禁闭!"

于是我把钱埋在树丛下的一个洞里,上面放上一块石头做标记。接着我们就开始想办法把火柴和烟草夹带进去,因为几乎所有收容所都不许带这些东西进去的,你在门口就得把它们交出来。我们把它们塞在袜筒里,约有两成的人没有穿袜子,他们只好把烟草塞在靴子里甚至压在脚趾底下。我们把脚踝塞得鼓鼓囊囊的,要是有人看到,一定以为我们都得了象皮病。不过不成文法规定,哪怕是最严厉的收容所所长也不检查膝盖以下的地方,最后只有一个人被捉住了。那是一个名叫苏格蒂的毛发浓密的小个子,他出生在格拉斯哥的贫民区,说话侉里侉气口音不纯。他的一听烟头在不该掉出来的时候从袜筒里掉了出来,结果被没收了。

六点钟的时候,大门打开了,我们拖拖拉拉地走了进去。大门口有个当差的在登记簿上记下了我们的名字和其他各项,拿走了我们的捆捆包包。那个女的给送到济贫所去,我们其余人到收容所。这是个阴暗、寒冷的地方,用石灰水刷过,一共大约一百间石块铺地的小牢房,只有一间浴室和饭厅。令人生畏的收容所所长在门口接我们,把我们带到浴室,剥光衣服搜查。他年约四十岁,态度粗暴,像个军人,对流浪汉一点也不假脸色,好像在池边给羊洗澡一样,把他们推来推去,大声叱骂。但是等轮到我的时候,他盯着我看了一会儿说:

"你是个上等人?"

"我想是吧。"我说。

他又盯着我看了一会儿。"好吧,那是你不走运,先生,"他说,"不走运。"从此以后,他似乎决定要对我另眼相待,有些同情,甚至尊敬。

那间浴室里的景象真是令人恶心。我们内衣的所有猥亵秘密都暴露无遗:污垢、破绽、补丁、权当纽扣的带子、一层又一层的褴褛衣衫,有的破洞连片,靠污垢黏在一起。这屋子里成了一片热气腾腾的肉林,流浪汉身上的汗臭同收容所原有的令人作呕的粪便味交杂在一起。有些人不愿洗澡,他们只洗了"包脚布",那是流浪汉们用来包脚的肮脏发腻的破布。我们每个人有三分钟洗刷的时间。全靠六条挂在墙上卷筒上的油腻腻的脏毛巾擦身。

我们洗过澡以后,自己的衣服便给取走了,发了济贫所的衣服给我们换上,那是像睡衣一样的灰布衬衣,长可及膝。然后我们被带到饭厅里去,桌上已放好了晚餐。这是千篇一律的收容所伙食,总是同样的东西,不管是早餐、午餐,还是晚餐——半磅面包、一块人造黄油、一品脱所谓的茶。我们花了五分钟才吞下这难以下咽的破饭。然后收容所所长发给我们每人三条床单,赶我们到牢房里去过夜了。七点不到,门的外面就上了锁,一直要锁十二个小时。

牢房都是八英尺长五英尺宽,没有灯具,只有墙上高处一扇小小的铁窗,还有门上的一个窥视孔。屋子里没有臭虫,倒有床架和革垫,这是少有的奢侈品。在许多收容所里,你睡的是一块木板,有的是睡地板,把衣服卷起来当枕头。我一人睡一间屋子,还有一张床,满心希望睡一夜好觉。但是我没有睡好。凡是收容所里,总有什么事情不对头,在这个收容所里,我马上发现的特有缺点是寒冷。五月已经开始了,为了尊重这个季节——也许是对春之神奉献的小小牺牲——当局切断了暖气管里的暖气。布床单几乎一点儿也没有用处。你一夜辗转反侧,刚入睡六分钟就被冻醒了,只好等天亮。

在收容所里总是这样,到我终于舒舒服服入睡时就该起床了。收容所所长重重的脚步从过道中走过来,打开门锁,吆喝我们起床。过道里很快就挤满了身穿皱皱巴巴衬衫的人往浴室里冲,因为早晨那里只有一缸水供我们这些人洗脸，先到先用。我到那里时已有二十个流浪汉洗了脸。我看一眼水面上浮着的污沫，决定这一天就不洗脸了。

我们匆忙穿好衣服，然后到饭厅里去吞早餐。面包比平时更糟，因为那个军人头脑的白痴收容所所长昨天晚上就把它们切成了片，结果硬得像船上的饼干。但是我们度过了这寒冷得不得安眠的夜晚，能喝到茶就感到不错了。我不知道流浪汉们如果喝不到茶，或者不如说是喝不到他们错叫了茶的那玩意怎么办。这是他们的粮食，他们的药，他们医治百病的灵丹妙方。他们一天不喝上半加仑，我真的相信他们是没有勇气存在下去的。

早餐以后，我们又要脱下衣服做体格检查，这是为了预防天花。等了三刻钟医生才来，我们便有时间看看自己的周围，看到我们是些什么样的人。这景象真叫人开了眼。我们在过道里排成两个长行，光着身子，冻得瑟瑟发抖。发蓝的寒冷的灯光无情地把我们照得一清二楚。除非亲眼看到过这种情况，任何人都无法想象我们那种肚皮松弛，形状猥亵，如丧家狗一样的丑态。一头蓬乱的头发，满脸胡楂和皱纹，低陷的胸膛，平板的脚底，松弛的肌肉——各种各样的体格畸形和败坏退化都在那里。个个都皮肤松垮，脸色灰暗，所有的流浪汉都是那样，原来因为被太阳晒得黑黑的，才看不出来。我的脑海里永远抹不掉在那里看到的两三个人的形象。患有疝气、眼泪汪汪的七十四岁的"老爷子"；一个胡须稀疏，双颊瘦削的皮包骨饿汉，看上去活像一幅早期油画中的拉撒路① 的尸体；一个嘴里发出嘻嘻笑声的东游西逛的低能儿，裤子不断地掉下来，露出了屁股，使他觉得又不好意思又好玩。不过我们其他的人很少比他们强到哪里去，一共只

---

① 拉撒路，《圣经》中的人物，生前历经苦难死后进入天堂的一个病丐。

有不到十个人的体格还算可以,一半的人我认为早应该住进医院里去的。

由于是星期天,我们要留在收容所里过周末。大夫一走,我们就被赶到饭厅里去,身后的门就被关上了。这是一间石灰水刷过、石块铺地的屋子,家具只有木板桌子和板凳,说不出的单调景象,而且有一种牢房气味。窗户很高,看不到外面,屋子里的唯一装饰是一套挂在墙上的规则,谁要是稍有行为失检就要遭到严惩。我们挤满了屋子,胳臂稍微动一动就要蹭到别人。才只有上午八点,我们关在那里就感到无聊了。没有什么可以交谈的,除了路上的一些无关紧要的见闻,还有哪个收容所好,哪个坏,哪个县里的人心慈,哪个县里的人心狠,警察局和救世军怎么欺侮人等。流浪汉很少能不谈这些事情;他们除了所谓"行话"以外,就没有什么可谈的了。他们没有什么可以称作是"交谈"的话题,因为肚子空空使他们灵魂空虚。世道对他们是太过分了。他们吃了上一顿就从来不知下一顿在哪里,因此他们心里想的就只能是下一顿吃什么。

两小时慢吞吞地过去了。"老爷子"年纪大了,有些痴呆,他默不作声地坐在那里,背弯着像一把弓,发炎的眼睛不断地流着泪水,慢慢地滴在地上。一个叫乔治的肮脏的老流浪汉以戴着帽子睡觉这个怪习惯出名,他嘟囔着在路上丢失了一包面包。叫皮尔的叫花子是我们中间体格最壮的,他在收容所待了十二小时后还满嘴啤酒气,他在讲讨钱的故事,讲在小酒馆里有人请他喝了多少啤酒,讲有一个牧师向警察告发,把他关了七天。威廉和弗雷德是从诺福克来的两个以前打鱼的,在唱一首伤心的歌,那是关于不幸的贝拉的故事,她遭人遗弃,死在雪地里。那个低能儿在胡言乱语,说有个有钱人曾经给他二百五十七块金币。这样,在无聊的闲话和脏话中,时间就过去了。大家都在抽烟,只有苏格蒂没有,他的烟草被没收了,他没有烟抽,样子很难受,我就给了他可以卷一支烟的烟草。我们偷偷地抽着,一听到收容所所长的脚步声,就像小学生一样把烟卷藏了起来,因为抽烟虽然默许,但制度上还是禁止的。

大多数流浪汉在这单调的屋子里已连续待了十小时。很难想象他们是怎么熬过来的。我开始觉得,无聊是流浪汉最难熬的事了,比饥饿和颠沛流离还难受,甚至比经常在社会上被人瞧不起还难受。把一个粗人整天关在那里没有事可做,是一件残酷的蠢事;这就像把狗拴在一只大桶里一样。只有受过教育的人可以从内心求得安慰,能够受得了这样的监禁。流浪汉几乎全都不识字,他们在贫困面前心里一片空白,没有办法。让他们在硬板凳上呆坐十小时,他们不知怎么打发时间是好,他们想的就只是抱怨运气不好,但愿有什么活可干。他们没有忍受闲着无事可做的能耐。由于他们一生之中有这么多的时间给闲荡掉了,他们深感无聊的痛苦。

我比别人幸运得多,因为十点的时候,收容所所长把我叫去干收容所里最令人垂涎的活儿,那就是到济贫所厨房里去帮厨。其实那里并没有什么活儿,因此我能够溜开,躲到一间储存土豆的棚里,同济贫所里的几个贫民待在一起,他们躲在那里是为了逃避星期天上午的礼拜。那里烧着一只炉子,还有舒服的木板箱可以坐,过期的《家庭先驱》可以读,甚至还有一份济贫所图书馆那里借来的《奖券报》。在收容所待过以后,这里可以算是天堂了。

而且,我还在济贫所吃了一顿午饭,那是我吃过的最丰盛的一餐了。不论在收容所里还是在外面,流浪汉一年是不可能吃到两顿这样的美餐的。那些贫民告诉我,他们星期天都要吃撑为止,然后这个星期其他六天就饿着肚子。吃过饭后,厨子叫我去洗碗,告诉我把吃剩的扔掉。浪费是惊人的:

大盘大盘的牛肉、成桶成桶的面包和蔬菜就像垃圾一样给扔掉了，上面还倒上茶叶渣。我扔掉的好端端的食物足足把五只垃圾桶装得满满的。我在这么做的时候，二百码外就有我的流浪汉同伴们坐在收容所里，千篇一律的面包和茶这种收容所午饭只填饱了他们一半肚子，由于是星期天，也许还有两个已发冷的煮土豆加餐。看来，这些食物是有意丢掉而不给流浪汉吃的。

　　三点的时候，我离开济贫所的厨房，回到收容所。在那间拥挤的不舒服的屋子里，无聊已到了无法忍受的程度了。甚至烟也不再抽了，因为流浪汉的唯一烟草来源是捡来的烟头，就像放养的牛羊一样，他离开了人行道——他的牧场——太远，他就要挨饿。为了打发时间，我同一个看起来比别人似乎优越一些的流浪汉搭讪，他是个穿衬领打领带的年轻木匠，据他说因为缺一套工具只好当了流浪汉。他同其他的流浪汉保持一定距离，模样仿佛是个自由人而不是领救济的。他还有文学趣味，流浪途中一直带着一本司各特①的小说。他告诉我，他若不为饥饿所迫是不进收容所的，他宁可睡在树丛下、草堆上。有一阵子，他在南部海岸流浪时，白天讨钱，晚上睡在游泳场更衣车里，一连几个星期。

　　我们谈论流浪路上的生活。他批评目前这种让流浪汉一天十四小时待在收容所里，其他十小时走路和躲避警察的制度。他谈到自己的情况，只是由于缺少价值三英镑的工具，他成了社会的负担，已有六个月了。这是荒谬的，他说。

　　我于是把济贫所厨房里食物浪费的情况告诉他，还有我的看法。一听

---

① 司各特（Walter Scott，1771—1832），英国小说家，著有《艾凡赫》。

到这个，他马上改了腔调。我发现我唤醒了每个英国手艺工人内心深处的正统教徒意识。虽然他同其他的人一样挨着饿，但是他立刻看到这些食物应该扔掉而不应该给流浪汉吃的理由。他相当严厉地教训了我一顿。

"他们必须那样做，"他说，"如果他们把这些地方弄得太舒服，全国的瘪三都会拥到这里来了。只有靠吃得不好才把那些瘪三赶得远远的。这些流浪汉太懒，不愿做工，这就是他们唯一的毛病。你不该去鼓励他们的。他们都是瘪三。"

我举出理由来辩论，说明他是错的，但是他不听。他只是重复："你不该对这些流浪汉有什么怜悯——他们都是瘪三。你不该用判断你和我那样的人的标准去判断他们。他们是瘪三，就是瘪三。"

看到他怎样巧妙地把自己同这些流浪汉同伴区分开来，是很有趣的事。他已流浪了六个月，但他似乎是说，在上帝的眼里，他不是个流浪汉。他的身体可能在收容所，但是他的灵魂已经高高地升起，飘在中产阶级的更加纯洁的太空里。

时钟的指针走得令人难熬的慢。我们如今无聊得连话都不想说了，唯一的声音是咒骂声和此起彼伏的呵欠声。你强迫自己不去看钟，过了很长时间，仿佛一辈子似的，回过头去再看，指针才走了半分钟。无聊仿佛冰凉的羊脂油蒙了我们的心似的。连骨头都痛了。指针还只停在四点，晚饭要等到六点才开。

六点钟终于到了，收容所所长和他的助手送饭来了。连连打呵欠的流浪汉一到吃饭时间就像狮子一样顿时来了精神。但是这顿饭令人失望得感到沮丧。面包在早晨已经够硬的了，此刻硬得连最尖利的牙齿也咬不动，根本不能下咽。年纪大一些的人几乎没有吃什么，没有一个人能够吃完自己的一份,虽然我们大多数人都感到很饿。我们吃完以后,马上发给我们床单,又一次给赶到四壁空空的阴冷的小牢房里去。

十三个小时过去了。七点我们又被叫醒了,赶到浴室去抢着用水,然后就着茶吞下面包。我们在收容所的时间待满了,但是在大夫检查了我们身体之前,我们还不能走,因为当局对天花极为恐惧,深恐流浪汉传播。这次,大夫让我们等了两个小时,到了十点钟我们才终于逃离了那里。

最后到走的时候,我们给放到院子里。在阴暗发臭的收容所待过以后,一切看上去都是那么明亮,和风吹得那么舒服。收容所所长把原先没收的东西发还给每个人,还发了一块面包和乳酪当中饭,然后我们上了路,急着把收容所和它的纪律撇在脑后。现在是我们获得自由的间歇。在浪费了一天两晚的时间以后,我们有大约八个小时可以闲逛,在路上捡烟头、讨钱、找工作。同时,我们得赶十英里、十五英里,或者可能二十英里的路,到下一个收容所去,到了那里,一切又重新来一遍。

我找到藏起来的八便士,同诺贝一起上了路,他是一个样子还体面,但是情绪低落的流浪汉,随身带着一双备用的靴子,到一个地方就去职业介绍所找工作。我们其他的一些同伴就四分五散,各奔东西了,就像一些钻到床垫中去的臭虫一样,只有那个低能儿在收容所大门外徘徊,一直到收容所所长把他赶走。

诺贝和我向克罗顿进发。这条路很安静,没有汽车开过,栗树被它大蜡烛一样的花覆盖着。一切都是那么安静,空气那么清新,很难想象只在几分钟之前我们还同那帮流浪汉一起被关在阴沟臭和肥皂味的收容所里面。别人都不见了;我们两个似乎是路上的仅有的两个流浪汉。

这时我听到后面有匆忙的脚步声赶来,有人拍了一下我的肩膀。这是矮个子苏格蒂,他气喘吁吁地追上了我们。他从口袋里掏出一只生锈的铁皮罐。他面露友好的笑容像一个还人情的人一样。

"这个给你,伙计,"他诚挚地说,"我欠你几支烟头。你昨天请我抽了烟。我们今天早上出来的时候收容所所长把我这一罐头的烟头还给了我。好心应该有好报——给你。"

他把四个肮脏得令人恶心的发潮的烟头塞到我的手中。

一九三一年四月《阿代尔非》

董乐山 译

绞　刑

　　那是在缅甸，一个雨水湿透的早晨。惨淡的灯光像黄色的锡纸斜照过高墙，照到监狱的院子里。我们等在死囚牢房的外面，那是一排平房，正面钉着两重铁栅栏，就像关动物的小笼子。每间牢房大约十英尺见方，里面空空如也，只有一张木板床和一壶饮用水。在几间牢房里，棕色皮肤的人默默地蹲在里面的一道铁栅栏后，床单裹着身子。他们都是死囚，在一两个星期内就要被绞死。

　　有一个囚犯已给带出了牢房。他是个印度人，身材瘦小，剃了光头，眼睛混浊。他长着浓密茂盛的胡子，大得同他的身材很不相称，显得可笑，很像电影里滑稽角色的胡子。有六个高大的印度狱卒看守着他，为把他送上绞刑台作准备。其中两个扛着上了刺刀的步枪站在一旁，其余几个在给他上手铐，把一条铁链穿过他的手铐再系到他们的腰带上，然后又把他的胳膊在他身子两侧捆紧。他们挨他很近，手总是放在他身上，小心地抓着，好像时刻要感觉到他在那里，就像对一条仍旧活着、可能跳回到水里去的鱼一样。但是他站在那里，一点儿也没有反抗，听任双臂给绳子缚紧，好像他根本没有注意到发生了什么事情。

钟敲了八下,有一声军号从远处营房那里飘过来,在湿漉漉的空气中,声音显得很轻,有点凄凉。监狱长同我们其余的人分开站着,他闷闷不乐地用手杖在沙砾地上戳着,一听到号声就抬起头来。他是个军医,留着牙刷一样的灰色胡子,声音粗哑。"快些,快些,弗朗西斯,"他不快地说,"这人现在早该死了。你难道还没有准备好?"

狱卒头子弗朗西斯是个身体肥胖的达罗毗荼人①,他身穿白色斜纹粗布工作服,鼻子上戴着一副金丝边眼镜,他挥一下黑色的手。"好了,长官,好了,"他赶紧说,"一切都准备好了,没有问题。刽子手正等在那里。我们可以去了。"

"那么快走吧。这活不干完,犯人们还不能吃早饭呢。"

我们向绞刑台进发。两个狱卒走在囚犯的两旁,肩上扛着步枪;另外两个紧挨着他,抓住他的肩膀和胳膊,好像是一边推着他,一边扶着他。我们其余的人,包括法警等人跟在后面。我们刚走了十码远,行列突然停止了,事前没有命令或警告。一件令人意想不到的事情发生了——不知从哪里蹿出来的一条狗,出现在院子里。它大声吠叫,冲到我们中间来,围着我们蹿跳,全身摇晃,看到有这么多的人在一起,十分兴奋。这是一条多毛的杂种大狗。它在我们周围蹿跳了一阵子,就突然冲向囚犯,跳起来想舔他的脸,我们都来不及阻止。大家都吓呆了,站在那里,惊慌之下竟没有人敢去抓那条狗。

"谁放这条该死的畜生进来的?"监狱长生气地问道,"你们快抓住它!"

---

① 达罗毗荼人,印度的一个民族。

押送囚犯的队伍中有个狱卒走出来，笨手笨脚地追那条狗，但是那狗奔跑着蹦跳着不让他走近，好像这是一场游戏似的。一个年轻的欧亚混血狱卒抓起一把石子扔去，想把那条狗赶走，但是它躲过了石子，又向我们奔来。它的叫声在狱墙上发出回声。那个囚犯给抓在两名狱卒手中，一点儿也不觉得好奇地看着，好像这是绞刑的一个手续。过了几分钟才有人设法抓住了那条狗。然后大家用我的手帕拴住它的领圈，再次出发，那条狗仍在挣扎着、呜咽着。

到绞刑台有四十码左右的距离。我看着那个囚犯赤裸着棕色后背走在我的前面。他的胳膊给捆紧了，走路有些不便，但是他走得很稳，那种一颠一颠的步态是膝盖从来不伸直的印度人的特有步态。他每走一步，肌肉就一张一弛，脑袋上的那绺头发上下舞动，双脚在湿地上留下脚印。有一次，尽管有狱卒抓住他的两肩，他还是稍微侧身，躲开地上的一洼水。

这是一件很奇怪的事，但是一直到这时候为止，我从来没有认识到杀死一个健康的神志清醒的人意味着什么。当我看到那个囚犯闪开一边躲避那洼水时，我才明白把一个正当壮年的人的生命切断的意义，它的无法用言辞表达的错误。这个人并不是病得快死的人，他像我们一样是活人。他身上的所有器官都在工作——肠子在消化食物，皮肤在更新，指甲在生长，组织在形成——所有这一切都在一本正经地傻忙着。他站在绞刑台上时，他吊在半空中还有十分之一秒可以活时，他的指甲仍在生长。他的眼睛看到黄色的沙石和灰色的墙头，他的脑子仍在记忆、预见、思考——甚至想到那洼水。他和我们都是一起同行的人，看到的、听到的、感觉到的、了解到的都是同一个世界；但是在两分钟之内，啪的一声，我们中间有一个人就去了——少了一个心灵，少了一个世界。

绞刑台设在一个小院子里，同监狱的大院分开，长满了高高的刺人的野草。这是用砖头砌的，像一所三面有墙的平房，上面铺着木板，木板的顶上有两条大梁和一条横杆，横杆上挂着绳子。刽子手是个头发花白的囚犯，身穿白色的监狱制服，他等在绞刑架旁边。我们进去时他向我们谄媚地低头哈腰相迎。弗朗西斯一声令下，两个狱卒把囚犯抓得更紧了，他们半推半拉地把他带到绞刑台前，帮他笨手笨脚地爬上了阶梯。然后刽子手爬了上去，把绞索套到了囚犯的脖子上。

　　我们在五码外的地方站着等。狱卒们围着绞刑台成了一个大致的圆圈。在绞索套好了以后，那个囚犯就开始喊叫他的上帝了。这是一阵高声重复的喊叫，"罗摩①！罗摩！罗摩！罗摩！"他叫得不急，也不像祷告或求救那样害怕，而是不慌不忙有节奏的，几乎像教堂的钟声那样。那条狗听到叫声就呜咽起来。刽子手仍站在绞刑台上，拿出一只像面口袋一样的小布袋，套在囚犯的头上。但是叫声仍在继续，只是隔了一层布而有些发闷，一遍又一遍地叫着："罗摩！罗摩！罗摩！罗摩！"

　　刽子手爬下绞刑台，站在那里，准备着，手放在拉杆上。似乎有好几分钟过去了。那个囚犯的不慌不忙的闷叫声仍在继续，"罗摩！罗摩！罗摩！"从来不打顿。监狱长的脑袋耷拉在胸前，手杖慢慢地拨弄着地面；也许他在数喊声，让囚犯喊到一定数目——五十声，也许一百声。大家的脸色都变了。印度人的脸色发灰，像劣质咖啡，不知有一把还是两把刺刀在摇晃。我们看着那站在绞刑台上被绳子捆着、脑袋蒙着的囚犯，听着他的喊叫——叫一声就是一秒钟的生命，我们心里都是一个想法：唉，快点

---

　　① 罗摩，印度教神名，最高神毗湿奴的化身。

杀了他吧,快点把事办完,别让他再发出这讨厌的叫声了!

监狱长忽然下定了决心。他抬起头,迅速地挥一下手杖。"查洛!"他几乎愤怒地叫了一声。

咯噔响了一声,接下来是一片沉默。囚犯消失了,绳子自己转着绞了起来。我放了狗,它立刻蹿奔到绞刑台的后面,但是它一跑到那里就止了步,吠叫着。接着又缩回到院子的一个角落里去,站在野草丛里,胆怯地望着我们。我们绕到绞刑台的后面去视察囚犯的尸体。他吊在那里,脚趾笔直朝下,身子慢慢地转动着,已经死了。

监狱长伸出手杖,戳一戳赤裸的尸体,它轻轻地摆动一下。"他没事了。"监狱长说。他从绞刑台下退出来,深深地透了一口气。闷闷不乐的表情突然从他的脸上消失了。他看一下手表:"八点零八分。好吧,今天上午就这么着了,谢谢上帝。"

狱卒卸下了刺刀,开步走开了。那条狗也清醒过来,明白了刚才行为失检,乖乖地跟着他们。我们走出绞刑台的院子,走过死囚室和里面等着的死囚,回到了监狱中央的大院子。在带着警棍的狱卒的监督下,囚犯们已经开始领早餐了。他们一长排蹲在那里,每人手里端着一只铁皮缸子,两名狱卒提着饭桶舀饭给他们;在绞刑以后,这个景象看上去很安宁祥和。我们大家因为该做的事已经做完而感到松了一口气。你感到有想要唱歌、奔跑、大笑的冲动。刹那间大家都开始在轻松愉快地交谈了。

那个走在我身旁的欧亚混血儿用头指一指我们过来的方向,心照不宣地微笑道:"你知道吗?长官,咱们的朋友(他指的是死去的那个人)听到上诉被驳回,尿了一裤裆。那是给吓的。请你不要客气,抽一支烟,长官。我这新买的银烟盒怎么样,长官?这是从小摊上买的,两个卢比零八个安纳。高级的欧洲式样。"

有好几个人笑了——到底笑什么,似乎谁也不知道。

弗朗西斯走在监狱长身边,喋喋不休地唠叨着:"真是不错,长官,一切进行得十分令人满意。一切都很快结束了——咔嚓一下,就是那样。以前并不是总能这样的——哦,不!我知道有几次还得要请医生来钻到绞刑台下去拉囚犯的腿才肯定他死了。真是够讨厌的!"

"还在扭动,唔?那太糟了。"监狱长说。

"啊,长官,他们不听指挥时更糟!我记得有一个人在我们去带他时死拽住笼子的铁栏不放。说来不像话,长官,派了六个狱卒才把他拉开,三个人扯一条腿。我们向他讲道理。'朋友,'我们说,'你想想,你这样给我们招来多少麻烦!'但是他不听!啊,他真是不好对付!"

我发现我在大声笑着。大家都在笑。甚至监狱长也宽容地咧着嘴。"你们不如都出来一起喝一杯,"他很和蔼地说,"我有一瓶威士忌在车上。我们可以喝了它。"

我们走出监狱的双扇大门,到了路上。"拉他的腿!"一个缅甸法警忽然说道,咯咯地大笑起来。我们大家又都笑了起来。这时,弗朗西斯的故事似乎特别好笑。我们大家在一起相当亲热地喝了一杯酒,本地人和欧洲人都一样。那个死人就在一百码以外的地方。

一九三一年八月《阿代尔非》

董乐山　译

射 象

在下缅甸的毛淡棉①,我遭到很多人的憎恨——在我一生之中,我居然这么引起重视,也就仅此一遭而已。我当时担任该市的分区警官,那里的反欧洲人情绪非常强烈,尽管漫无目的,只是在小事情上发泄发泄。没有人有足够胆量制造一场暴乱,但是要是有一个欧籍妇女单身经过市场,就有人会对她的衣服吐槟榔汁。作为一个警官,我成了明显的目标,只要安然无事,他们总要捉弄我。在足球场上,会有个手脚灵巧的缅甸球员把我绊倒,而裁判(又是个缅甸人)会装着没瞧见,于是观众就幸灾乐祸地大笑。这样的事发生了不止一桩。到了最后,我走到哪里,哪里就有年轻人揶揄嘲笑的黄脸在迎接我,待我走远了,他们就在后面起哄叫骂,这真叫我的神经受不了。闹得最凶的是年轻的和尚,该市有好几千个,个个似乎都没有别的事可做,只是站在街头,嘲弄路过的欧洲人。

这使我十分着恼,也使我不解。因为那时我已认清帝国主义是桩邪恶的事,下定决心要尽早辞职滚蛋。从理论上来说——那当然是在心底里——

---

① 毛淡棉,缅甸孟邦首府,莫塔马湾重要港口,全国第三大城市。

我完全站在缅甸人一边，反对他们的压迫者英国人。至于我所干的工作，我是极不愿意干的，这种不愿意的心情非我言语所能表达。在这样的一个工作岗位上，你可以直接看到帝国主义的卑鄙肮脏。可怜巴巴的犯人给关在臭气熏天的笼子里，长期监禁的犯人菜色的脸，被竹杖鞭打后瘢痕斑斑的屁股——这一切都使我有犯罪的感觉，压迫得我无法忍受。但是我无法认清楚这一切。我当时很年轻，没有受过什么教育，我不得不独自默默地思索着这些问题，在东方的英国人都承受着这种沉默。我当时甚至不知道大英帝国已濒于死亡，更不知道它比将要代替它的一些新帝国要好得多。我只知道我被夹在中间，我一边憎恨我所为之服务的帝国，但我又生那些存心不良的小鬼头的气，他们总是想方设法使我无法工作。我一方面认为英国统治是无法打破的暴政，一种长期压在被制服的人民身上的东西；另一方面我又认为世界上最大的乐事莫过于把刺刀捅入一个和尚的肚子。这样的感情是帝国主义正常的副产品；随便哪个英属印度的官员都会这么回答你，要是你能在他下班的时候问他。

　　有一天发生了一件事，很能间接地说明问题。这本是一件小事，但它使我比以前更清楚地看到了帝国主义的真正本质——暴虐的政府行为处事的真正动机。有一天清早，镇上另一头的一个派出所的副督察打电话给我，说是有一头象在市场上横冲直撞，问我能不能去处理一下。我不知道该怎么办，但是我想看一看究竟，就骑马出发了。我带上了步枪，那是一支老式的点四四口径温切斯特步枪，要打死一头象，这枪太小了，不过我想枪声可能起恐吓作用。一路上有各种各样的缅甸人拦住我，告诉我那头象干了些什么。这当然不是一头野象，而是一头发情的驯象。它本来是用铁链锁起来的，发情的驯象都是如此，但在头一天晚上它挣脱锁链逃跑了。唯一能在发情期制伏它的驯象人出来追赶,但奔错了方向,已到了要走十二小时的路程之外,而这头象在清早又突然出现在镇上。缅甸人平时没有武器,对它毫无办法。它已经踩平了一所竹屋,踩死了一头母牛,撞翻了几个水果摊,饱餐了一顿;它还碰上了市里的垃圾车,司机跳车逃跑,车子被它掀翻,乱踩一气。

缅甸副督察和几名印度警察在发现那头象的地方等我。这是个贫民区,在一个陡峭的山边,破烂的竹屋子挤在一起,屋顶铺的是棕榈叶。我记得那是个就要下雨的早晨,天空乌云密布,空气沉闷。我们开始询问大家,那头象到哪里去了,像平常一样,得不到确切的情报。在东方,情况总是这样:在远处的时候,事情听起来总是很清楚,可是你越走近出事的地点,事情就越模糊。有的人说,那头象朝那边去了,有的人又说是另一个方向,有的甚至说根本不知道有什么象逃跑的事。我几乎觉得整个事情可能都是谎话,这时忽然听到不远的地方有人在嚷嚷。我听到一声惊恐的喊叫:"走开!孩子!马上给我走开!"这时我见到一个老妇人手中拿着一根树枝从一所竹屋的后面出来,使劲地赶着一群赤身裸体的孩童。后面跟着另外一些妇女,嘴上啧啧出声,表示惊恐;显然那里有什么东西不能让孩子们见到。我绕到竹屋的后边,看到一个男人的尸体躺在泥中。他是个印度人,一个黑皮肤的德拉维人苦力,身上几乎一丝不挂,死去没有几分钟。他们说那头象在屋子边上突然向他袭来,用鼻子把他捉住,一脚踩在他背上,把他压扁在地上。当时正好是雨季,地上泥土很软,他的脸在地上划出了一条槽,有一尺深,几尺长。他俯扑在地上,双手张开,脑袋扭向一边。他的脸上尽是泥,睁大双眼,龇牙咧嘴,一脸剧痛难熬的样子(可别对我说,凡是死者的脸上表情都是安详的。我所见到的尸体中,大多数是惨不忍睹的)。

大象的巨足在他背上撕开皮,像人剥兔皮一样干净利落。我一见到尸体,就马上派人到附近一个朋友的家里去借一支打象的步枪来。我已经把我的马送走,免得它嗅到象的气味,受惊之下把我从它背上颠下来。

　　派去的人几分钟以后便带着一支步枪和五颗子弹回来,这中间又有几个缅甸人到过,告诉我们,那头象就在下面的稻田里,只有几百码远。我一起步走,几乎全区人人都出动了,他们从屋里出来跟着我。他们看到了步枪,都兴奋地叫喊说我要去打死那头象了。在那头象撞倒踩塌他们的竹屋时,他们对它并不表现出有多大的兴趣,可是如今它要给开枪打死了,情况忽然之间就不同了。他们觉得有点好玩,英国群众也会如此。此外,他们还想弄到象肉。这使我隐隐约约地感到有些不安。我并没有打算打死那头象——我派人去把那支枪取来只不过是在必要时进行自卫而已——而且有一大群人跟在你后面总是令你有些神经紧张。我大步下山,肩上扛着那支步枪,后面紧紧跟随着一群越来越多的人,看上去一定像个傻瓜,心中也感到自己成了一个傻瓜。到了山脚下,离开了那些竹屋子,有一条铺了碎石子的路,再过去,就是一片到处都是泥浆的稻田,有一千码宽,还没有犁过田,因为下过雨,田里水汪汪的,零零星星地长着一些杂草。那头象站在路边八码远的地方,左侧朝着我们。它一点儿也没有注意到群众的靠近。它把成捆的野草拔下来,在双膝上拍打,打干净了以后就送进嘴里。

　　我在碎石路上就停了步。我一见到那头象就完全有把握知道不应该打死它。把一头能做工的象打死是桩严重的事,这等于是捣毁一台昂贵的巨型机器,事情很明显,只要能够避免就要尽量避免。在那么一段距离之外,那头象安详地在嚼草,看上去像一头母牛一样没有危险。我当时想——我现在也这么想——它的发情期大概已经过去了,因此它顶多就是漫无目的地在这一带闲逛，等驯象人回来逮住它。何况，我当初根本不想开枪打它。因此我决定从旁观察，看它不再撒野了，我就回去。

但是这时我回头看了一眼跟我来的人群。人越聚越多，至少已经有两千人了，把马路两头都远远地堵死了。我看着花花绿绿衣服上的一张张黄色的脸，这些脸上都为了这一点看热闹的乐趣而现出高兴和兴奋的神情，大家都认定这头象是必死无疑了。他们看着我，就像看着魔术师变戏法一样。他们并不喜欢我，但是由于我手中有那支神奇的枪，我就值得一观了。我突然明白了，我非得射杀那头大象不可。大家都这么期待着我，我非这么做不可；我可以感觉得到他们两千个人的意志在不可抗拒地把我推向前。就在这个当儿，就在我手中握着那支步枪站在那儿的时候，我第一次看到了白人在东方的统治的空虚和无用。我这个手中握枪的白人，站在没有任何武装的本地群众前面，表面看来似乎是一出戏的主角；但在实际上，我不过是身后这些黄脸的意志所推来推去的一个可笑的傀儡。这时我看到，一旦白人开始变成一个暴君，他就毁了自己的自由。他成了一个空虚的、装模作样的木头人，常见的白人老爷的角色。因为正是他的统治使得他一辈子要尽力镇住"土著"，因此在每一次紧急时刻，他非得做"土著"期望他做的事不可。他戴着面具，日子长了以后，他的脸按照面具长了起来，与面具吻合无间了，我非得射杀那头象不可，我在派人去取枪时就不可挽回地表示要这样做了。白人老爷的行为必须像个白人老爷；他必须表现得态度坚决，做事果断。手里握着枪，背后又有两千人跟着，到了这里又临阵胆怯，就此罢手，这可不行。大家都会笑话我，我整个一生，在东方的每一个白人的一生，都是长期奋斗的一生，是绝不能给人笑话的。

但是我又不愿意射杀那头大象。我瞧着它卷起一束草在膝头甩着，神情专注，像一个安详的老祖母。我觉得朝它开枪无异于谋杀。按我当时的年龄，杀死个把兽类我是没有什么顾忌或不安的，但是我从来没有开枪打过大象，我也不想这么做（杀死巨兽总是使人觉得更不应该一些）。何况，还有象主人得考虑。这头活象至少可值一百镑，死了，只有象牙值钱，可能卖五镑。不过我得马上行动。我转身向几个原来已在那里的看起来颇有经验的缅甸人，问他们那头象老实不老实。他们说的都一样：如果你让它去，它不理你；如果你走得太近，它就向你冲来。

  我该怎么办，看来很清楚。我应该走近一些，大约二十五码左右，去试试它的脾性。要是它冲过来，我就开枪；要是它不理我，那就让它去，等驯象人回来再说。但是我也知道，这事我恐怕办不到，我的枪法不好，田里的泥又湿又软，走一步就陷一脚。要是大象冲过来而我又没有射中，我的命运就像推土机下的一只蛤蟆。不过即使在这时候，我想的也并不完全是自己的性命，而是身后那些看热闹的黄脸。因为在那时候，有这么多人瞧着我，我不能像只有我自己一个人那样害怕。在"土著"面前，白人不能害怕；因此，一般来说，他是不会害怕的。我心中唯一的想法是，要是出了差错，那两千个缅甸人就会看到我被大象追逐、逮住、踩成肉酱，就像山上那个龇牙咧嘴的印度人尸体一样。要是发生这样的事情，他们中间有些人很可能会笑话我。我不能让他们笑话我。只有一个办法。我把子弹上了膛，趴在地上好瞄准。

  人群十分寂静，许许多多人从喉咙里叹出了一口低沉、高兴的气，好像看戏的观众看到帷幕终于拉开时一样，终于等到有好戏可瞧了。那支漂亮的德国步枪上有十字瞄准线。我当时根本不知道，要射杀一头象得瞄准双耳的耳孔之间的一条假想线，开枪把它切断。因此，如今这头象侧着身子对我，我就应该瞄准直射它的一只耳孔就行了；但在实际上，我却把枪头瞄准在耳孔前面的几英寸处，以为象脑在这前面。

我扣扳机时，没有听到枪声，也没有感到后坐力——开枪时你总是不会感到的——但是我听到了群众顿时爆发出高兴的欢叫声。就在这个当儿——真是太快了，你会觉得子弹怎么会这么快就飞到了那里——那头象一下子变了样，神秘而又可怕地变了样。它没有动，也没有倒下，但是它身上的每一根线条都变了。它一下子变老了，全身萎缩，好像那颗子弹的可怕威力没有把它打得躺下，却使它僵死在那里了。经过很长时间，我估计大约有五秒钟，它终于四腿发软跪了下来。它的嘴巴淌着口水。全身出现了老态龙钟的样子。你觉得它仿佛已有好几千岁了。我朝原来的地方又开了一枪。它中了第二枪后还不肯瘫倒，虽然很迟缓，它还是努力要站起来，勉强地站着，四腿发软，脑袋耷拉。我开了第三枪。这一枪终于结果了它。你可以看到这一枪的痛苦使它全身一震，把它四条腿剩下的一点点力气都打掉了。但它在倒下的时候还好像要站起来，因为它两条后腿瘫在它身下时，它仿佛像一块巨石倒下时一样，上身却抬了起来，长鼻冲天，像棵大树。它长吼一声，这是它第一声吼叫，也是仅有的一声吼叫。最后它肚子朝着我这一边倒了下来，地面一震，甚至在我趴着的地方也感觉得到。

我站了起来。那些缅甸人早已抢在前面跑到田里去了。显然那头象再也站不起来了，但它还没有死，它还在有节奏地喘着气，喉咙呼噜呼噜地出声，它的半边身子痛苦地一起一伏。它的嘴巴张得大大的，我可以一直看到粉红色喉咙的深处。我等它死去，等了很久，但它的呼吸并不减弱。最后我把剩下的两颗子弹射到我估计是它心脏的位置。浓血喷涌而出，好像红色的天鹅绒一般，可是它还不肯死。它中枪时身子并不震动，痛苦的喘息仍继续不断。它在慢慢地、极其痛苦地死去，但是它已到了一个远离我的世界，子弹已经不能再伤害它了。我觉得我应该结束那讨厌的喘息声。看着那头巨兽躺在那里，没法动弹，又没法死掉，又不能把它马上结果掉，很不是滋味。我又派人去把我的小口径步枪取来，朝它的心脏和喉咙里开了一枪又一枪。但似乎一点影响也没有。痛苦的喘息声继续不断，就像钟声嘀嗒一样。

我终于再也无法忍受了，就离开了那里。后来听说它过了半个小时才死掉。缅甸人还没有等我走开就提着桶和篮子来了。据说到了下午他们已把它剥得只剩骨骼了。

后来，关于射杀那头象的事，当然议论不断。象主人很生气，但他是个印度人，一点儿也没有办法。何况，从法律的观点来说，我做得并不错，因为如果主人无法控制的话，发狂的象是必须打死的，就像疯狗一样。至于在欧洲人中间，意见就不一了。年纪大的人说我做得对，年纪轻的人说为了踩死一个苦力而开枪打死一头象太不像话了，因为象比科林吉苦力值钱。我事后心中暗喜，那个苦力死得好，使我可以名正言顺地射死那头象，在法律上处于正确地位。我常常在想，别人知不知道我射死那头象只是为了不想在大家面前显得像个傻瓜而已。

一九三六年秋季《新作品》第二期
董乐山　译

书店回忆

我在一家旧书店工作的时候，使我印象最深刻的事主要是真正爱书的人之少见。如果你没有在旧书店工作，你很容易把旧书店想象为一种天堂那样的地方，总是有可爱的老先生们永远在小牛皮封面的珍本书中间徜徉浏览。我们书店的存书特别丰富，但是我怀疑有没有百分之十的顾客能够识别一本书的好坏。收集初版本的比文学爱好者普遍，而为了廉价的教科书讨价还价的东方学生更普遍，但最普遍的还是为儿侄们寻找生日礼物的没有明确主意的女人。

到我们这里来的许多人是那种到任何地方去都讨人嫌的人，但是他们在书店里特别有这样的表现机会。比如，有个老太太"要送病人一本书"（这是很普遍的要求），还有一个老太太在一八九七年读到过这么一本好书，不知你是否能够为她找到一本。但不幸的是，她忘了那本书的书名或者作者的名字或者那本书的内容，但是她记得那本书是红色的封面。除了这些人以外，还有两种讨厌的人是每家旧书店都去光顾的。一种是身上散发陈面包屑气味的糟老头，他们每天上书店来，有时一天几次，要卖给你没有价值的破书。另一种是订了大量的书却一点儿也没有付钱打算的人。我们的书店里什么都不赊购，不过我们可以为读者留书，如果必要的话，还代为订购，让你以后来取。但是很难有一半订购的人会来取。起初，这使我迷惑不解。他们为什么这样？他们常常到书店来，要求找一本罕见的珍贵书籍，要我们再三保证给他们留起来，但是他们一去之后就从此消失，不再回来。不过当然，其中很多毫无疑问是患有偏执狂症的。他们常常装腔作势地吹嘘自己，煞有介事地编造故事，说什么正好出门没有带钱——这种故事在很多情况下，我认为他们自己也是深信不疑的。在伦敦那样的城市里，总有不少不能十分确诊的疯子在街上行走，他们一般都喜欢走进书店，因为书店是少数几个让你可以在那里磨蹭很久而不用花钱的地方。到最后，你几乎能一眼就看出这些人了。不论他们怎么说大话，他们身上总是有一种蛀虫味儿和漫无目的的神情。我们碰到一个一望而知的偏执狂时，我们常常答应为他留书，等他一走就马上把书放回书架原处。我注意到，他们倒没有一个要想不付钱就把书取走的，仅仅订购就已经够了，我想这满足了他们以为自己真的在花钱的幻觉。

像大多数旧书店一样，我们也经营各种副业。例如，我们出售旧打字机，还有邮票——我指的是用过的邮票。集邮者都是一种奇怪的、沉默的、像鱼一样的人，各种年龄都有，但限于男性；显然，女人看不出把各种彩色的小纸片贴到集邮册里去有什么特殊的乐趣。我们也出售六便士一张的天宫图，编这图像的人自称预告过日本大地震。它们放在封口的信封里，我自己从来没有打开过一个，但是买了的人常常回来告诉我们，他们买去的天宫图说得多么"真"（没有疑问，任何天宫图说的都是"真"的——如果它告诉你，你对异性特别有吸引力或者你的最大毛病是过于慷慨）。我们在儿童书籍方面做的生意不少，主要是"削价处理书"。给儿童阅读的现代书都很糟糕，特别是你看到它们大批堆在那里的时候。从我个人来说，我宁可给孩子一本佩特罗尼乌斯·阿尔比特，也不愿给他一本《彼得·潘》，但是与巴里后来的模仿者比起来，他也似乎很有男人气和健康的了。到圣诞节的时候，我们要紧张地忙上十天，出售圣诞贺卡和日历，出售这些东西很烦人，但在节日期间生意很好。这样厚颜无耻利用基督徒的感情的唯利是图作风，我觉得很有意思。圣诞贺卡公司早在六月间就寄目录来兜生意了。它们的发票上有一句话深深地印在我的记忆中。这是"两打婴儿耶稣和兔子"。

但是我们主要的副业在借书处——那种常见的每本租金两便士，不收押金，藏书共有五百或六百册，都是小说的借书处。偷书贼一定很喜欢这些借书处！到一家书店花两便士借一本书，然后把标签撕掉，到另外一家书店作价一先令卖掉，这是世界上最容易的犯罪了。但是书商一般认为让一定数目的书给偷掉（我们一般每月丢书十几本）比要顾客付押金而把他们吓走更加划算。

我们的书店就在汉普斯塔德和坎姆顿的交界处，这里有各种各样的顾客惠顾，从小贵族到公共汽车售票员。我们借书处的读者可能在相当程度上代表了伦敦读书阶层。因此，值得注意一下，我们借书处中所有的作家中间，出借得最多的是谁——普里斯特利[1]？海明威[2]？沃波尔[3]？沃德豪斯[4]？全都不是。第一是伊瑟尔·台尔，第二是瓦里克·狄平，第三应该

---

[1] 普里斯特利（J.B.Priestley，1894—1984），英国小说家。
[2] 海明威（Ernest Hemingway，1899—1961），美国小说家。
[3] 沃波尔（Horace Walpole，1717—1797），英国小说家。
[4] 沃德豪斯（P.G.Wodehouse，1881—1975），英国小说家。

说是杰弗莱·法诺尔①了。台尔的小说当然是只有妇女才读的，但是，是各种各样和各种年龄的妇女，不是一般所想的那样仅仅是苦闷的老姑娘或者肥胖的烟纸店老板娘。说男人不读小说是不对的，但是确有许多种类的小说他们是避开不读的。大体上来说，我们可以称为普通小说的，似乎只是为妇女存在的，这种小说就是一般的，有好有坏的，高尔斯华绥加水分的那一种小说，是英国小说的常见的典型。男人读的小说或者是可以尊敬的小说，或者索性是侦探小说。他们消耗的侦探小说数量惊人。据我所知，我们借书处的一位顾客一星期读四五本侦探小说，如此一年多，这还不算他从别处借来的。主要使我感到奇怪的是，一本书他从来不读两遍。显然，这么令人吃惊的一大批垃圾（我计算一下，他每年读的书每页平铺开来可以占地四分之三英亩）永远储存在他的记忆中了。他从不注意书名或作者名，但他只要打开书瞧一眼就知道他是不是"已读过了"。

　　在借书处，你可以看到人们的真正趣味，而不是他们假装的趣味，有一件事是使你感到意外的，"经典的"英国小说家完全失了宠。把狄更斯、萨克雷、简·奥斯汀、特罗洛普等人的作品放到普通的借书处是完全不起作用的；没有人会借它们。一看到一本十九世纪的小说，人们就会说，"哦，这是老书！"马上就走开了。但是"出售"狄更斯的书却相当容易，就像出售莎士比亚的一样。狄更斯是人们"总是想要"读的那些作家之一，但是像《圣经》一样，人们普遍地是经过二手来知道他的。人们只是听说皮尔·赛克斯是窃贼，密考伯先生②有个光秃的脑袋，正如他们听说过摩西

---

① 三人都是当时的流行通俗小说作家。

② 两人均为狄更斯小说中的人物。

是在一只蒲草篮中被发现的,他见到了上帝的"背部"。① 另外一件十分引人注意的事是美国作品越来越不吃香。再有一件事是短篇小说的不受欢迎,出版商每隔两三年就要为此发一次愁。要借书处为自己代选一本书的那种人一开始总是说,"我不要短篇小说",或者"我不想读短故事",我们的一个德国顾客就常常那样说。如果你问他们为什么,他们有时会解释,每篇换一批新的角色要弄清楚太费劲;他们喜欢"进去"读了第一章就不用再费脑筋的小说。不过,我相信,作家在这一点上比读者更有责任。大多数现代短篇小说,不论英美,都是完全没有生气、没有价值的,这点比大多数长篇小说尤甚。真正够得上算是短篇小说的作品,像 D.H. 劳伦斯那样是很受欢迎的,他的短篇像他的长篇一样受欢迎。

我自己是否想以售书为生?总的来说,回答是不,尽管我的老板对我很好,而且我在书店也过了一些愉快的日子。

如果有好地段,而且有适当数目的资金,任何一个受过教育的人都应该能够靠开一家书店谋得安定温饱的。除非你从事"珍本"书买卖,这一行并不难学,如果你掌握一些书的知识,你干这一行就有很大的便利(大多数书商没有这种知识。你只要看一眼行业报纸上他们登的征求广告就能掂出他们的斤两来了。不是误把鲍斯威尔当作《罗马帝国的衰亡》的作者,就是误把 T.S. 艾略特当作《弗洛斯河上的磨坊》的作者②)。而且这是一种有人情味的行业,不会被弄得太俗气。大公司永远不可能像挤走小杂货铺

---

① 见《圣经·旧约·出埃及记》。

② 鲍斯威尔(James Boswell, 1740—1795),苏格兰传记作家,著有《约翰逊传》。《罗马帝国的衰亡》是英史学家爱德华·吉本(Edward Gibbon, 1737—1794)的作品。《弗洛斯河上的磨坊》是英国女作家乔治·艾略特(George Eliot, 1819—1880)的小说。

和送奶人那样把独立经营的小书店挤走。但是工作时间很长——我只是工作半天，而我的雇主每星期要投入七十个小时，此外还要花额外时间经常外出进货，因此这是一种不太健康的生活。一般来说，书店到了冬天很冷，因为屋子里太暖和，橱窗会有雾气，而书商是靠橱窗生活的。而且书比任何其他东西都容易积土，掸不胜掸，一本书的封面总是绿头苍蝇喜欢死的地方。

但是，我不想一辈子干卖书行当的真正原因是，我在干这行当时，我失去了对书的爱好。书商在卖书时得说假话，这就使他对书倒了胃口。更糟糕的是他得不断地把书搬来搬去，掸去尘土。有一阵子我的确很爱书——爱看到书，闻到书，抚摸到书，至少我是说那些五十年以上的旧书。在什么乡间拍卖会上花一个先令买到一大批这样的书，是令我最高兴不过的事了。在那样的书堆里你所拣到的那些意想不到的破旧书有一种特殊的风味：十八世纪小诗人，过期的旧杂志，杂七杂八的被人遗忘的小说，六十年代妇女杂志的合订本。作为随便浏览——比如躺在浴缸中，或者夜深而又累得睡不着的时候，或者午饭前有一刻钟的空隙——没有比翻一翻过期的《少女自己的报纸》更合适的了。但是我一进书店工作以后，我就不再买书了。看到这么一大批书，一次五千本，一万本，书就使人感到厌烦了，甚至有些令人厌恶。如今，我偶尔也买一本，但只有在这书是我想读而又借不到的情况下，我从来不买没用的垃圾。发霉的书页的诱人香味对我不再有吸引力了。在我的心中，它同患有偏执狂的顾客和死苍蝇太紧密地联系在一起了。

一九三六年十一月《半月刊》

董乐山　译

我的简历

　　我于一九〇三年生于孟加拉的莫蒂哈里,是侨居印度的一个英国人家庭的第二个孩子。一九一七年至一九二一年很幸运地获得了奖学金到伊顿公学就读,但是我在那里没有用功读书,学到的东西很少,我并不认为伊顿对我的一生成长有什么潜移默化的影响。

　　从一九二二年到一九二七年,我在缅甸的印度帝国警察部队服役。我后来放弃了,一部分原因是那里的气候毁了我的健康,一部分原因是我已含糊地有了写书的念头,但主要是因为我不能再继续为我已认为在很大程度上是个大骗局的帝国主义服务了。我回欧洲以后,在巴黎生活了大约一年半,写没有人愿意出版的长篇小说和短篇故事。钱用完后,我有好几年过着相当艰苦的贫穷生活,在这期间,我洗过盘子,当过家庭教师,在蹩脚的私立学校里教过书。我还在伦敦一家书店里干过一年多的半日工店员。这项工作本身很有意思,但是缺点是我非住在伦敦不可,而我厌恶伦敦。到了一九三五年左右,我能够靠写作收入生活了,该年年底,我搬到乡下,开了一家小杂货铺。它的收支只能勉强相抵,不过它教会了我有关这个行业的一些门道,如果我以后要在这方面再做尝试的话,就会是很有用处的。

我于一九三六年夏季结了婚。年底我去西班牙参加内战，我的妻子不久就跟了来。我在阿拉贡前线为 P.O.U.M.① 的民兵组织服役四个月，受了重伤，幸而没有严重的后遗症。在此以后，除了在摩洛哥过了一个冬季以外，我不敢说还做了什么事情，只是写书和养鸡种菜而已。

我在西班牙看到的情况和我从此以后看到的左翼政党的内部运行情况，使我对政治产生了厌恶。我有一阵子是独立工党党员，但是在目前这场战争开始时就脱离了他们，因为我认为他们是在胡说八道，他们提出的政策方针只会使希特勒做起事来更加容易一些。从感情上来说，我肯定是"左派"，但是我相信，作家只有摆脱政党标签才能保持正直。

我最喜欢而且百读不厌的作家是莎士比亚、斯威夫特、菲尔丁、狄更斯、查尔斯·里德、塞缪尔·巴特勒、左拉、福楼拜，现代作家是乔伊斯、T.S. 艾略特、D.H. 劳伦斯。但是我认为现代作家对我影响最大的是毛姆，我极其钦佩他直截了当地讲故事而不加修饰的本领。工作之外，我最喜欢做的事情是种花，特别是种菜。我喜欢英国式的烹调和英国啤酒、法国红葡萄酒、西班牙白葡萄酒、印度红茶、浓烈烟草、煤烧的壁炉、烛光和舒服的椅子。我不喜欢城市、闹声、汽车、收音机、罐头食品、中央供暖、"现代式"家具。我妻子的爱好几乎完全与我相同。我的健康状况糟糕，但它从来没有使我不能做我要做的任何事情，除了，至今为止，在目前的这场战争中作战。我也许还应该提一句，虽然我这里提出的关于我自己的情况的叙述都是真的，但是乔治·奥威尔不是我的真名②。

我目前没有写小说，主要是由于战争所造成的不安定。但是我计划写

---

① P.O.U.M.，西班牙一小党，马克思主义统一工人党的缩写。
② 乔治·奥威尔的真实姓名是埃里克·亚瑟·布莱尔。

一部共分三部分的长篇小说,叫《狮子与独角兽》或者《生者和死者》,希望在一九四一年某个时候写出第一部分来。

一九四〇年四月十七日《二十世纪作家》

董乐山　译

西班牙内战回顾①

首先是物质上的记忆，事物的声响，气味和表面。

奇怪的是，比西班牙内战中后来发生的任何事情更加生动的记忆，我记得是在我们被派往前线前受到所谓训练的那个星期——巴塞罗那那所庞大的骑兵兵营，它的透风的马厩和鹅卵石铺地的院子，擦洗身子的冰冷的抽水唧筒，靠几杯酒才勉强下咽的乌七八糟的食物，劈柴的穿长裤的女民兵，大清早的点名，我的平常的英国姓名在抑扬顿挫的西班牙姓名中间成了一种滑稽的穿插：曼纽埃尔·贡萨尔斯、彼得罗·阿古拉、拉蒙·费内洛萨、罗克·巴拉斯特、杰米·杜曼尼奇、塞巴斯蒂安·维尔特隆、拉蒙·努伏·波希。我举出这些人的姓名，是因为我仍记得他们的脸。除了两个不值一提的人渣，现在无疑已成为死心塌地的长枪党徒以外，很可能这些人都已经死了。我知道已死的就有两个。年纪最大的如果活到现在就有二十五岁了，年纪最小的十六岁。

战争的基本经验之一是永远无法躲避发自人体的令人恶心的臭味。厕

---

① 本文为节译。

所是战争文学中写得太多的题材，要不是我们兵营中的厕所对于打破我自己的关于西班牙内战的幻想起了它必要的作用，我是不会提到它们的。在拉丁式的厕所里，你必须蹲着拉屎，这已经够糟了，而这些厕所又是用一种磨得很光的石块做的，踩上去很滑，你只能靠两只脚自己站稳了。此外，这些茅坑经常堵塞。我记忆之中其他恶心的事不少，但是我相信是这些茅坑首先使我有了这个时常反复出现的想法："咱们是一支革命军队的士兵，为保卫民主反抗法西斯主义而在从事一场事关重大的战争，而我们生活的细节就像在监狱里一样肮脏和有失尊严，更不用说在资产阶级军队里了。"后来有许多其他事情加强了这个印象。例如，战壕生活的沉闷和畜生一般的饥饿感，为了几口饭而钩心斗角，大家由于缺乏睡眠而不断为了一些小事发生争吵。

军队生活主要令人讨厌的事情（凡是当过兵的人都知道我所谓的主要令人讨厌的事情是什么意思）很少受到你参加的战争的性质的影响。例如，纪律在所有军队里都是一样的。命令必须遵守，违者必须严惩，官兵关系必须是上下级的关系。在《西线无战事》那样的书中所展示的战争图景基本上是真实的。子弹不认人，尸体发臭，在炮火攻击下的士兵往往吓得尿裤裆。不错，一支军队所诞生的社会背景会影响它的训练、战术、一般的效能，而且站在正义一方的意识也能提高士气，尽管这对平民起的作用大于对军队起的作用（人们很容易忘记，接近前线的士兵通常是感到又饥又渴，又冷又怕，尤其是感到十分疲倦而顾不上战争的政治起因了）。但是自然法则不会因为你是一支"红色"军队而停止发生作用，就像它不会因为你是一支"白色"军队而停止发生作用一样。一只虱子就是一只虱子，一颗炸弹就是一颗炸弹，即使你为之作战的事业正好是正义的事业。

我的记忆中有两件事：第一件事并不特别证明什么，第二件事我认为使你对一个革命时期的气氛有了一定的认识。

一天清晨，另外一个人和我一起出去狙击韦斯卡城外战壕中的法西斯分子。他们的防线和我们这里的防线相距三百码，在这样的距离外，我们的老掉牙的步枪无法准确地射中目标，但是你如果偷摸到法西斯分子战壕外大约一百码处，要是运气好，你也许可以在战壕土堆的隙缝中射中一个人。不巧的是，两道防线之间是一块平坦的甜菜田，除了几条水沟，没有什么掩护，因此必须在天还黑的时候出去，破晓后马上回来，赶在天色大亮之前。但这时没有法西斯分子出现，我们待了太久，天正破晓。我们当时躲在一条沟渠里，身后是两百码宽的平地，连兔子也找不到遮拦。我们正在打起精神，打算冒险冲刺，这时法西斯分子的战壕里忽然一阵喧哗，还吹响了哨子。原来有几架我方的飞机飞了过来。这时有一个人大概是为了给哪一个军官送信，跳出战壕，在土堆上飞奔而去，给你瞧得一清二楚。他半裸着身子，一边跑，一边双手提着裤子。我忍住不向他开枪。不错，我枪法不好，不大可能击中在一百码外飞奔的人，而且，我主要在考虑趁法西斯分子的注意力放在飞机上的时候如何奔回自己的战壕。但是，我没有开枪，一部分原因是由于那提着裤子的细节。我到这里来是打"法西斯分子"，但是提着裤子的一个人不是一个"法西斯分子"，他显然是个同你自己一样的人，你不想开枪打他。

这件事说明什么？没有什么大不了的，因为这是所有战争中一直在发生的那种事情。另一件则不同了。我倒并不认为我告诉你这件事能够使你感动，但是我请你相信，这件事使我感动，因为它具有某个特定时间的道德气氛的特点。

我在那个兵营时有个新兵是来自巴塞罗那穷街陋巷的外貌很野的小子。他衣衫破旧,赤着双脚。他的皮肤那么黧黑(我想一定是有阿拉伯血统),常做出一些你在欧洲人身上看不到的手势,尤其是有一个手势——胳膊伸出,手掌垂直——是一种典型的印度人的手势。有一天,有一包雪茄烟从我的铺上给偷走了,那时雪茄烟仍旧很便宜就能买到。我把这事向官长做了报告,这事干得很蠢。我上面提到的那些无赖汉中间有一个就马上站出来,谎称他的床铺也有二十五比塞塔失窃。那位官长不知怎么立刻认定一定是那个棕色面孔的小子偷的。当时在民兵队伍里,对偷窃处罚很严厉,从理论上来说,可以枪决犯偷窃罪的人。那个可怜的小子被他们押到警卫室搜身。使我最惊异的是,他简直不做任何解释说他是清白的。从他的听天由命的态度中,你可以看到他所生长的环境是多么的贫贱。官长命令他脱光衣服。他以令我感到可鄙的恭顺态度脱光了身子,给搜查了衣服。当然搜不到雪茄烟或钱,事实上他没有偷。这一切最令人痛苦的是,在确定他清白无辜之后,他似乎同样并不感到羞辱。那天晚上,我带他去看电影,给他白兰地和巧克力。但这样做也是很可鄙的,我的意思是说希望用钱来抹掉所加给他的伤害。我曾有几分钟也有些相信他是小偷,这是不能抹掉的。

几个星期以后,在前线我同我这一班人中间的一个人发生了纠纷。这时我已是"卡波",即班长,指挥十二个人。当时战事静寂,天气特别寒冷,我们的主要任务是派出哨兵站岗,不许打瞌睡。有一天,有一个人突然拒绝去到某个岗哨,他说这个岗哨暴露在敌人枪火之下,这并没有说错。他是个孱弱的家伙,我抓住了他,把他拉到那个岗哨去。这引起了别人对我的反感,因为西班牙人比我们更不喜欢给人触到他们的身体。马上我被一伙高声呼叫的人团团围住了:"法西斯分子!法西斯分子!把他放了!这可不是资产阶级军队。法西斯分子!"如此等等;我尽可能用我的蹩脚西班牙语大声说:命令必须服从。于是这场争吵演变为一场激烈的辩论,革命军队的纪律就是在这些辩论中慢慢建立形成的。有人说我是对的,有人说我是错的。但奇怪的是,站在我一边最热心的是那个棕色皮肤的小子。他一看到争吵,就马上参加进来,热情地为我辩护。他用他的奇怪的狂野的印度人手势不断地喊叫:"他是咱们最好的班长!"后来他提出申请要调到我的班里来。

  为什么这件事情感动了我?因为,在任何正常的情况下,这个小子和我之间是无法重新建立好感的。我虽然做了努力要补救,但是并不能减轻诬他偷窃所造成的伤害,也许甚至更糟。安全和文明生活的一个结果是过于敏感,这使所有基本感情都有些令人接受不了。慷慨大度同抠门小气一样令人不好受,感激涕零和忘恩负义一样令人憎恶。但是在一九三六年的西班牙,我们不是生活在正常的时代。在这个时代里,慷慨大度的感情和姿态比平时容易。我可以举出十多起类似的事情,虽然并不完全相关,但是在我自己的心目中,是与当时的气氛连在一起的。是与敝旧的衣衫,颜色鲜艳的革命标语,普遍称呼"同志",在薄纸上印的只售一分钱的反法西斯歌曲,和一些相信真有含义的幼稚无知的人不断喊的"国际无产阶级团结"之类的口号连在一起的。你在某个人的面前因为被诬偷了他的东西而遭到侮辱性的搜查以后,还能对他怀有友好的感情,甚至在一场争论中为他挺身而出吗?不,当然不能。但是,如果你们两人都有过某种在感情上升华的经验,你也许会这样。这是革命的副产品,尽管在这个例子上,这场革命仅仅是开始,而且显然注定要失败。

我想起西班牙战争，有两个记忆总是在我的脑海之中泛起。一个是在莱里达的医院病房里，受伤的民兵用他们有些悲伤的声音在唱一首以这样的重唱收尾的歌：

"Una resolucion,

Luchar hast'al fin！"①

不错，他们打到了底。在最后十八个月的战争里，共和国军队几乎没有香烟供应，粮食也少得可怜。甚至在我于一九三七年年中离开西班牙时，肉和面包已经供应稀少，烟草成了珍品，咖啡和糖几乎不可能弄到。

另一个记忆是我参加民兵那一天在警卫室与我握手的那个意大利民兵。我曾在关于西班牙战争一书②的开头写到过此人，不想在这里重复。当我想起——啊，多么栩栩如生！——他的敝旧制服和强悍而又可怜天真的脸时，战争所引起的复杂的枝节问题似乎已经消隐，我清楚地看到，反正，谁站在正确的一方，是毫无疑问的。不管权力政治和新闻谎言如何，战争的中心问题是，像他这样的人要争取他们确信是自己生来的权利的像样生活。一想到这个具体的人可能的下场，心中不免感到好几种说不出的滋味。由于我是在列宁兵营见到他的，他大概是个托洛茨基分子或者无政府主义者，在当时的具体情况下，这种人如果不是被德国秘密警察杀的，就是被俄国内务部秘密警察杀的。但这对长期性质的问题并无影响。这个人的脸我只看了一两分钟，却作为战争真实情况的一种视觉记忆留在我的心中。

---

① 西班牙语，把革命进行到底。
② 指《向加泰隆尼亚致敬》。

对我来说，他是欧洲工人阶级的精华的象征，他们受到各国警察的骚扰，填满了西班牙战场的群葬坟墓，如今又在强迫劳动营中奄奄待毙，为数达好几百万……

我后来没有再见到这个意大利志愿兵，我也不知道他的姓名。可以相当有把握地肯定，他已经死了。将近两年以后，看到战争显然已经失败，我写了下面的诗句来纪念他：

> 那个意大利兵握了我的手
> 就在警卫室的桌子旁；
> 强壮的手和细软的手
> 它们的掌心只能在枪炮
> 声中才有机会相遇。但是
> 当我凝视他那久经风霜的脸
> 比任何女人的脸更加纯洁
> 我的心里感到何等的宁静！
>
> 因为使我听了作呕的高调
> 在他的耳中仍是神圣高尚，
> 这些东西他生来就知道
> 而我是从书本里慢慢学到。
>
> 无情无义的炮火说的故事
> 我们两人都轻易信以为真，

但是我的金砖是黄金铸成
唉,谁会事前想到?
祝你好运,意大利战士!
但是好运与勇士无缘;
世界会给你什么回报?
总是不及你给它的贡献。

在阴影和鬼魂之间,
在白色和红色之间,
在子弹和谎言之间,
你的脑袋躲在哪里?

哪里是曼纽埃尔·贡萨尔斯?
哪里是彼得罗·阿古拉?
哪里是拉蒙·费内洛萨?
只有蚯蚓知道他们在哪里。

你的姓名和你的功绩
在你骨枯以前已被遗忘,
杀死你的谎言已被埋葬
在一个更深的谎言下面;

但是我在你脸上看到的东西

没有力量可以消除痕迹，
任何哪颗炸弹都粉碎不了
你的精神，如水晶般纯洁。

一九四二年秋
董乐山　译

如此欢乐的童年

一

我到了圣塞浦里安学校以后不久（不是马上，而是过了一两个星期，我似乎逐渐适应学校生活的常规的时候），我就开始尿床了。我当时已经八岁了，因此这是回到了我至少在四年以前就已经不再有的习惯。

我相信，在这样的情况下尿床，如今是被视作很自然的事。这是离开自己的家到了一个陌生地方的孩子的正常反应。但是，在那时候，这被认为是这个孩子有意犯的可恶的罪行，正确的治疗就是揍一顿。在我来说，我不需要别人告诉我这是犯罪。我一夜又一夜地祈祷，虔诚的程度是我以前的祈祷中从来没有的："哦，主啊，请你不要让我尿床！哦，主啊，请你不要让我尿床！"但是这一点也没有作用。有几夜不尿床，有几夜仍尿床。你身不由己，没有知觉，只是在早上醒来的时候发现床单已是湿淋淋的。

两三次以后，我受到了警告，下一次再犯就要挨揍了，不过我是以一种奇怪的迂回方式接到这警告的。一天下午,我们喝完茶鱼贯而出时,校长的妻子W太太坐在一张长桌子的一头在同一位太太聊天。这位太太我不认识,只知她是那天下午到学校里来的客人。她的样子像个男人,令人望而生畏。她身穿一套骑马的服装,或者说我当它是骑马服装。我正要离开房间时,W太太把我叫了回去,好像是把我介绍给那位客人。

W太太的外号叫"翻脸",我这里就叫她这个名字,因为我很少是用别的名字想到她的(不过,在正式场合,大家叫她夫人,模仿公立学校的学生叫他们舍监妻子的方式)。她体格壮实,脸色红润,额头平坦,眉毛粗浓,眼睛深陷,神情多疑。尽管很多时候她都假装热心,用男人的口气跟大家说笑("加把劲,老伙计",诸如此类),甚至叫你教名而不道姓,但是她的眼睛从来没有失去过焦急的责备的神情。要面对面地看着她而不感到心虚是很难做到的,即使是在你并没有做什么亏心事的时候。

"就是这个小男孩,"翻脸说,向那位陌生太太指着我,"他每天夜里尿床。要是你再尿床,你知道我会怎么样吗?"她转过来向我说:"我会让六班来打你一顿。"

陌生太太装出极其吃惊的样子,嘴里叫道:"我想该这么做!"童年时代的日常经验里常常发生想象不到的、近乎荒唐的误会,这里就是一次这样的误会。六班是一帮年纪大一些的学生,他们被认为有"胆量",因此被选出来赋予打小孩子的权力。我在此以前还不知道他们的存在,我把"六班"一词错听为"班太太"[①]了。我以为指的就是这位陌生太太——我以为她的名字是叫班太太。这不像个名字,但一个小孩子在这种事情上是没有

---

① 英语"六班"是"Sixth Form",与"Mrs.Form"(班太太)音很近,故有此误会。

判断力的。因此，我以为派来打我的就是她。我当时并没有觉得奇怪，这样的一个任务竟然交给一个与学校毫无关系的偶然访客来完成。我只是推想，"班太太"大概是个喜欢打人的严厉的训导主任之类的人（她的外表似乎有些证明这一点），我的脑际立刻浮现了她为此目的身穿骑装手执马鞭前来的可怕样子。我到今天还能感觉得到当时的我，一个穿着条绒束腿裤的圆脸小孩，站在那两个女人面前羞愧得几乎要晕过去的心情。我什么话都说不出来了。我觉得如果班太太要打我，我宁可死。但是我主要的感觉不是害怕，甚至不是怨懑，而只是羞愧，因为又多了一个人，而且是女人，知道了我这丢人的事。

稍后，我忘记了我是怎么弄清楚了不是"班太太"来负责打我。我记不得是不是就在那天夜里我又尿床了，反正我又很快尿了床。唉，那种绝望，那种在做了这一切祈祷和决心以后仍旧不见效的委屈伤心情绪，马上又在又冷又湿的床单之间苏醒过来！根本没有机会掩藏我做的事。名叫玛格丽特的脸色严峻、身材高大的女舍监到宿舍里来专门检查我的床。她揭开床单，直起腰来，那句令我担心的话似乎像一阵响雷似的从她的嘴里隆隆发出来：

"早餐后自己去向校长报告！"

"自己去报告"这几个字我在这里用了大写字母，因为它们在我的脑海中就是以大写字母出现的。我不知道在圣塞浦里安学校最初几年中这句话我听过多少遍。只有极少的几次这句话没有带来一顿揍。这话在我的耳朵里总有一种不祥的声音，就像发闷的鼓声或者死刑判决词一样。

我到校长那里自己去报告时，翻脸已在书房外间的发亮的长桌边上忙着什么事情了。在我走过的时候，她不安的眼光搜索着我。在书房里，外号叫傻包的校长在等着。傻包是个有着圆圆的肩膀，样子蠢得奇怪的人，他的个儿不大，但是动作笨手笨脚，胖乎乎的脸像个生长过快的婴儿，常常挂着笑容。他当然知道为什么把我送去见他，因此他已经从柜子里取出一条骨头把的短马鞭。但是作为自己去向校长报告的惩罚的一部分，你得用自己的嘴，亲口报告你所犯的过错。我说了我该说的话以后，他对我做了一番简短但是煞有介事的训话，然后抓住我的后颈，把我按着，开始用短鞭揍我。他有一边揍一边继续训话的习惯，我还记得"你——这——脏——小子"这句话同短鞭一下一下揍下来配合着节奏。这顿揍并不痛（也许这是第一次，他揍得并不重），我出去时感到好多了。揍得不觉得痛本身是一种胜利，一部分抹去了尿床的耻辱。我甚至有失谨慎到脸上挂着微笑。有几个小孩子等在书房外室门外的过道里。

"你挨揍了吗？"

"揍得不痛。"我骄傲地说。

翻脸把什么都听到了。她的尖叫声立刻向我追来。

"过来！马上过来！你说什么来着？"

"我说揍得不痛。"我期期艾艾地回答。

"你怎么敢那么说？你认为该说那样的话吗？进去，再去自己做报告！"

这次傻包动了真格。他继续揍了很长一段时间，吓坏了我，也使我感到吃惊——似乎有五分钟之久——结果打断了短鞭。骨头做的柄飞到了屋子那头。

"瞧你逼我做了什么！"他生气地说，举着断了的短鞭。

我倒在椅子上，有气无力地抽噎着。我记得这是我童年时代仅有的一次给打得真的掉眼泪,而奇怪的是,我之所以哭甚至不是因为痛。第二次鞭打也不是十分痛。害怕和羞愧似乎为我施了麻醉。我之所以哭,一部分是因为我感到这是他们期望我做的事,一部分是因为出于真诚的悔恨,但是一部分也是因为一种只有童年才有而不容易说清楚的更深的悲痛:一种凄凉的孤独无助的感觉,一种不仅给锁在一个充满敌意的世界中而且给锁在一个非常邪恶的世界中,而这个世界里的规则实际上是我所无法照办的感觉。

我知道尿床(一)不好,(二)我又无法控制。第二点是我亲身意识到的,而对于第一点我并不置疑。因此,完全可能,你犯了一件你自己也不知道已经犯了的罪过,这罪过你并不想犯,但又不能避免不犯。罪过不一定是你干的事:它可能是碰巧发生在你身上的事。我并不想说,这个想法是在这个当儿,在傻包的鞭打下,突然闪过我的脑海的完全新鲜的想法:甚至在我离家之前我一定已有所察觉了,因为我的早期童年生活过得并不完全快乐。但是不管怎么样,这是我在童年永远记住的最大教训:我如今是在一个我不可能做个好孩子的世界里。这次双重鞭打是个转折点,因为这使我第一次清醒地认识到我被丢进去的环境是多么严酷。生活比我所想的更加可怕,而我自己也比我所想的更坏。反正,就在我坐在傻包书房里的椅子边上抽噎,在他向我大声训斥而我甚至没有站起来的自持能力时,我有了什么是罪过、什么是蠢事、什么是软弱的概念,而这是我从来不记得以前曾经感觉过的。

一般来说,你对任何时期的记忆总是随着这一时期的逐渐离去而必然慢慢淡忘的。你在不断地学到新的事实时,老的事实就必须让位于新的事实。在二十岁的时候,我能够以现在完全不可能的准确性来写我学生时代的历史。但是也有可能发生这样的情况，经过一段较长时间以后，你的记忆反而更加锐利了，因为你是在用新的眼光来看过去，因而能够把以前毫无区别地存在于一大堆事实中的某些事实孤立出来，好像才注意到。这里有两件事情，在某种意义上说我是记得的，但是到最近我才觉得奇怪或者有意思。一件是，第二次鞭打当时在我看来似乎是正当的合理的惩罚。挨了一顿揍，接着因为不知趣地向别人表示第一顿揍得不痛而又挨了第二顿更重的鞭打——这是十分自然的。天神们都是性好妒忌，你交了好运就不应该声张。另一件是，我把鞭子打断视为是我的过错。我到现在还记得我看到鞭子把手掉在地毯上时的感觉，一种做了一件不该做的蠢事，损坏了一件贵重东西的感觉。是我打断了它的，傻包这样告诉我，我也这样认为。这样接受罪责的感觉在我的记忆中保留了二三十年而从未察觉。

尿床的事就说这么多。不过还有一件事要说，那就是我不再尿床了——至少，我只又尿过一次床，又挨了一顿揍，从此之后，这毛病就停止了。因此，这个野蛮的治疗方法也许的确奏效，尽管代价很高，这一点我没有疑问。

二

圣塞浦里安是一所昂贵和势利的学校，当时正处在越来越势利和我认为越来越昂贵的过程之中。与它有特殊关系的公学[①]是哈罗公学，但是在

[①] 英国的所谓公学其实是私立的贵族学校，只有贵族和富家子弟才有经济实力入学。

我就读期间,越来越大比例的学生升学到伊顿公学去了。他们大多数是有钱父母的孩子,但是总的来说,他们是非贵族出身的有钱人,是住在布恩茅斯或者里士满的灌木环绕的大房子里的那种人,他们有汽车,有男管家,但是没有乡间庄园。他们之中有少数几个异国子弟——几个南美孩子,阿根廷牛肉大王的儿子,一两个俄国人,甚至一个暹罗王子,或者有人称为王子的人。

傻包有两个野心。一是吸引贵族子弟来入学,另一个是训练学生考上几所公学的奖学金,特别是伊顿公学的奖学金。我在那里上学快结束的时候,他真的吸引到了两个有真正英国爵位的男孩来上学。我记得其中一个是个流鼻涕的小可怜虫,几乎是个缺乏天然色素的白化病患儿,视力不济的眼睛朝上翻着,长长的鼻尖上总是有一滴露珠似的鼻涕要掉下来。傻包在同第三者谈话提到他们时总是不忘他们的头衔,他们刚到的头几天他真的当面称呼他们是"某某爵爷"。更不用说,有什么客人来学校给带着到处去参观时,他总是想方设法引起客人对他们的注意。我记得有一次那个白头发的小孩子吃饭的时候呛了,鼻子里流出的鼻涕掉到了他的盘里,样子真难看。要是换了别的出身稍次的人,就会骂他是个肮脏的小畜生,而后马上赶出饭厅去。但是,傻包和翻脸却以"孩子毕竟是孩子"的态度一笑置之。

所有非常有钱人家的孩子都或多或少地受到不加掩饰的照顾。这所学校仍有一点维多利亚时代的"私塾"味道,收有"特别寄宿生",我后来在萨克雷的小说中读到这种学校时就立刻看到了相似之处。有钱人家的孩子每天上午的课间有牛奶和饼干吃,每周还专门有一两次骑马课。翻脸把他们当作自己的孩子宠,叫他们的教名,尤其是,他们从来不挨揍。除了南美孩子以外（因为他们的父母远在他方，不必担心），我怀疑傻包有没有揍过随便哪个父亲一年收入在两千镑以上的孩子。但有时为了学业成绩的声誉，他是愿意牺牲经济利益的。偶尔，他会做出特殊安排，大大减免收费，录取一些有可能赢得奖学金从而为学校带来声誉的学生。我自己就是根据这样的条件进圣塞浦里安的。否则，我的父母无力供给我进这样昂贵的一所学校。

  我起先不知道我是减免一部分学费给录取的，到了大约十一岁时，翻脸和傻包才开始让我明白这个事实。我在头两三年里受的是一般的教育课程的训练；接着，我开始学希腊文（一般学生八岁开始学拉丁文，十岁开始学希腊文）不久，我给换到奖学金班上去，在这班上，就古典学科而言，大部分是傻包自己教的。奖学金班上的学生在两三年的时间内要像圣诞节的填鹅那样被无情地填塞大量功课。而填的又是什么功课！使有天赋的孩子的前途决定于一场他十二或十三岁的时候就参加的竞争激烈的考试，这怎么说也都不是一件好事，但是看来的确有一些预备学校，送学生到伊顿、温切斯特等公学去，并没有教他们用分数来看一切。在圣塞浦里安，整个事情是露骨地当作一种骗人把戏来准备的。你的任务就是只学那些能给考官一种你仿佛知识很渊博的印象的东西，尽可能不要让你的脑子再装别的东西。没有考试价值的学科如地理就几乎完全不予重视，而如果你是"古典班上的学生"，那么数学也是不予重视的，科学不管是什么形式的课程一概不教——它甚至可以说受到极大的鄙视，以致根本不鼓励学生对博物课哪怕有一点兴趣——甚至在课余也鼓励你只读那些着眼于"英语试卷"而选的书籍。奖学金班的主要课目拉丁文和希腊文才是重要的课目，但甚至这些课程都有意采取一种华而不实的教授方式。例如，我们从来没有从头到尾读过,哪怕只有一本,希腊或拉丁作家的作品,我们只读一些短片段,它们之所以被挑选出来是因为它们可能被出成"即席翻译"的试题。在我们去参加奖学金考试之前的最后一两年内,我们的大部分时间就只用在复习前几年的试卷上了。傻包有大量这样的试卷题目,得自每一所著名的公学。但是最最荒唐的还是历史课的教授。

那时候有一件无聊的事叫作哈罗历史奖,是许多预备学校都参加的年度竞赛。每年都赢这奖是圣塞浦里安的传统。我们确是可以得奖的,因为我们集中精力学习了自从设奖以来的每一份试卷,而可能出到的试题的来源并不是永远取之不尽的。它们尽是些那种只要答一个名字或者一句引语就行了的蠢问题。谁劫掠了印度穆斯林贵妇?谁在一只敞舱船上给砍了脑袋?谁趁辉格党①徒在洗澡的时候偷走了他们的衣服?我们的几乎全部历史课教授都是这个水平。历史成了一系列没有互相关系、不可理解然而听起来总是词句铿锵响亮的重要事实,但是从来没有向我们解释过重要性何在。迪斯累里②用荣誉取得了和平。克莱武③对他的节制感到惊异。皮特④请新世界来改变旧世界的平衡。还有年代日期和熟记的诀窍!翻脸担任高年级的历史课,对这种东西最来劲,我至今还记得那些年代答问操练的热烈场面,热心的孩子在他们的位子上一会儿站起一会儿坐下抢着回答正确的答案,但同时对他们所答的神秘事件的意义一点儿也没有感到有什么

---

① 辉格党,英国历史上主张自由经济的政党,为后来的自由党的前身。
② 迪斯累里(Benjamin Disraeli,1804—1881),英国政治家,现代保守党创建人。
③ 克莱武(Robert Clive,1725—1774),英国殖民统治者,征服孟加拉后为首任印度的英国总督。
④ 皮特(William Pitt the Younger,1759—1806),英国政治家,在法国革命战争期间任英国首相。

兴趣。

"一五八七年?"

"圣巴塞洛缪节大屠杀①!"

"一七〇七年?"

"奥朗则布②去世!"

"一七一三年?"

"乌特莱希特条约③!"

"一七七三年?"

"波士顿倾茶案④!"

"一五二〇年?"

"哦,夫人,请你——"

"夫人,请你让我告诉他,夫人!"

"好吧!一五二〇年?"

"旌旗辉煌的相会地⑤!"

诸如此类等等。

但是历史和这种次要课目并不是完全不好玩的。真正伤脑筋的是"古典"课。现在回顾起来,我觉得当时用的功比后来都要大得多,然而在那时候,你做的努力似乎永远不可能满足别人对你的要求。我们围坐在一张

---

① 圣巴塞洛缪节大屠杀,巴黎新教徒在这个节日遭大屠杀。
② 奥朗则布(Aurangzeb, 1618—1707),印度莫卧儿王朝的皇帝。
③ 乌特莱希特条约,该条约结束了西班牙王位继承战争。
④ 波士顿倾茶案,为抗议英政府茶叶税,新英格兰殖民者伪装印第安人将三船茶叶倾入波士顿港。
⑤ 英国亨利八世和法国弗朗西斯一世在加莱附近相会,因旌旗辉煌而有此称。

光洁的长桌四周，那是用一种颜色极淡的硬木做的，由傻包驱赶着我们，他又是威胁，又是劝导，有时还开开玩笑，极偶尔赞扬我们几句，但他总是驱啊，赶啊，要我们的脑子保持极端集中注意的状态，就像你用针来刺一个昏昏欲睡的人让他保持清醒一样。

"接着念，你这个小懒虫！接着背，你这个游手好闲没用的小鬼头！你的毛病就是懒到了骨髓里去了。你吃得太多，这就是你发懒的原因。你吃饭顿顿吃得撑破肚皮，到这里来上课就已经快要睡着了。接着来，把全力投进去。你没有在用脑子。你的脑子不出汗那怎么行？"

他用银管铅笔敲你的脑袋，在我的记忆中，这支铅笔似乎有香蕉那么粗，重得可以在你头上敲起一个包。或者他会揪你耳朵边上的短头发，有时偶尔还伸腿到桌下去踢你的胫骨。碰到什么都不对劲的日子，他会说："那么，好吧，我知道你想要什么。你一上午就在盼望这个了。来吧，你这个没用的小懒虫。到我书房里来。"于是，嗯，嗯，嗯，然后你回来继续上课，满脸通红，全身发痛。后来几年，傻包丢掉马鞭不用，改用一根细细的藤杖，打起来更痛。这样的情况不是经常发生的，但是我的确记得曾不止一次在背一句拉丁文的中途被叫出课堂，去挨一顿打，然后又马上回来继续背这句子，事情就是这样。不要以为这种方法不奏效，那你就错了。这种方法在其特定目的上是非常有效的。说真的，没有体罚，我怀疑以前是否有过或者是否能够有古典教学成功的经验。孩子们自己是相信体罚的效力的。有个名叫比查姆的孩子，根本没有什么脑筋可言，但显然迫切需要考上奖学金。傻包就像鞭打一匹劣马一样驱赶他朝着目标前进。他去参加了厄平姆公学的奖学金考试。回来时自己也知道考得很不好，一两天后因为懒惰而挨了一顿狠揍。"要是考前挨了那顿揍就好了。"他悲哀地说。这句话真让我瞧不起，但是我又充分理解。

奖学金班上的学生不是全都受到一视同仁的对待的。如果是有钱父母的儿子，对他来说，减免学费并不那么重要，那么傻包就会对他采取一种比较像父亲那样的态度来鞭策他，开开玩笑，戳点戳点胸口，偶尔用铅笔拍打一下，但是从来不揪头发或者鞭打。吃苦头的是没有钱而"聪明的"学生。我们的脑袋成了金矿，他投资下去就必须从我们那里挤出回报来。在我理解到我与傻包的经济关系的性质很早之前，他们就让我明白，我同大多数其他孩子的地位是不同的。实际上学校里有三个等级。少数学生是贵族或富翁出身，也有孩子是郊区普通的有钱人家的子弟，这部分学生占全校人数的大部分，而只有极少数像我这样的穷小子、教士、驻印度文官、经济拮据的寡妇等的儿子。这些穷学生是不让参加像射击和木工这样的"额外课程"的，常常因为衣服和行囊简朴寒酸而受羞辱。例如，我从来没有能够弄到一根自己的板球棒，因为"你的父母没有能力供给"。这话在我在校期间一直跟着我。在圣塞浦里安，我们是不许保留从家里带回来的钱的，必须在学期头一天就"上缴"，然后可以定期在监督下花用。我和同样处境的一些孩子总是得不到许可买模型飞机那样的昂贵玩具，即使我们存有必要数目的钱。特别是翻脸，她总有意向那些穷学生灌输谦卑的人生观。"你以为这是像你这样的孩子该买的那种东西吗？"我记得她那样对一个孩子说——而且她在全校学生面前这么说："你知道你长大了不会有钱。你们家不富裕。你得学会安分守己。不要不自量力！"还有每周零花钱，我们是折成糖果领取的，由翻脸在一张大桌子上分发。富家子弟一周六便士，一般的三便士。我和一两个别的孩子只有两便士。我的父母并没有关照这么做。可以想象，每周省一便士对他们没有什么意义。但这是地位的标志。更糟糕的是生日蛋糕的分发。每个孩子在他生日那天一般会有一个插有蜡烛的裱花大蛋糕,在喝茶时间同全校一起分吃。这是按规矩提供的,开销记在父母的账单上。我从来没有过这样的蛋糕,虽然我的父母肯定是愿意付账的。一年又一年,我一直不敢问,只是可怜巴巴地希望今年会出现一个蛋糕!有一两次我甚至迫不及待向同伴们假装这次我会有一个蛋糕了。但是吃茶的时间到了,没有蛋糕出现,我就更加没有人缘了。

很早的时候我就有这样的印象,除非我考上公学奖学金,否则我是没有机会有个像样前途的。我要是得不到奖学金,十四岁就得离校,用傻包爱说的话,成了"一年只挣四十镑的办公室小当差的"。处在我的情况下,我很自然是相信这个预言的。说真的,在圣塞浦里安,大家普遍认为,除非你上了一个"好"公学(能归在这一类的只有十五所左右),否则,你的一辈子就完了。这是天经地义的事。要让一个成人理解这种紧张的感觉并不容易:随着考试日期的慢慢临近——十一岁,十二岁,然后是十三岁,这命运攸关的一年——你得拼命努力准备这场决定一切的可怕的战斗!在大约两年的时间里,在我醒着的时候,我简称为"考试"的那件事,几乎没有一天不出现在我的脑海里。它总是出现在我的祷告里。不论我是折到一块较大的希望如愿骨①,还是捡到一块马蹄铁,还是向新月七鞠躬,还是经过一扇祝愿门而不碰到门的两边②,我心中的祝愿总是一成不变地希望"考试"顺利通过。然而,奇怪的是,我也有一种几乎无法抗拒的不想用

---

① 希望如愿骨,西俗,两人如同时吃到一块禽类叉骨,一起折断,得到较大一块者的希望可以如愿以偿。

② 以上三端均是与上述习俗相同的西俗。

功的冲动。有些日子，我一想到等着我做的功课，心里就厌烦极了，在最简单的难题面前，我像一头动物一样呆呆站着。假日里我也不能安心做功课。有些考奖学金的学生从一位名叫巴契勒先生的那里得到额外的辅导。他是个毛发浓密、和蔼可亲的人，衣服肥大松垮，住在城里一个典型的单身"窝"里，四壁都是书，屋子里充满烟味。逢到假日，巴契勒先生常常送来拉丁作家的作品片段要我们翻译，我们按规定要一星期送一摞作业回去。但是我没有心思做这作业。躺在桌上的空白作业纸和黑色拉丁文字典中，还有逃避了明摆着的责任所引起的内疚，破坏了我悠闲的心情。但是不知怎的我仍不能动手开始，到假日结束时，我往往只送五十行或一百行回去给巴契勒先生。没有疑问，一部分原因是傻包和他的藤杖不在身边。但是在学期里，也是这样，我常常一阵子又一阵子地过懒散而又愚蠢的日子，越来越丢人现眼，我甚至采取了一种死乞白赖的你能把我怎么样的态度，充分意识到自己的过错，但是又不能或者说不愿——我不知究竟是前者还是后者——改正。于是傻包或者翻脸就会把我叫去，这次就不止是一顿揍了。

翻脸会用她的恶毒的眼光搜索着我（她的眼睛到底是什么颜色？我也不知道。我记得是绿色，但是实际上人的眼睛没有绿色的。也许它们是淡褐色的）。她会以一种她特有的又哄骗又诈唬的方式开始，这没有不成功的，总是能够越过你的防范而打动你善良的天性。

"你这么做太不像话了，是不是？你这样一个星期接着一个星期，一个月接着一个月虚度你的时光，对得起你的母亲和父亲吗？你真的要把你的大好机会扔掉吗？你知道你家并不富裕，是不是？你知道你的父母不能像别的孩子的父母那样供养你。你要是不考上奖学金，他们怎么能供你上公学？我知道你母亲为你感到多么骄傲。你想令她失望吗？"

"我想他是不想上公学了，"傻包会接着说，他是对着翻脸说的，假装我不在那里，"我想他已经放弃这个念头了。他想将来当个一年只挣四十镑的办公室小当差的。"

这时，忍不住要流眼泪的难受感觉——胸口一阵发胀，鼻子里面一阵发酸——已向我袭来。翻脸趁此打出了她的王牌：

"你认为你的这种表现对得起我们吗？我们帮了你多少忙，你还这样对待我们？你是知道我们帮了你多少忙的，是不是？"她的眼光会深深地刺透我，虽然她从来没有直说，但我是知道的。"我们这几年收你在这里——我们甚至在假期里让你在这里待一个星期好让巴契勒先生给你辅导。我们不想把你打发走，你知道，但是我们不能让一个孩子留在这里一个学期接着一个学期光吃饭不读书。我想这是很不对的，你的这种表现。你认为这是对的吗？"

我除了可怜巴巴地回答个"不，夫人"或"是，夫人"——看情况而定——以外，没有别的话可说。很明显，我这样表现是不对的。到时候，说不定什么时候，我不想流的眼泪总是会从我的眼角里流出来，顺着我的鼻子，扑地掉了下来。

翻脸从来没有直说我是个免费生，毫无疑问，那是因为像"我们帮了你多少忙"之类含糊其词的话有更深沉的感情力量来打动你。不过，傻包并不想得到学生的爱戴，说话更加干脆伤人，这符合他说话一贯盛气凌人的作风。"你是靠我的慷慨资助生活的"，这是他在这种场合最喜欢说的一句话。至少，我有一次在鞭打声中听到过这话。不过我必须指出，这种场面并不经常出现，除了一次以外，没有当着别的孩子面发生过。在公开场合,他们只是提醒我,我很穷,我的父母"没有能力供我"这个或者那个,但是他们没有直接提醒我的依赖地位。这只有在我功课实在特别差的时候当作一种刑具似的提出来而使我无词以对的最后论据。

要了解这种事情对一个十岁或十二岁的孩子的影响,你必须记住,孩子很少有比例感和概率感。一个孩子可能遍体都是以自我为中心,全身都是反骨,但是他没有经验的积累可以使他对自己的判断有信心。总的来说,他会接受你告诉他的话,而且他对周围大人的知识和力量的确信到了极其荒诞可笑的程度。这里就有一个例子。

我在上面说过,在圣塞浦里安,我们不许自己保存钱。但是,总有办法藏一两个先令的,有时,我常常偷偷地买些糖果,藏在爬满了操场墙上的常青藤后面。有一天我被派出去给他们跑腿,我就到离学校一英里外的一家糖果铺里买了几块巧克力。我走出店门时,看见对面人行道上有个模样精明的小个子似乎在盯着我校服的帽子看。我全身马上感到一阵恐惧。这个人是谁?没有疑问,他是傻包布置在那里的密探!我装作若无其事地转过身,然后两条腿不由自主地笨拙地跑了起来。不过到了下一个拐角,我又强迫自己放慢了脚步,因为奔跑是心虚的表现,显然,镇上别的地方到处还有密探布置在那里。那一天和第二天,我一直等着校长把我叫到书房去,但使我奇怪的是,他没有来叫我。我当时没有想到,一家私立学校的校长怎么会有能力派出一批密探,而且我也根本没有想到,要派密探他得付他们钱。我以为任何大人,不论校内校外,都是会自愿合作,防止我们破坏校规。傻包是权力无比的;他有密探分布在各处,是很自然的事。这事发生的时候,我想我已经过了十二岁。

我憎恨傻包和翻脸,这是一种带有惭愧和悔恨心情的憎恨,但是我没有想到要怀疑他们的判断力。他们告诉我，我如果考不上公学的奖学金，到了十四岁就要去当办公室的小当差，我相信这的确是摆在我面前的不可避免的选择。尤其是，我相信傻包和翻脸说的他们是我的恩人。当然，我现在认识到，从傻包的观点来看，我是一项很好的投机。他在我的身上投下了钱，他指望在声誉上得到回报。有的有培养前途的孩子往往会忽然"倒退"起来，如果我也像他们那样，我想他肯定会马上把我打发掉的。后来我为他考上了两次奖学金，毫无疑问，他在他的学校简介上充分利用了这一点。但是一个孩子很难认识到一所学校主要是一种商业投资。孩子相信学校之所以存在是为了进行教育，学校校长管教他是为了他好，或者是有威吓孩子的癖好。翻脸和傻包选择了同我友好的方针，他们的友情包括鞭打、责骂、侮辱，这是为了我好，免得我去当办公室听差。这是他们的观点，而我相信这一观点。因此很清楚，我欠了他们很大的人情。但是我并不感激，这一点我是十分明白的。相反，我憎恨他们两个人。我不能控制我的主观感情，而且我也不能对自己掩饰这种感情。不过，憎恨你的恩人是不对的，是不是？我是这样受教育的，也是这样相信的。孩子总是接受别人教给他的行为准则，即使他在破坏这些准则的时候也是如此。从八岁，或者甚至更早的时候起，负罪感就一直没有离开过我。如果说我极力装得似乎麻木不仁和桀骜不驯的样子，这只是薄薄的一层表面，用来遮盖我内心的羞耻和消沉。我在童年期间始终深信我是没有出息的，我是在虚度时光，斫伤我的才能，行为愚蠢、邪恶、忘恩负义——所有这一切看来似乎是不可避免的，因为我生活在像地心吸力规律一样绝对的准则中间，而我又无法遵守这些准则。

三

任何人回顾他的学校生活时都不能够真的说这些日子是过得完全不快乐的。

我对圣塞浦里安的许多不快的记忆中间也有愉快的记忆。在夏季的下午，有时穿过丘陵地带到一个叫比林口的村庄或者到海滩尽头去远足是很好玩的，我们可以在石灰岩的岩石中间冒险游泳，回来身上到处划伤。仲夏的晚上还有更好玩的事，作为特殊优待，我们不像平时那样给赶到床上去睡觉，而是在徘徊不去的暮色中，在操场上游逛，最后在大约九点钟的时候跳到游泳池中一游。还有在夏季早晨很早醒来，在阳光已经照了进来，但大家还熟睡未醒的宿舍里，不受打扰地读一小时小说的快事（我儿童时代喜爱的作家有伊恩·海①、萨克雷、吉卜林和H.G.威尔斯）。还有打板球，我打得并不好，但是却无可救药地钟情于此，一直到大约十八岁。还有一件乐趣是养毛毛虫——绿色和紫色的光滑如绸缎一样的天社蛾，颜色惨绿的杨蛾，大得像中指一样的女贞蛾，这些标本都是可以在镇上一家小铺里用六便士就偷偷买到的。还有在校长"出去散步"时可以有足够时间偷偷到丘陵地带的人造露水池中捞橘红色肚子的水螈所带来的兴奋。外出散步既有无穷的乐趣，令人迷醉，但又要在老师一声吆喝下马上回来，就像一只给绳子拴着的狗一样，这成了学校生活的一个重要特色，无形中加强了许多孩子原来就已有的强烈信念：你最想做的事总是做不到的。

---

① 伊恩·海（Ian Hay，1876—1952），英国小说家。

极其偶然，每个夏季也许有那么一次，可以完全逃脱学校里这种军营式的气氛，那是副校长布朗获准带一两个学生到几英里以外的一块公地上去逮蝴蝶的下午。布朗白发苍苍，脸色红润得像只草莓，他精通博物学，擅长做模型、浇石膏、放幻灯等诸如此类的玩意儿。他和巴契勒先生是学校里仅有的两个我不讨厌或害怕的大人。有一次他带我到他屋里，信任地给我看了他藏在床底下箱子里的一支左轮手枪，枪把上镶有珍珠。他把它叫作是他的"六响枪"。啊，这些偶尔举行的远足带来多少欢乐！在一条没有人迹的支线上坐两三英里的火车，手里拿着绿色的大网来回奔跑追逐一个下午，在草尖上飞翔的美丽的大飞蝶，气味熏人的杀虫瓶，然后在一家酒店的店堂里坐下来喝茶，吃大块淡颜色的蛋糕！这一切的关键是火车旅行，因为它似乎在你和学校之间形成了神奇的距离。

翻脸可想而知是不赞成这种远足的，尽管没有当真禁止。"你们去逮那些小蝴蝶？"我们回来时她会这样用带有恶意的取笑口气说，声音尽量装得像个小孩子。从她的观点来看，博物学（她大概会叫它是"逮小虫"）是小孩子的玩意儿，应该尽早让男孩子知道这样会让人笑话而不再沉迷其间。而且博物学总归使人感到有点没出息，它一向是那些戴眼镜而不擅长运动的男孩子干的事，它对你通过考试并没有什么帮助，尤其是，它有些科学的味道，因此有可能威胁到古典教学。接受布朗的邀请需要相当大的精神上的勇气。我真怕这种什么"小蝴蝶"的讥笑！但是，布朗是自从建校之初就来学校的，他已建立了一定程度的独立性：他似乎只跟傻包打交道，而根本不理翻脸。如果碰上两人都不在，布朗就以代理校长身份行事，在这样的时候，早上礼拜时他就不诵读指定的那天的课文，而给我们读《伪经》①中的故事。

我童年时代的美好回忆,一直到我大约二十岁的时候,大部分同动物有某种关系。而且现在回顾起来,就圣塞浦里安来说,似乎我的所有美好回忆都是同夏季有关。到了冬季,你不断地流鼻涕,你的手指冻僵,连衬衫也扣不上(星期天特别苦恼,我们要穿伊顿硬领),还有每天令你发怵的足球——那寒冷,那泥泞,那向你迎面飞来的肮脏的球,那大孩子们撞你的膝盖和踩你的靴子。还有一部分原因是,我在大约十岁以后一到冬季就很少有健康的时候。我的支气管有毛病,好多年以后才发现一片肺叶上有个病灶。因此我不仅长期咳嗽,而且奔跑对我来说是一种折磨。但是,在那时候,他们管这叫"气喘"或者"胸闷",认为纯属想象,或者基本上当作神经过敏来看待,那是吃得过饱引起的。"你呼哧呼哧像一台手风琴,"傻包站在我的椅后不高兴地说,"你老是拼命塞肚子,原因就是这个。"我的咳嗽被说成是"肚皮咳嗽",这听起来又难听又该责骂。治疗的办法是跑步,如果你能长期坚持,最后便能"清除你的胸腔"。

在那个时期里,上层阶级的学校里把这种情况——我不敢说是实际的折磨,但至少是腐败和玩忽现象——视为天经地义的程度,实在令人奇怪。几乎像在萨克雷时代一样,一个八岁或十岁的小孩子成为一个流着鼻涕的小可怜虫,脸上永远是肮脏的,双手皲裂,指甲不齐,手帕又脏又湿,屁股常常紫一块青一块的,似乎是自然不过的事。就是因为这种肉体实际上受苦的前景,使得你在假期最后几天中一想到就要回学校去,就像一块铅压在你的胸中。关于圣塞浦里安的记忆中,最典型的一个记忆就是学期开

---

① 《伪经》,或译《次经》《新约外传》《旁经》,都指《圣经》中未收录的基督教早期著作。

始头一天晚上睡到床上去时，你觉得你的床铺出奇地硬。由于这是一所收费昂贵的学校，我上这所学校无异在社会地位上提高了一层，但是它的舒适程度从各方面来说都远远低于我自己的家，而且的确可以说远远低于一个富裕的工人阶级的家。例如，你一个星期只能洗一次热水澡。伙食不仅吃得不好，而且吃不饱。我以前从来没有看到过在面包上抹得这么薄的黄油或果酱的，以后也从来没有看到过。我认为我不可能是在捏造吃不饱的事实，因为我仍记得我们为了要偷些吃的伤了多少脑筋，费了多少力气。我记得有几次在半夜两三点钟偷偷地爬下好像没有尽头的黑暗楼梯和过道，到食物储藏室去偷陈面包。我们打着赤脚，走一步就要停下来一会儿，听听有没有响动，对傻包、鬼、小偷都同样怕得要死。老师们同我们一起吃饭，不过他们的伙食稍好，我们只要稍有机会就往往在他们的盘子端开的时候偷他们吃剩的熏肉皮或炸土豆片吃。

像平常一样，我没有认识到这样不给吃饱在商业上有充分的理由。总的来说，我接受傻包的看法，孩子们的胃口这么大是一种病态的生长，应该尽可能加以抑制。在圣塞浦里安，他们常常向我们反复教导的箴言是，吃过饭站起来时感到肚子像刚坐下去吃时那样饿是健康的表现。还在一辈人之前，学校开饭时以一份不加糖的板油布丁做第一道菜是很普通的事，他们还老实地说，这是为了"倒孩子们的胃口"。但是在预备学校里，不给吃饱大概不像公学里那样明目张胆，因为在预备学校里学生是完全靠校方的伙食的，而在公学里学生可以自己买额外的东西吃，而且也是期望他们这么做的。在有些学校里，如果自己没有鸡蛋、香肠、沙丁鱼等的经常供应，你几乎就没有足够的东西来填饱肚子，父母得为此另外给孩子一些钱。例如，在伊顿，吃过中饭以后学生就没有一顿正经饭吃了。他们的下午茶只有面包、黄油和茶，到了八点，只给一盘可怜的稀汤或炸鱼当晚餐，更经常的是面包和奶酪，喝的是水。傻包曾到伊顿去看望他的大儿子，回来时对于那里的学生们生活的奢侈表现出一种十分势利的得意模样。"他们给孩子们吃炸鱼当晚餐！"他高声说，胖乎乎的脸容光焕发，笑容满面。"世界上没有学校能这样。"炸鱼！这是最穷的工人阶层惯吃的晚餐！在任何一家收费低廉的寄宿学校里，吃的肯定更差。我的一个非常早期的记忆就是在一所文法学校里看到给寄宿生——大概是那些农民和小店主的儿子——吃水煮的肺脏。

不论是谁写自己童年的回忆，都必须注意切莫夸张和自怜。我不敢说我是个受难者，或者圣塞浦里安是一所多思博爱狄更斯的名著《尼古拉斯·尼克尔贝》中纯粹以营利为目的、专以虐待学生为乐的可怕学堂。学校，那样的学校。但是如果我没有照实地记载这些基本上都是令人极其不快的记忆，那我就是在弄虚作假了。据我所能记忆的，我们所过的过分拥挤、吃不饱肚子、洗不干净身子的生活的确是令人极其不快的。如果我闭上眼睛说一声"学校"，第一个在我脑际浮现的当然便是实际的环境：平坦的操场和它的板球更衣室，步枪射击场边的小屋，到处灌穿堂风的宿舍，咯吱咯吱响的积了尘土的过道，体育馆前面的沥青广场，它后面的看上去表面粗糙的松木小教堂。几乎在每个角落都有什么脏的地方和东西惹你注意。例如我们用来盛稀粥的锡碗，都有突出的卷边，卷边下面总有剩粥结了嘎巴，可以长条长条地剔下来。稀粥本身总有什么成团结块的东西，或者头发和说不清是什么的黑色东西，多得使你觉得怎么会那样，除非是有人有意放进去的。不先检查一下就喝那稀粥是不安全的。浴池只有十二或十五英尺长，全校学生每天早晨都要跳进去洗澡，浴池里的水黏糊糊的，我怀疑是不是经常换水,还有那些毛巾总是湿漉漉的,有一种馊奶酪臭味。冬季偶尔到本地的浴室里去洗澡,混浊的海水是直接从海滩引来的,有一次我曾在海滩上看到有一团人粪在漂浮。还有更衣室里的汗臭味和尽是污垢的洗脸盆,除此之外,还有那排肮脏破旧的厕所,门上没有任何可以关严的插门,你坐在那里时总是有个人会冒冒失失地冲进来。我一想起我的学校生活几乎不可能不闻到一股寒冷发臭的味道———一种臭袜子、脏毛巾、过道上传过来的尿尿臭、没有洗干净食物残渣的刀叉、炖羊肉等的混合味儿,还有厕所门的碰撞声,寝室夜壶的咚咚撒尿声。

不错,我从本性来说是不宜群居的,在大批的人挤住的一块小空间里,生活中公共厕所和肮脏手帕的一方面,必然是很突出的,就像在军队里一样糟,而且毫无疑问,在监狱里更是如此。此外,少年时代是什么都感到厌恶的年龄。你有了区别的能力以后,在你变得麻木不仁之前,比如说七岁到十八岁之间,你就好像永远是在激流深渊上面走钢索。但是,我并不认为我夸大了学校生活的阴暗肮脏一面,因为我记得他们怎么忽略了健康和清洁,尽管他们侈谈什么新鲜空气、凉水和坚持艰苦训练。接连好几天便秘是很普遍的事。因为唯一通用的通便剂是蓖麻籽油或者另外一种叫甘草粉的几乎同样难以下咽的药水,因此说实在的,很少有人有勇气这样来保持大便通畅的。你每天早上该去浴池洗澡,但是有些孩子接连几天不去洗,铃声一响就躲了起来,或者跟着大家到池边,用地板上的一点脏水弄湿头发,以此了事。一个八九岁的小孩子是很少知道自己保持清洁的,除非有人督促他。有个新来的学生叫哈兹尔的,长得很漂亮,是妈妈的心肝宝贝,他在我快离校以前才来。我注意到他的第一件事情就是他的牙齿像美丽的珍珠一样光亮洁白。到了那个学期结束，他的牙齿就显得特别黄。显然，在那个时期里，没有人对他有足够的关心，告诉他要刷牙。

不过，当然，家里和学校的不同不仅仅在于物质上。在学期开始第一天晚上躺在硬床板上常常使我有一种蓦然惊醒的感觉，一种"这是现实，这就是你要面对的东西"的感觉。你自己的家可能谈不上完美，但是至少这是一个充满爱而不是充满害怕的地方，你在那里不需要时刻警惕着防范你周围的人。你才八岁大，就给突然带出了这温暖的窝，投进了一个暴力、欺诈和诡秘的世界，就像一条金鱼给投进了一个满是尖刺的水缸。对你的欺压，不论是什么程度，你都没有办法。你只有靠打小报告来自卫，但是除了极少数严格限定的情况以外，打小报告是不能宽恕的罪过。写信回家要求父母把你带回去，甚至是更不可想象的，因为这么做无异承认你不快活和不合群，这是孩子们绝不会承认的。孩子都是埃瑞洪人塞缪尔·巴特勒式的人物[①]，他们认为身遭不幸是丢人的事，必须不惜代价加以掩饰。也许可能有人认为可以向父母诉怨吃得不好，或者冤枉挨了一顿打，或者由老师而不是由同学对你的欺侮。傻包从来不打富家子弟，这一事实说明，这种诉怨偶尔有人提出。但是像我自己这样的具体情况，我绝不可能要求我父母为我出面干涉。甚至在我明白了减免学费的事以前，我就理解到他们是欠了傻包某种人情的，因此无法保护我。我已经提到过，我在圣塞浦里安的几年里，我从来没有一个属于自己的板球拍。他们告诉我这是因为"你的父母没有能力供给"。有一天在假期里，他们在谈话中偶然泄露，他

---

① 塞缪尔·巴特勒（Samuel Butler, 1835—1902）所著小说《埃瑞洪》中的人物，英文书名"Erehwon"为"Nowhere"（乌有之乡）的倒拼。这是一部用乌托邦观点批评当时社会不公的作品。

们出了十个先令为我买了一个,而我却没有得到。我没有向我父母说,更不用说向傻包提出这个问题了。我怎么能够呢?我是依赖他的,十个先令同我欠他的比起来只是小小一部分。当然,我现在认识到,傻包极不可能把钱吞了。毫无疑问,他一定是忘了。但问题是,我当时断定他吞了这钱,而且我认为他是有权这样做的。

  一个小孩子要有自己的独立态度是何等困难,可以从我们对待翻脸的行为上看出来。我想确实可以说,学校里的孩子个个都又恨她又怕她。但是我们都极其奴颜婢膝地阿谀奉承她,我们对她的感情的最上面一层是越是做贼心虚越是忠诚。学校里的纪律主要是靠她而不是靠傻包来维持,但是她往往连表面上维持公正执法的样子都不装。她就是那样露骨地喜怒无常,任意处置。今天可能给你带来一顿鞭打的行为,明天却可能当作孩子淘气而一笑置之,或者甚至受到赞扬,因为这"表示你有胆量"。有些日子里,人人都在她那双深陷的尖利的眼睛之前索索发抖,但在另外一些日子里,她又像受到弄臣面首包围的搔首弄姿、打情骂俏的女王一样,慷慨大度地封官许愿("要是你得了哈罗历史测验奖,我送你一只照相机新盒套"),偶然甚至带上三四个宠爱的学生坐她的福特汽车到镇上咖啡馆去,让他们喝咖啡吃蛋糕。在我的心目中,翻脸不可分解地同伊丽莎白女王纠缠在一起,女王同莱斯特、埃塞克斯和赖利①的关系从我很小的时候起就使我不解。我们在说起翻脸的时候经常用的一个词就是"宠"。我们会说,"我得宠了"或者"我失宠了"。除了少数有钱或者有贵族头衔的子弟,没有人是永久得宠的,但另一方面,即使被冷落

---

① 莱斯特 (Leicester, 1532—1588)、埃塞克斯 (Earl of Essex, 1567—1601)、赖利 (Ralegh, 1554—1618),皆为其宠臣。

的孩子有时也会得到一些恩赐。因此，虽然我对翻脸的记忆基本上是敌视的，我也记得有好多次沐浴在她的微笑的阳光下，她叫我"老伙计"，用我的教名称呼，让我借她的私人藏书，我是在那里初次结识《名利场》的。得宠的最高级别标志是在星期天晚上翻脸和傻包有客来吃晚饭时给叫去端菜。在收碗盘时，你当然有机会把剩菜残羹吃掉，不过站在就餐的客人椅子后面，听到要你端什么时恭顺地奔上前去，也有一种做奴婢的乐趣。你只要有机会拍马，你总是会拍马的，一看到对方的笑容，你的憎恨就会化为一种献媚的热情。凡是能有机会让翻脸发笑，我就感到得意。在她的命令下，我甚至写过应景的打油诗来庆祝学校生活中值得纪念的事件。

我很希望表明，我不是个叛逆者，除非为环境所迫。我接受客观存在的行为准则。有一次，在我就读时期快结束的时候，我甚至向布朗揭发一件有同性恋嫌疑的案件。我并不十分明白同性恋是怎么回事，但是我知道有这种事发生，知道这是一件坏事，而且这就是应该打小报告的那种事情。布朗告诉我，我是个"好家伙"，这使我感到十分惭愧。在翻脸面前，你像在弄蛇者面前的一头蛇一样无能为力。她的赞扬和责骂的词句几乎千篇一律，全部是套话，每句都会引起你对应的反应。比如，"加把劲，老伙计！"你听了就来了劲，精神百倍；"你别傻了！"（或者，"这多差劲！"）就使你感到自己是个天生的白痴；"你这就不够老实了！"总使你几乎惭愧得要掉泪。然而，在你的心底里，你一直感觉到，好像有个不可腐蚀的内在自我，知道你不论干什么——不论是笑，还是哭，还是因为一些小恩小惠而感激涕零——你的唯一真正的感情是憎恨。

四

我在这一生很早就知道,你可能做出你本来不想做的错事来,不久我又知道,你做错事的时候可能还不知道你做的是什么,或者为什么这么做是错的。有些罪过太微妙了,不容易说清楚,也有一些罪过是太可怕了,连提也不能明白地提。例如,性的问题,它总是给压制在表面之下,但是在我十二岁的时候,它突然爆发了,引起一场轩然大波。

在有些预备学校里,同性恋不是问题,但是我认为圣塞浦里安可能由于有南美学生的存在而有了一种"坏校风",他们比英国孩子也许早熟一两年。在我那个年龄我对这是没有兴趣的,因此实际上并不知道发生了什么事,不过我想可能是集体手淫。反正,有一天,风暴突然在我们头上爆发了。有人给叫了去,受到查问,于是招供、鞭打、忏悔、庄严的训话,你对这些训话一点儿也不懂,只明白有人犯了一种叫作"肮脏的兽行"的罪过。团伙头子之一,一个叫霍恩的学生给抽了一顿鞭子,据目击者说,连续不断抽了一刻钟,然后给开除了。他的呼号声响彻屋宇。不过我们都或多或少受了牵连,或者自己觉得受了牵连。犯罪感像一股烟似的悬在空中。一个面容严肃、一头黑发的低能儿教师(后来还当上了议会议员)把年纪稍大的孩子带到一间与外面隔离的屋子,做了一番关于人体神圣的讲演。

"你们知不知道你们的身体是一件怎么了不起的东西?"他严肃地说,"你们常常谈什么汽车发动机,什么劳斯莱斯汽车,什么戴姆勒汽车。你们难道不知道没有任何发动机可以同你们的身体相比?而你们却动手毁了它,毁了它一辈子!"

他把深陷的黑色眼睛转过来停在我身上,十分伤心地补充了一句:"而你,我一直以为你也算得上是个规矩的孩子,我却听说你是最坏的孩子中间的一个。"

一种这下子可完了的感觉向我袭来。原来我也是有罪的。我也做了那件不管是什么反正一辈子毁了你的灵魂和肉体的错事,最后结果不是自杀,就是进疯人院。在此之前,我一直希望我自己是清白的,而如今,相信自己一定已经犯了罪的想法支配了我,而由于我不知道自己究竟做了什么错事,这种信念就更强了。我是那些遭到查询和鞭打的孩子之一,一直到风波过后很久,我才知道把我的名字牵涉进去的那件小事。即使在那时候,我也一点儿不懂。一直到两年以后我才充分明白那次关于人体神圣的训话的含义指的是什么。

在当时,我还是处在几乎无性的状态,这在那个年龄的孩子中间是很正常的,或者说,是很普通的。因此对于一般叫作"生活的事实"的那件事情,我是处在同时知道而又不知道的状态。五六岁的时候,像许多孩子一样,我经历了性感的一个阶段。我的小朋友们是大路那头一个水暖工的子女,我们有时常常玩一种令人模糊地感到引起性感的游戏。一个游戏叫"看病",我记得用一只玩具喇叭当作听诊器按在一个小姑娘的肚子上时所感到的一阵轻微的,但是肯定是刺激的快感。在这同时,我深深地爱上了——那是一种我从此以后从来没有对别人有过的那么崇拜的爱——一个名叫爱尔西的女孩,她也是在我就读的修女办的学校上学。在我看来她好像是个大人,因此我现在想她一定有十五岁了。在此以后,像常见的情况那样,所有有关性的感觉似乎都离开了我,如此有许多年。十二岁的时候,我知道了比小的时候所知道的更多东西,但是我懂的却更少了,因为我不再知道这个基本事实：在性的活动中有一种愉快的东西。在大约七岁到十四岁之间，这整个问题对我来说似乎引不起兴趣，有时为了某种原因我不由得想到它时，也觉得令我厌恶。我的有关所谓"生活的事实"的知识是从动物那里得到的，因此是受到扭曲的，而且是断断续续的。我知道动物交配，还有人类的身体同动物的类似；但是人类也交配这一点我可以说是不自觉地知道的，那是，也许是《圣经》里的一句话，迫使我想起了这一点。我没有欲望，因此我没有好奇心，愿意让许多问题悬在那里，不求答案。例如，我在原则上知道婴儿怎么钻进女人的身体，但是我不知道它怎么又从里面出来，因为我从来没有对这个问题追根究底。我知道所有的脏话，在我不痛快的时候，我会对自己说这些脏话，但是我不知道那些脏话中最脏的那一句是什么意思，而且也不想知道。它们的坏是抽象的，是一种骂人的咒语而已。在我处于这种状态的时候，我很容易对于我身边周围发生的任何性方面的不良行为不闻不问，一无所知，而且在风波爆发后仍没有知道得更明白些。至多，通过翻脸、傻包和其余的人的隐含的吓人的威胁，我知道我们都有份的罪过多少与性器官有关。我曾经注意到，你的生殖器有时会自动竖起来（这在你有任何有意识的性欲之前很早就开始发生了），但是我并不感到很大兴趣，我相信，或者有点相信，这次罪行大概就是这个。反正，这同生殖器有关——我懂得的就这么多。毫无疑问，许多别的孩子同样是蒙在鼓里。

在关于人体神圣的训话以后（好多天以后，回想起来，这次风波似乎继续了好多天），我们十多个孩子在翻脸的低垂的眼睛的监督下，围坐在傻包用来给奖学金班上课的光亮的长桌边。这时楼上什么地方的一间屋子里传来一声凄惨的哭叫。一个名叫罗纳兹的非常小的孩子，年龄不超过十岁，也因某种牵连而遭到了鞭打，或者是在鞭打后正在哭叫。翻脸一听到这哭叫声，她的眼睛就在我们脸上搜索，最后停在我的脸上。

"你瞧。"她说。

我不敢说她说的是"你瞧你干了什么"，但就是这个意思。我们都羞愧得低下头来。这是我们的过错。反正是我们把可怜的罗纳兹带坏了：他的痛楚和他的毁身，我们是有责任的。这时翻脸的眼光转到了一个名叫希思的孩子。那已是三十年以前的事了，我已经不太清楚她仅仅是引用《圣经》中的一句诗，还是确实拿出一本《圣经》来叫希思朗读；反正她指出的诗句是："凡是如此伤害这些相信我的小孩之一者，他不如在脖子上挂一石磨，淹死在海底。"

这也太可怕了。罗纳兹就是这些小孩之一，我们伤害了他；我们不如在脖子上套一石磨，淹死在海底。

"你有想到过吗，希思——你有想到过这是什么意思吗？"翻脸说道，希思失声痛哭起来。

另一个孩子比查姆，我在上面已经提过，他同样因为受到"眼睛有黑圈"的指责而羞愧难当。

"比查姆，你最近照过镜子没有？"翻脸说，"你带着这么一张脸到处走不觉得羞愧吗？你以为大家不知道小孩子眼睛有黑圈是什么意思吗？"

心虚和恐惧的重负又一次压到我身上。我的眼睛有没有黑圈？过了一两年以后我才明白这被认为是一种可以识别手淫者的症状。但是，当时我并不知道，却已接受黑眼圈是堕落的明确迹象，某种堕落的明确迹象。有许多次，甚至在我明白了这种假定的意义之前，我曾经不安地望着镜子，寻找这种可怕的污点的最初痕迹。秘密犯罪者写在自己脸上的自白供词。

　　这些恐怖慢慢消退了，或者说只是断断续续偶然出现了，并没有影响到我的一般所谓的正式信仰。关于疯人院和自杀者的坟墓的恐惧仍旧存在，但是已不是那么恐怖了。几个月以后，我碰巧又见到了霍恩，就是被鞭打和开除的那个犯罪集团头目。霍恩是受冷落的孩子之一，父母是下层中产阶级，毫无疑问这是傻包这样不客气对待他的原因之一。他被开除后的那个学期，他进了伊斯特布恩学院，那是当地一所很小的公学，在圣塞浦里安被极为瞧不起，认为"事实上谈不上是"一所公学。圣塞浦里安毕业的学生只有极少数上那里，傻包谈起他们时总是带着一种鄙视的可怜的语气。如果你上那种学校，你根本不会有什么前途：至多你的命运是当个小职员。我当时认为霍恩刚刚十三岁就已经丧失了有个像样的前途的一切希望了。不论从身体、精神和社会上来说，他都完了。此外，我还认为，他父母只有送他上伊斯特布恩学院，因为在他那么丢脸之后，没有一所"好"学校会接受他入学。

　　在下一学期里，我们出去散步时在街上遇见霍恩。他看上去完全正常。他体格强壮，一头黑发，是个英俊的少年。我马上注意到他看上去比我上次见到他时气色要好多了，原来脸色有些苍白，如今红润多了。他见到我们并没有不好意思的样子。显然，他对于自己被开除和上了伊斯特布恩学院并不感到羞愧。从我们鱼贯走过他身边时他看我们的样子中，如果你能得出什么印象的话，那就是他对于自己能逃离圣塞浦里安是感到高兴的。但是这次邂逅对我的印象不深。从原来肉体和灵魂都毁了的霍恩如今看上去似乎很高兴而且身体健康的这个事实中，我没有做出什么可想而知的推论。我仍旧相信傻包和翻脸教我的有关性的神话。神秘的可怕的危险仍在那里。说不定哪一天的早晨黑眼圈会出现在你的眼睛周围,那时你就知道你也是迷途者之一了。只不过它似乎已不再怎么重要了。这种矛盾是很容易存在于一个孩子的心中的,这是因为孩子本身的生命力。他接受——除此之外,他还能做什么?——他听到的成人的胡说八道,但是他的年轻的身体,物质世界的甜美,告诉他的却是另一回事。关于地狱,也是这样,在十四岁以前我是正式相信的。几乎肯定有地狱的存在,有时,绘声绘色的布道会把你吓得灵魂出窍。但是这种情况从来没有维持得很长久。等待你的火是真正的火,它会像你烧伤手指一样烧伤你,而且是永远地烧伤你,但是在大多数时间里,你能够在想到它的时候不必怎么放在心上了。

五

圣塞浦里安有各种各样的准则——宗教上的、道德上的、社交上的和学识上的——如果你弄清楚了它们的含义的话,你就会发现它们常常是互相矛盾的。基本的矛盾是十九世纪禁欲主义传统和一九一四年以前那个时代实际存在的奢侈和势利之间的矛盾。一方面是低教会派①信奉圣经教义和禁欲主义,坚持辛勤工作,重视学业成绩,不赞成自我放纵;另一方面是对"书卷气"的轻视,崇拜运动,鄙视外国人和工人阶级,对贫穷几乎有一种病态的恐惧,尤其是,认为金钱和特权不仅是重要的,而且最好是继承而来而不是必须靠工作所得。笼统地说,要求你既是基

---

① 低教会派,圣公会中的一派,主张简化仪式,反对过分强调教会的权威地位,较倾向于清教徒,与高教会派相对。

督教徒又在社会上获得成功，但这是不可能同时做到的。当时我没有认识到向我们提出的各种理想互相抵消。我只看到就我而论，它们是完全，或者说几乎是完全达不到的，因为它们不仅全都取决于你的作为而且也取决于你的出身。

我在很早的时候，只有十岁或十一岁的时候，就已得出了一个结论。没有人告诉我，但另一方面我也不是完全用自己的头脑想出来的，不过它存在于我呼吸的空气中，这个结论就是：没有十万英镑，你就是个窝囊废。我把数目定在这个数字上大概是因为读了萨克雷的结果。十万英镑的利息是四千镑一年（我把利率定在百分之四，这样保险一些），这看来就是你要跻身于真正的社会上层，即住在乡间宅邸中的人中间的最低限度收入。不过很清楚，我是永远不可能找到进入这个天堂的途径的，因为除非是出生在这天堂，否则你并不能算真正属于这天堂。如果你能办得到，你只能用一种叫作"到城里去"①的神秘活动赚钱，你从城里出来时，腰缠你赚来的十万英镑，可是你已身体发胖，年纪衰老。而上层精华分子真正令人羡慕的事是，他们年轻的时候就很富有。对于像我这样的人，不甘清贫的中产阶级，靠考试晋升的人，只有一种成功是可能的，那就是要吃苦耐劳，努力奋斗。你靠奖学金往上爬，挤进文官系统或者印度文官系统，或者可能当上了律师。但是一旦你稍有"放松"，或者"倒退"，在往上爬的阶梯上踩空了一脚，你就成了"四十镑一年的办公室小当差"。但是即使你爬到了最高一层那个向你开放的神龛，你仍只是个当差的，供真正有权有势的人使唤的仆从。

---

① 到城里去，这里的"城"指伦敦金融区，就像纽约的华尔街一样，"到城里去"意即做股票交易。

我即使没有从傻包和翻脸那里学到这一点，我也会从其他孩子那里学到。现在回顾起来，真是令人十分吃惊：我们当时全都是那么势利虚荣，对于贵族的姓名地址那么熟悉，对于讲话口音和行动举止还有衣服的剪裁都能那么快的一眼就看出不同来。有些孩子甚至在冬季学期中途最寒冷难熬的时候毛孔里也淌着铜钱臭。特别是在学期开始和结束的时候，大家都虚荣得天真地谈论着什么瑞士，什么苏格兰沼泽地，什么"我叔叔的游艇"，什么"我们在乡下的房子"，"我的小马驹"和"我老爸的旅行车"等。我想，在世界历史上从来没有一个时候，单纯的金钱财富的庸俗——而且没有任何贵族的优雅气质来做一些补救——像在一九一四年以前那些年那样显眼的。在那个时代里，发了疯一样的百万富翁头戴高礼帽，身穿淡紫色背心，在泰晤士河上华丽的游艇上举行香槟酒会，那是玩空竹和穿窄底裙的时代，头戴灰色圆礼帽、身穿燕尾服的"公子哥儿"的时代，《风流寡妇》、萨基的小说、《彼得·潘》和《彩虹尽头处》①的时代，什么巧克力、雪茄、真开心、真痛快、棒极了挂在人们嘴边的时代，是他们到布赖敦海滨度那愉快的周末，到特罗克大饭店吃丰盛的茶点的时代。在一九一四年以前的整整十年里，似乎散发着一种更加庸俗、幼稚的奢侈气味，一种生发油、薄荷甜酒和软心巧克力的味道，弥漫着一种在绿色的草坪上听着伊顿赛船歌的曲调，吃那吃不完的草莓冰淇淋的气氛。令人奇怪的是，人人都理所当然地以为，这种英国上层和上层

---

① 《风流寡妇》，斯洛伐克剧作家弗兰兹·雷哈尔（Franz Lehar, 1870—1948）创作的一部轻歌剧。萨基（Saki, 1870—1916），英国作家赫克托·休·芒罗的笔名，以短篇小说闻名于世。《彼得·潘》，英国剧作家詹姆斯·巴里（James Barrie, 1860—1937）创作的五幕剧和小说，其主人公永远不会长大。《彩虹尽头处》，英国一九一二年上演的一出风靡一时的幻想剧。

中产阶级的不断鼓胀和四溢的财富会永远维持下去,是天经地义的事情。到了一九一八年以后,情况就不再是从前那样了。势利风气和浪费习惯当然又回来了,不过这种风气和习惯有些感到不自然,处于防守的地位。在战前,金钱崇拜完全是不假思索的,没有因为任何良心的谴责而感到内疚。金钱之有用就像健康或美丽之有用一样是明白无误的,而一辆崭新发亮的汽车,一个贵族头衔,一批奴仆,在人们的心目中与什么才是实际道德善行的理念混同起来了。

在圣塞浦里安,在学期中,生活的普遍简朴单调强制实行了一定程度的民主,但是一提起假日,和由此而来的关于汽车、管家、乡间别墅的攀比,立刻唤出了阶级区别的存在。学校里弥漫着一种对苏格兰的奇怪崇拜,这就使我们的价值标准显出了根本矛盾。翻脸自称祖先是苏格兰人,她偏爱苏格兰学生,鼓励他们穿他们祖传的格子呢的裙子,而不是校服,她甚至给她的小儿子起了一个盖尔语①的名字。我们表面上要做出敬佩苏格兰人的样子,因为他们总是"铁板着脸"和"阴沉着脸"(恰当的字眼也许是"严峻"),而且在战场上所向无敌。在学校大教室里,有一幅铜版画,是苏格兰灰骑兵在滑铁卢的冲锋场面,看上去似乎个个都很来劲。我们关于苏格兰的印象是由小溪、山坡、褶裥裙、毛皮袋、双刃刀、风笛等组成的,不知怎么的全都与稀粥、新教教义、寒冷气候等振奋精神的效果有些交杂在一起了。不过在这一切的下面有一种完全不同的东西。对苏格兰的崇拜的真正原因是:只有非常有钱的人才能在那里消夏。假装相信苏格兰的优越性只是一种掩护而已,为了掩盖占领

---

① 盖尔语,又叫凯尔特语,为苏格兰、爱尔兰等地凯尔特人使用的语言。

者英格兰人的感到内疚的良心,他们把苏格兰高地的农民赶出他们的农田,而把这些农田改为猎鹿的森林,然后又逼迫他们做佣仆来报答他们。翻脸说到苏格兰的时候,脸上总洋溢着天真的得意笑容。有时她说话还装腔作势地带上一点苏格兰口音。苏格兰是他们私有的天堂,只有少数宠儿才能谈论,使得外人自惭形秽。

"这次假期你去苏格兰吗?"

"当然去!我们每年都去。"

"我老爸在那里有三英里的河。"

"我老爸要给我一支新枪当十二岁礼物。我们去的地方有很好玩的黑琴鸡。出去,史密斯!你听着干什么?你从来没有去过苏格兰。我敢说你连黑琴鸡是什么样儿也不知道。"

接着便是学叫雄性黑琴鸡的啼叫,牡鹿的号叫,"我们的男仆"的口音,等等。

社会出身可疑的新学生有时会受到各种各样的询问,这种问题提得十分具体,存心使你感到难堪,实在令人惊异,特别是你考虑到提问的人只有十二或十三岁!

"你老爸一年挣多少?你住伦敦哪一区?是骑士桥还是肯辛顿①?你们家的房子有几间浴室?你们家有多少仆人?你们家有管家吗?那么,好吧,你们家有厨子吗?你的衣服是哪儿做的?假期里你去看了几场戏?你身上带了多少零用钱回来?"如此等等。

我曾经看到过一个新来的小孩,才不过八岁,就拼命说谎应付这种

---

① 这些地方都是伦敦有钱人的住宅区。

询问：

"你们家有汽车吗？"

"有。"

"哪一种车？"

"戴姆勒。"

"多少马力？"

(停顿了一会儿，接着瞎猜)"十五匹马力。"

"什么灯？"

小孩不解。

"哪一种的灯？用电的还是乙炔？"

(停顿很久，又一次瞎猜)"乙炔。"

"哈！他说他老爸的汽车用乙炔的灯。那早就淘汰了！那车一定老掉牙了。"

"胡说！他是瞎编的。他根本没有车。他不过是个穷光蛋。你老爸是个穷光蛋。"

如此等等。

根据我周围流行的社会标准，我是没出息的，而且也不可能有出息。但是，各种不同的美德似乎神秘地互有关联，而且在基本上是属于同一种人的。举足轻重的不仅是金钱，还有力量、美丽、魅力、运动员气魄和精神，以及一种叫"胆量"或者"性格"的东西，在实际上，这意味着把你的意志强加于人的力量。这些品质，我一点儿也没有。例如，在运动方面，我是一无所长。我游泳还可以，板球也不是完全不行，但是这些都没有什么增添威望的价值，因为孩子们只重视需要力量和勇气的运动。受到重视的是足球,但是对这运动我是个懦夫。我不喜欢这项运动,因为我看不出它有什么好玩或者好处,我很难对它表示出什么勇气来。在我看来,足球似乎不是真正为了踢球的乐趣而玩的,而是一种争斗。足球的爱好者都是吵吵嚷嚷的出身贵族的大孩子,他们擅长于把小一些的孩子踢倒在地并且在他们身上踩踏过去。这就是学校生活的模式——强者不断胜过弱者。美德在于取胜:在于比别人身材高大、强壮、英俊、有风度、有人缘,能够不择手段,在于支配别人、威吓别人,使他们吃到苦头,显得愚蠢,在各方面都胜过他们。生活是有等级的,不管发生什么事情都是对的。强者有资格取胜而且总是取胜,弱者只配失败而且总是失败,永远如此。

我对流行的标准没有提出怀疑,因为就我所能看到的而言,没有别的标准。有钱的、强壮的、优雅的、时髦的、有势的人怎么会错呢?这个世界是他们的世界,他们为这世界制定的规则一定是正确的规则。但是,我从很小的时候起就意识到不管怎样从主观上做到从俗随流是不可能的。在我的内心之中,我的自我总是觉醒的,在向我指出道德义务与心理事实之间的不同。在所有的问题上都是如此,不论是此世的还是来世的。以宗教为例,你应该爱上帝,这一点我不怀疑。一直到十四岁左右,我都是信奉上帝的,而且相信关于他的记述都是真实的。但是我也很清楚,我并不爱他。相反,我恨他,正如我恨耶稣和希伯来长老。如果说我对《旧约》中任何人物有什么同情的话,这是对该隐、耶洗别、哈曼、亚甲、西西拉[①]

[①] 该隐,亚当和夏娃的长子,杀其弟亚伯。耶洗别,以色列国王之妻,以邪恶淫荡著名。哈曼,波斯宰相,欲杀犹太人,阴谋败露被高架吊死。亚甲,亚玛力国王,被扫罗战败。西西拉,反对以色列人的迦南将领。

这样的人物。在《新约》中，如果有的话，我的朋友是亚拿尼亚、该亚法、犹大、彼拉多①。但是整个宗教问题似乎充满了心理学上不可能的事。例如，祷告书告诉你要爱上帝和畏上帝，但是你怎么可能爱一个你畏惧的人呢？你的个人爱憎也是如此。你应该具有什么样的感情这是很清楚的，但是实际的感情却并非是听命于他人而得。显然，我有义务对翻脸和傻包表示感激，但我却没有这种感激之情。同样清楚，你应该爱你父亲，但是我很明白，我就是不喜欢我自己的父亲，我在八岁以前很少见到他，我只记得他是个老是粗声粗气说不许这样不许那样的上了年纪的人。这不是因为你不希望有正确的品质或者有正确的感情，而是你做不到。正确的事和可能的事似乎永远不能吻合。

有一句诗，确切地说我并不是在圣塞浦里安时读到的，而是在一两年以后，但它似乎在我的心中激起了沉重的回声。它就是："不可改变的法则的大军。"我完全明白做卢西弗②意味着什么，他是被打败的而且是理当被打败的，没有复仇的可能。带着教鞭的教员，在苏格兰拥有城堡的百万富翁，头发卷曲的运动员，他们都是不可改变的法则的大军。在那个时期，很难认识到这个法则事实上是可以改变的。而根据那个法则，我是注定失败的。我没有钱，我体弱，我丑陋，我没有人缘，我咳嗽不愈，我胆小，我身上有气味。我应该再加一句，这幅图像不是太吸引人的。我是个不讨人喜欢的孩子。即使我以前并不是这样，圣塞浦里安也很快把我弄成了这样。但是一个孩子相信自己有什么缺点并不完全决定于事实。例如，我相信我身

---

① 亚拿尼亚，因私扣变卖田产之所得哄骗圣灵而死。该亚法，主审耶稣的大祭师。犹大，出卖耶稣的门徒。彼拉多，罗马驻犹太巡抚，下令在十字架上钉死耶稣。

② 卢西弗，原意晨星，是早期基督教著作中对撒旦堕落前的称呼。

上有气味,但这完全是根据一般的可能性。大家都认为令人讨厌的人身上有气味,因此我假定自己也有。再如,在我离开学校以前,我一直认为我是异乎寻常的丑陋。这是我的同学告诉我的,而我又没有其他权威可以请教。"我不可能成功"这个信念在我心中埋藏之深足以影响到我成年以后很久的所作所为。在我三十岁以前,我在计划我的生活时一直是从下述假定出发的:不仅任何重大举措必然会失败,而且我只能预期再多活几年而已。

不过这种自惭形秽和注定失败的感觉被别的什么东西给抵消了,那就是生存的本能。即使一种软弱、丑陋、怯懦、体臭而且无论如何再没有生存理由的生物,仍希望按其自己的方式生存下去并保持快乐。我不能逆转现有的价值天平,或者使自己成功,但是我可以接受失败,反过来使它为我所用。我可以自己认命,然后努力在这种条件下求生存。

求生存,或者至少是保持任何哪种独立性,基本上是犯罪性质的,因为这意味着要违反你自己承认的规则。有个名叫强尼·哈尔的孩子好几个月来一直欺负我颇甚。他个儿大,力气大,脸颊红润,一头鬈发,长得粗犷,有男性美。他总是在扭别人的胳膊,拧别人的耳朵,用短鞭打别人(他是"六班"成员),或者在足球场上表演绝技。翻脸很喜爱他(因此她总是用他的教名叫他),傻包赞扬他是个"有性格""能维持秩序"的孩子。他的后面总是跟着一批马屁精,他们叫他是"强人"。

有一天,我们在更衣室脱掉大衣时,哈尔存心找我茬。我还了他一句嘴,他就抓住我的手腕,把我的胳膊拧到背后,痛得我要命。我还记得他的露出蔑视的红脸凑到我的脸上。我想,除了他身体极其强壮以外,他的年龄也比我大。在他松手放开我的当儿,我心中痛下了决心。我要在他不备的时候狠狠地揍他,出我这口恶气。当时正好就是这么一个关键时刻,因为出去散步的老师几乎马上就要回来了,等他一回来就打不成了。我大概等了一分钟,尽量装出不存恶意的样子向哈尔走过去,然后倾我全身的力气,一拳打在他的脸上。他给这一拳打得站不住脚,身子往后退了几步,打了一个趔趄,嘴角上流了血。他的一向红润的脸气得发青。他转过身去到洗脸盆前漱口。

"好吧!"老师把我们带出去时他咬牙切齿地对我说。

在这以后好几天里他总跟着我,要我同他干一仗。我虽然吓破了胆,但是坚决拒绝。我说他脸上吃的那一拳是他罪有应得,这事就此了结。奇怪的是,他并没有在当时和当地干脆就向我动手,他如果这样做,舆论大概也会支持他的。这样,这件事就慢慢地不了了之了,最后没有打架。

应该说,按照我自己的行为准则同按照他的行为准则一样,我的行为都是错误的。趁他不备揍他是错误的。但是后来由于知道如果打起来的话他一定会打败我而拒绝打架,那就更加错了,因为这是懦夫行为。如果我是因为不赞成打架而拒绝,或者我真诚地认为此事已经了结而拒绝,那就没有什么了。但是,我仅仅是因为我怕打不过他而拒绝。这甚至使我当初的报复也显得空洞而没有意义了。我当初打那一拳是在一时气愤之下的不假思索的暴力行为,存心不顾前后,只求一时之快的报复,根本没有考虑会有什么后果。我后来有时间认识到我做得不对,但是这是一种你能够得到一些满足的犯罪行为。如今一切都抵消了。我的第一个行动还可以说是一种勇气的表现,而我后来的怯懦表现却把这勇气都抹得一干二净了。

有一个事实我根本没有注意到,那就是哈尔虽然正式向我挑战,但是他并没有真的对我动手。相反，他在挨了那一拳以后就不再欺侮我了。我过了大约二十年才发现这件事的意义。当时，我只能看到在一个由强者统治的世界里弱者所面临的道德难题，除此之外，我看不到更远。这个难题就是：不违反规则就得灭亡。我没有看到，那样的话，弱者也有权为自己定一套不同的规则。因为，即使我想到了这样一个念头，在我的环境中是没有人能为我确认这一点的。我当时是生活在男孩子的世界里，他们是群居的动物，对任何事情从不提出疑问，接受强者的法则，把自己受到的屈辱转嫁到比自己小的孩子身上去，以此作为报复。我的处境就是无数别的孩子的处境，如果从潜在因素来说我比大多数孩子更具有叛逆的性格的话，这仅仅是因为按照孩子的标准我比他们更穷。但是我在思想上从来没有叛逆过，只是在情绪上才这样。除了为我的顽强的自我利益考虑，我的不能够——不是不能够蔑视自己而是不能够不喜欢自己，我的求生存的本能以外，我没有任何东西帮助我自己。

在我揍了强尼·哈尔脸一拳之后大约一年，我永远地离开了圣塞浦里安。那是冬季学期结束的时候。我带着一种从黑暗中出来见到阳光的感觉，系上了我的校服领带，整装待发。我很清楚地记得我把那条崭新的真丝领带系在我脖子上的感觉，一种解放的感觉，好像这条领带既是成人的标志又是对付翻脸的唠叨和傻包的鞭子的护身符。我这是从束缚下逃出来。这并不是说我预期或者打算在一所公学里能够比在圣塞浦里安成功一些。但是，我还是逃脱了束缚。我知道，在公学里会有更多的独处机会，更加没有人管，更加游手好闲、放纵自己和堕落。多年以来我已下定决心——开始时是不自觉的，后来是自觉的——一旦得到了奖学金，我就要"放松下来"，不再死背硬记那么用功。这个决心得到了充分的实现，在十三岁到二十二或二十三岁之间,能够躲避的功课,我很少去做。

翻脸同我握手告别。她甚至为此称呼我的教名。但是在她的脸上和话声里有一种恩施甚至嗤笑的成分。她说再会的口气几乎就是她以前说"小蝴蝶"的口气。我考上了两个奖学金,可我还是个失败者,因为成功不是用你的成就而是用你的出身来衡量的。我并"不是好的一类孩子",不可能为学校带来荣誉。我没有什么性格或者勇气或者力量或者金钱,甚至没有彬彬有礼的举止,而这是显出你是绅士的本钱。

"再见,"翻脸的告别微笑似乎在说,"如今犯不着争吵了。你在圣塞浦里安的时间里并没有获得很大成功,是不是?我也不认为你到了公学里就会有很好的成绩。说真的,我们犯了一个错误,在你身上浪费了我们的时间和金钱。这样一种教育对于一个有你那样的背景和前途的孩子来说是没有很大作用的。哦,别以为我们不了解你!在你的脑袋瓜里的那些思想我们全都知道,我们知道你不相信我们教导你的一切东西,我们知道你一点儿也不感激我们为你做的一切。但是如今一点儿也没有必要把这再提出来了。我们对你不再负有什么责任了,我们不会再见到你了。我们就干脆承认你是我们的一个失败例子,不伤感情地分手吧。好吧,再见。"

至少这是我在她脸上看到的东西。然而,在那个冬天的早晨,当火车把脖子上系着晶晶发光的真丝领带(深绿、淡蓝和黑色,如果我记忆正确的话)的我送走的时候,我仍是多么的高兴啊!世界在我面前展开,只有那么一点儿,就像灰色的天空现出一条蓝色狭缝一样。公学要比圣塞浦里安好玩多了,不过从根本上来说,是同样的格格不入。在一个以金钱、贵族家庭、对运动的爱好、定制的衣服、梳得整齐的头发、迷人的笑容为成功的必要条件的世界里,我是没有出息的。我所得到的只不过是一个喘息的空间。一点点安静，一点点自我放纵，一点点喘息，不再死记硬背——然后是毁灭。到底是什么样的毁灭，我不知道；也许是殖民地或者在办公室当差；也许是坐牢，或者夭折。但是开始一两年，我可以"放松一下"，享受一下自己的罪过所带来的好处，就像浮士德博士①。我坚定地相信我不会有好下场，但是我极其快活。这就是十三岁的好处：你不但可以只图眼前活得痛快，而且是充分意识到这一点的，预见到将来会是怎么样，但是满不在乎。下学期我要到威林顿去了，我在伊顿也考上了奖学金，但是那里有没有名额的空缺，没有把握，因此我先到威林顿去。在伊顿，你一人有一间屋子——一间甚至可能有壁炉的屋子。在威林顿，你有自己的小卧室，晚上可以自己做可可。个人的清静，成长的优越性！那里还有图书馆可以供你逗留徘徊，在夏天的下午，你可以躲开运动，单独到乡间去漫游，没有老师带着你。同时，还有节假日。还有，我有一支上次假日买的点二二口径步枪（名叫克莱克肖，花了二十二先令六便士），而且下星期就到圣诞节了。敞开吃喝的乐趣使我想起一种特别松软的奶油松饼，在我们镇上的铺子里两便士就可以买一个（那是一九一六年，食品配给还没有开始）。甚至我的旅途费用稍许算错了一点，也使我感到无比幸福——多出了一先令，可在路上给我喝一杯事先没有想到的咖啡，吃一两块蛋糕。在未来的厄运降临之前，还有时间可以享受一点点幸福。但是我知道，未来是黑暗的。失败、失败、再失败——既有失败在后，又有失败在前——这是我随身带着的最最深刻的信念。

---

① 浮士德博士，歌德同名诗剧作中同魔鬼订约，为了获得青春、知识和魔力而出卖灵魂的人物。

六

所有这一切都是三十多年以前的事了。问题是,现在的学校儿童是不是还有那种同样的遭遇?

我相信,唯一诚实的回答是,我们没有把握知道。当然,很明显,今天对教育的态度比过去富有人性得多,合理得多了。虚荣势利曾经是我受到的教育的组成部分,在今天几乎是不可想象的,因为培育它的那个社会已经死亡了。我记得在我离开圣塞浦里安前一年发生的一次谈话。一个体格肥大,头发淡黄,大概比我大一岁的俄罗斯孩子问我:

"你父亲一年收入多少?"

我把我猜想的数目告诉他,这是在实际数目上再加上几百镑,这样听起来好一些。那个俄罗斯孩子有做事一丝不苟的习惯,他摸出铅笔和小记事本来,做了演算。

"我父亲的钱比你父亲多两百倍。"他高兴地用一种轻蔑的口气宣布。

那是在一九一五年。我不知道,过了一两年他父亲的钱的下落如何。我更不知道,这样的对话如今是不是仍出现在预备学校里。

显然,甚至在庸碌的没有思想的中产阶级中间,世界观也有了很大的改变,可以说是"开明化"有了普遍的发展。例如,宗教信仰在很大程度上消失了,其他各种没有意义的东西也随之消失。我想如今不会有什么人再向一个孩子说什么如果你再手淫最后就会进疯人院。体罚也已声誉扫地,在许多学校里甚至都已放弃了。不给孩子吃饱也不再被认为是一件正常得几乎是值得赞许的行为。如今没有人会公开那样做:尽量不给学生吃饱或者告诉他们吃完饭站起来时同坐下去时一样感到肚饿是有益健康的。

孩子们的整个地位改善了，一半是因为孩子生得比较少了。心理学方面的知识哪怕是一点点的传播也使家长和教师不容易再以纪律为名肆意虐待孩子了。这里有一件事，不是我亲身遇到的，但是是我一个可以担保他人格的人遇到的，而且发生在我们自己的时代里。有个小女孩，她是一个牧师的女儿，到了应该不再尿床的年龄还是继续尿床。为了要惩罚她，她的父亲把她带到宾客众多的花园茶会上，当众宣布她是个尿床的女孩。而且为了要强调她是个坏孩子，事先还把她的脸涂黑。我并不是说翻脸和傻包实际上也会干出这样的事情来，但是我敢说，这不会使他们感到惊讶。毕竟，情况变了。然而——！

问题不是星期天是否还要孩子们系伊顿硬领，或者告诉他们婴儿是从醋栗丛下挖出来的。我承认，这样的事情已经不再发生了。但是真正的问题是，让一个学童多年生活在没有理性的恐怖和精神错乱的误解里，是否正常？这里，我们遇到了一个极其困难的问题：怎么知道孩子自己的真实感受和想法？一个表面看来好像很快活的孩子可能在事实上遭到了他不能也不愿泄露的可怕的事。他生活在一个陌生的水底世界里，我们只能用记忆或猜想来探明。我们的主要线索是，我们自己曾经是孩子，但是许多人似乎完全忘记了他们自己童年时代的气氛。比如，想一想把孩子送回学校去时让他穿着花纹不对的衣服，而且不肯看到这对他来说是一件事关紧要的事，这样做对孩子造成的不必要的苦恼！在这样的问题上，有时孩子会表示抗议，但是在大多数的情况下，他的态度是隐忍不发。不向成年人表露自己真实的感情从七八岁起似乎成了一种本能。甚至你对孩子的爱，你想要保护和珍视他的愿望，也会成为误会的原因。也许，你能够比爱成人那样更加爱一个孩子，但是不能由此就仓促断定孩子会对你有任何爱的回报。我回顾自己的童年,在婴孩时代过去以后,我认为我对任何成人都没有感到过爱,除了我母亲,而且即使对她,我也不是信任的,理由是羞怯使我对她掩藏了许多真实感情。爱,那种自发的、没有条件的感情,我只能从年轻的人那里感到。对于那些年老的人——要记住对一个孩子来说,三十岁以上,或者甚至二十五岁以上就算"年老"了——我可以有敬畏、尊重、钦佩或者惭愧的感情,但是似乎有一层由害怕和羞怯夹杂着人体上的厌恶织成的薄纱把我同他们隔绝开来。人们太容易忘记孩子是不愿同成人发生身体上接触的了。成人那么大的个子,他们的笨拙僵硬的身体,他们的粗糙多皱的皮肤,他们的厚厚松弛的眼皮,他们的发黄的牙齿,他们的发霉衣服、汗水、啤酒、烟草交杂的气味动不动就从他们身上散发出来!在孩子的心目中成人之所以丑陋,一部分是因为孩子往往得抬头看他们所呈现的面孔,而很少有面孔从下往上看时是处在最佳状态的。此外,在皮肤、牙齿和脸色上,由于自己很稚嫩白净,因此孩子对这方面有高得难以达到的标准。但是最大的障碍是孩子对年龄的错误概念。孩子很难设想三十岁以后的生活,因此在判断别人的年龄时会犯很荒唐的错误。他会把二十五岁的人看作四十岁,把四十岁的人看作六十五岁,依此类推。例如,我爱上爱尔西时正把她看作是个大人。我再见到她时,我十三岁,她大概才二十三岁;可是她在我看来好像已是个中年妇女了,过了她的最佳年华。而且孩子把年龄增长看成是几乎到了令人憎厌程度的灾难,而由于某种神秘的原因,这是永远不会发生到自己身上的。所有过了三十岁的人都是没有一点儿乐趣的怪物,总是乍乎着没有重要意义的事情,为了不值得活的原因——从孩子方面来看——而活着。只有孩子的生活才是真正的生活。自以为受到学生爱戴和信任的老师事实上背后是受到他们的学样和嘲笑的。一个成人如果不显得危险,那就几乎总是显得可笑的。

我的这些概括都是以我记忆所及的自己童年时代的看法为根据的。记忆虽然靠不住,但是在我看来,它似乎是我们要弄清孩子是怎么想的主要手段。只有唤起我们自己的记忆,我们才能认识孩子对世界的看法是怎样的扭曲,甚至到了不可相信的程度。例如,如果我按现在这个年龄回到圣塞浦里安去看它在一九一五年的情况,在我的心目中,圣塞浦里安会是怎么一个样子呢?对傻包和翻脸这两个可怕的权力无比的妖魔,我会有什么想法呢?我会把他们看成是一对愚蠢、浅薄、无足轻重的夫妇,一心一意要在社会阶梯上向上爬,而任何一个有头脑的人都可以看到这个阶梯快要垮了。我不会再害怕他们,就像我不会害怕睡鼠一样。此外,在那些日子里,我觉得他们已经十分老了,而我想——虽然我没有十分把握——他们大概比我如今还年轻一些。而那个胳膊像个铁匠,满脸讥嘲的强尼·哈尔又会是什么样子呢?只不过是个邋遢的小孩子,与其他成百上千的邋遢的小孩子没有什么区别。这两个事实可以并存在我的脑海里,因为这都是我自己的记忆。但是我很难用其他孩子的眼光来看,除非借助于想象,但这是可能把我引入歧途的。孩子和大人生活在不同的世界里。如果是这样,我们就不能有把握地说,学校,至少是寄宿学校,对许多孩子来说,不像过去那样可怕了。撇开上帝、拉丁文、教鞭、阶级差别和性的禁忌不谈,恐惧、憎恨、势利和误解可能仍都留在那里。必须看到,我自己的主要问题是完全缺乏任何的比例感或概率感。这使我接受和相信荒诞,为了实际上毫不重要的事情感到痛苦。光是说我"傻",说我"应该聪明些"是不够的。回顾你自己的童年时代,想一想你曾经相信的胡说八道和能使你痛苦的琐事。当然,我自己的情况有我个人特有的细微差别。但是基本上这也是无数其他孩子的情况。孩子的弱点是他是以一张白纸开始的。他既不理解也不怀疑他所生活的社会,由于他的轻信,别人可以影响他,使他有自卑感,使他害怕违反神秘的可怕的准则。也许,我在圣塞浦里安遇到的一切,在最"开明"的学校里也可能发生,虽然可能在形式上含蓄一些。但是,有一件事情我是感到相当有把握的,那就是寄宿学校比走读学校更糟糕。一个孩子就近有自己的家当避难所,他的境遇就会好一些。我认为英国上层和中层阶级的特有的缺点可能一部分是由于孩子八九岁甚至七岁的时候就离家到寄宿学校去,这种做法直到如今才不那么普遍。

我再没有回过圣塞浦里安。校友重逢、校友聚餐等这种活动,即使在我记忆是友好的时候,使我感到的反应也不仅仅是冷淡而已。我甚至从来没有去过伊顿,在那里的时候,我还是比较快活的。有一次,在一九三三年,我曾经经过那里,我很有兴趣地注意到,似乎什么都没有变,除了商店如今在出售收音机了。至于圣塞浦里安,多年之中我憎厌这个名字到了这么深的程度,以至我不能以足够超然的态度来看我在那里遇到的事情的意义。可以说,只是在过去的十年中,我才真正地想过我的学生时代,尽管它的生动记忆一直浮现在我的脑际。我相信,如今我如再去看那地方,如果它还存在的话,它不会对我造成什么影响了(我记得几年前传说它已被烧毁了)。如果我要路过伊斯特布恩,我是不会故意绕过不去那学校的;如果我正好经过学校,我甚至可能会在它的低低的砖墙(墙边有一条很陡的河岸)旁驻足,望过平坦的操场,看一眼那丑陋的校舍和它前面铺有沥青的广场。而且如果我进去,重新闻到那间大教室的霉味、教室里的松香、澡堂的浊水味和冰凉的厕所的尿臊味,我想我只会感到你在重访童年时代任何情景时都会有的感觉:一切都变小了,而我自己又是老得多么厉害!但是事实是，多年来我没有再看它一眼的心情。除非出于十分不得已的必要，我是不会再踏上伊斯特布恩这地方的。我甚至对苏塞克斯也产生了偏见，因为它是圣塞浦里安所在的那个郡，长大以后我只到过苏塞克斯一次，做短期访问。但是，如今，这个地方对我已永远不再有任何影响了。它的魔力已不再灵了。我甚至对它再也没有足够的敌意而希望翻脸和傻包早死，或者学校被烧毁的传说是确实的。

一九五二年九至十月《党见评论》

董乐山　译

为小说辩护

人所共知，在目前这个时候，小说的声望极低，低到"我从来不看小说"这句十几年前一般带有一些歉意的话，如今却总是用一种自豪的口气说出来的。不错，现在仍有少数几个当代或者大致当代的小说家是知识分子阶层认为可以一读的；但问题是，普通的不好不坏的小说常常受到冷落，而普通的不好不坏的诗集或评论集却仍受到认真对待。这就是说，如果你写小说，你的读者必然比你采用其他写作形式所拥有的读者在智力上要差一些。有两个相当明显的原因，说明为什么这在目前造成好小说不可能写出来。尽管现在小说已出现了明显的衰退，但是如果大多数小说家对于谁在读他们的小说有什么了解的话，那么小说的衰退速度还要快得多。当然，我们很容易辩称，小说是一种不值一提的艺术形式，它的命运如何无关紧要。我怀疑这种意见甚至是不是值得一驳。反正，我认为理所当然的是，小说是值得挽救的，为了挽救它，你必须说服有见识的人认真对待它。因此，值得分析一下小说声誉跌落的一个主要原因，我认为也可以说是唯一的主要原因。

问题出在，小说因为受到大肆吹捧反而丧失了存在。你去问任何一个有思想的人,为什么他"从来不看小说",你往往会发现,归根结底,那是因为护封评论家①写的那种令人恶心的陈词滥调。没有必要多举例子。这里就有一个样本,那是从上星期的《星期日泰晤士报》上摘来的:"如果你能做到读了此书而不高兴得拍案叫绝,那么你的灵魂就一定已经死了。"你翻一下护封上引的评语,就可以发现,如今出版的每一部小说都有人在写诸如此类的话。对于把《星期日泰晤士报》上的话信以为真的人来说,生活一定是一场要拼命追赶的长期斗争。小说以一天十五部的速度向你射来,每一部都是令人不能忘怀的杰作,你如错过就会危及你的灵魂。这样一来,要在图书馆挑选一本书一定很困难,而且你如果读了没有高兴得拍案叫绝一定会感到十分内疚。但是,事实上,没有一个有头脑的人会上这种吹嘘的当,而小说评论所遭受的轻视也祸延小说本身。当所有的小说都当作天才的作品向你投来时,你自然认为它们全都是无聊的废话。在文化界知识阶层中,这种看法已经视为当然。如今你若承认爱看小说几乎等于承认你喜欢吃椰子冰淇淋,或者喜欢读鲁伯特·布鲁克②而不喜欢读杰拉德·曼莱·霍普金斯③。

所有这一切都是很明显的。我认为比较不明显的是,目前这种状况是如何发生的。表面看来,推销书籍是一种相当简单和无耻的骗局。甲写了一本书由乙出版,再由丙在丁周刊上写了一篇评论。如果评价不好,乙就会抽回广告,因此丙就不得不吹捧"令人不能忘怀的杰作",否则就要丢

---

① 护封评论家,指英美硬面精装本书籍护封上所摘引的广告式吹捧评论的作者。

② 鲁伯特·布鲁克(Rupert Brooke, 1887—1915),英国诗人,在第一次世界大战初期曾出过两本浪漫主义的爱国诗集。

③ 杰拉德·曼莱·霍普金斯(Gerard Manley Hopkins, 1844—1889),英国诗人,以风格独创著称。

饭碗。基本上，情况就是这样，小说评论之所以堕落到目前这样低下的程度主要是因为每个评论家都有一个或者几个出版商通过第三者在操纵他。但是这件事表现得并不是那么露骨。参与这骗局的各方并不是有意识地在一起采取行动的，他们被逼到目前这种处境一半不是出于本意。

首先，你不应该认为，小说家都喜欢他们得到的好评，甚至从某种意义上来说，这种批评是他们自己一手造成的。没有人喜欢人家告诉他他写了一部扣人心弦的激情小说，足可以同英语本身一起长存不衰；不过，当然，如果没有人告诉你这个，也是令人失望的，因为所有小说家都有人对他们说这话，你给漏掉了，这很可能意味着你的书销不出去。雇佣性评论事实上是一种商业需要，就像护封上的评语摘引一样，这不过是它的一个延伸而已。但是对最蹩脚的雇佣评论家也不能责备他写了废话。处在他的情况，他没有别的东西可写。因为，即使没有直接或间接的收买问题，也不可能有好的小说评论这回事，只要大家仍认为每部小说都是值得一评的。

一家刊物每星期都要收到一摞书，挑出十几本送到雇佣评论家丙那里去，他有妻小，必须挣钱养家糊口（姑且不谈把他收到的供评论用的书籍每本卖半克朗的收入）。有两个原因说明丙完全不可能对他收到的书说真话。首先是，极有可能，他收到的十二本书中有十一本无法引起他哪怕一点点的兴趣。它们不仅仅是一般的坏而已，它们还是中性的，没有生气的，没有意义的。如果不是付他钱要他写评论，他是一句也不会读其中任何一本的，而且几乎无一例外，他能写的唯一讲真话的评论将会是："此书引不起我任何感想。"但是，会有人出钱要你写这种东西吗？显然不会。因此，从一开始，丙就处在这样一种不得已的地位：必须为一本对他来说毫无意义的书炮制大约三百字的文章。他的通常做法是先把故事情节做一番简述（这在无意中向作者泄露了他根本没有读过此书），然后再说几句捧场的话，尽管都是赞美之词，却如妓女的笑容一样没有价值。

但是还有比这更加为难的事。丙不仅需要说一说这本书写的是什么，而且需要提出这本书是好是坏的个人意见。既然丙能握笔，他大概不是傻子，至少不会傻到认为《贞女》①是有史以来写得最精彩的悲剧。如果他真的喜读小说的话，很有可能他最爱读的小说家是司汤达，或者狄更斯，或者简·奥斯汀，或者D.H.劳伦斯，或者陀思妥耶夫斯基，反正，是个比那批一般的当代小说家高出不知多少倍的小说家。因此，他一开始就必须大大降低他的标准。我已在别的地方指出过，把正规的标准用在一般的流行小说上就仿佛在为大家称体重的弹簧秤上称跳蚤。在这样的磅秤上，跳蚤的重量是不会显示出来的；你得先制造另外一个秤来，能够显示出有大跳蚤也有小跳蚤。这大体上就是丙在做的事。一本书接着一本书单调地说"这本书是无聊的废话"是没有用的，因为没有人会为你写这种东西付给你钱。丙必须发现一些不是无聊的废话的东西来，而且要经常做到这一点，否则就要给炒鱿鱼。这意味着要把他的标准降低到这样的程度，比如说，伊瑟尔·M.台尔的《鸷鹰之道》成了一部相当好的书。但是在《鸷鹰之道》是一部好书，《贞女》是一部佳作的价值秤上，《有产者》②又是什么呢？一个扣人心弦的激情故事，一部震撼心灵的精彩杰作，一部令人不能忘怀的史诗，足可以与英语本身一起长存不衰，如此等等（至于真正的好书，温

---

① 《贞女》，大概是一本当时的流行小说。

② 《有产者》，英国剧作家高尔斯华绥（john Galsworthy, 1867—1933）的作品，奠定了他的文学声誉。

度计就要爆炸了)。以所有小说都是好小说为前提出发,评论家就不得不在一台没有尽头的形容词阶梯上不断往上爬。你可以看到一个接着一个的评论家走上同一条道路。在开始时多少还有一些诚实的意向,但是在两年之内,他就在发狂地嘶叫芭芭拉·贝德华绥小姐的《猩红夜》是他所读到过的最精彩、最锋利、最深刻、最令人不能忘怀的、此生此世难求的杰作,如此等等。一旦你最初犯了把坏书说成是好书的罪过,你就无法逃脱出来。不过话又得说回来,你不犯这一罪过,是无法靠写书评谋生的。而与此同时,每个有见识的读者都会感到厌恶,掉头而去,而瞧不起小说就成为一种不入俗流的责任了。因此就产生了这样奇怪的事:一部真正有价值的小说很可能无人注意,因为它受到了像无聊之作所受到的同样的赞美。

有许多人建议,如果对什么小说都不加评论可能只会更好。可能会这样,但是这样建议是没有用的,因为不会有这样的事情发生。没有一家依赖出版商广告的报刊能够抛弃广告,尽管比较有见识的出版商也许会认识到,如果废弃护封式书评,他们不会有什么损失,但是他们不能废弃这种书评,其理由是同国家不能解除武装一样,因为没有人愿意第一个开始这么做。在以后的一个很长时期内,护封式书评将继续存在,而且会越来越糟;唯一解救之道是设法使得大家不去理会它们。但这只有在什么地方有一篇实事求是的书评作为比较标准的时候才会发生。这就是说,需要有一家刊物(作为开始,一家就够了)把小说评论作为特色而对无聊作品则丝毫不予置理,在这家刊物上,评论家就是评论家,不是腹语家手中的傀儡,由出版商牵线,张合嘴巴。

可能有人会说,已经有这样的刊物了。比如,有好几家高雅杂志如果有书评的话都是有见识的而不是被人收买的。是的,但问题是,这种刊物并不是以小说评论为特色的,而且肯定是不想与目前的小说产量保持同步。他们属于高雅世界,而在这个世界中,一般都已经认为小说,照目前这样,是不值一读的。但是,小说是一种流行的艺术形式,用《标准评论》①的看法来看待它是没有用的,《标准评论》认为文学是高雅人士小集团之间相互搔背的游戏(我搔你还是你搔我视情况而定)。小说家基本上是个说故事的,一个能说好故事的人(例如特罗洛普、查尔斯·里德、萨默塞特·毛姆)②,不一定是个狭义的"知识分子"。每年有五千部小说出版,拉尔夫·斯特劳斯③恨不得你把它们全都读了,或者,如果他能把它们全都评论一番的话,便会要求你把它们全都读了。《标准评论》大概只属于注意到十来部。但是在十来部和五千部之间,可能有一百部或者两百部或者甚至五百部按其不同水平来衡量是真正有价值的作品,就是在这些作品上面,任何一个喜爱小说的批评家应该集中其注意力。

但是,首先必须有个分级的方法。绝大多数的小说根本不需一提(例如,不妨想象一下,如果对《少女报》上的每一部连载小说都郑重其事地加以评论的话会给批评造成多么糟糕的影响),但是甚至值得一提的也属于完全不同的种类。《拉夫尔斯》是一部好书,《莫洛博士岛》也是,《帕尔马

---

① 《标准评论》,英国一个文学评论刊物。
② 特罗洛普(Anthony Trollope,1815—1882),英国作家,著有《巴契斯特钟楼》等。查尔斯·里德(Charles Reade,1814—1884年),英国作家,著有《亡羊补牢为时不晚》等。萨默塞特·毛姆(William Somerset Maugham,1874—1965),英国作家,著有《人性的枷锁》等。
③ 拉尔夫·斯特劳斯(Ralph Straus,1882—1950),英国文学评论家,自一九二八年起直至逝世一直担任《星期日泰晤士报》首席小说评论员。

修道院》也是,《麦克白》也是 [1];但是它们的好是在不同水平上的好。同样,《如果冬天来了》、《挚爱者》、《不好社交的社会主义者》和《兰斯洛特·格里夫斯爵士》[2] 都是坏书,但是它们都是在不同水平上的坏。事实确实是,雇佣评论家以模糊这一点作为他的专业。应该有可能设计出一种办法,也许是相当严格的一种体系,把小说分为甲、乙、丙等类,这样,不论评论家赞扬或贬抑一本书,你至少知道他要让人家在多大程度上认真对待他。至于评论家,他们必须是真正关心小说艺术的人(这意味着,也许是,既不是趣味高雅的,也不是中间的,也不是低俗的,而是有弹性的),对小说技巧有兴趣的人,而且对发现一部小说究竟写的是什么更有兴趣的人。有不少这样的人存在;最糟糕的雇佣评论家中,有一些人虽然如今已不可救药,但是他们当初就是那样开始的,这,你瞥一眼他们的早期作品就可以看出。附带说一句,如果有更多的小说评论由业余作家来写,将会是一件好事。一个非专业作家刚刚读了一本他获得深刻印象的书比一个在能力上胜任但对工作厌倦的专业作家更有可能告诉你这本书写的是什么。这就是为什么美国的书评尽管十分愚蠢却比英国书评写得好的原因;它们比较业余,这就是说,比较认真。

我相信,按照我所指出的大致这样的方式,小说的声誉是可以恢复的。基本的需要是一家能够赶得上当前小说的发展,而又不肯堕落到与它们为伍的报刊。这必须是一家不甚著名的报刊,因为这样就没有出版商会在上

---

[1] 《拉夫尔斯》作者不详。《莫洛博士岛》为英国作家 H.G.威尔斯(Herbert George Wells 1866—1946),他的作品还有《时间机器》《星际大战》等。《帕尔马修道院》为法国作家司汤达(Stendhal,1783—1842)的作品;《麦克白》是莎士比亚(William Shakespeare,1564—1616)的作品。

[2] 当时英国的流行小说。

面登广告；另一方面，一旦他们发现有什么地方的赞美确是真正的赞美时，他们就会很乐意在护封上引用它。即使这是一家非常没有名气的报刊，它也会造成小说评论总的水平的提高，因为只是由于没有对比，星期日报纸的无聊废话才会继续。但是即使护封评论家仍一如既往，只要同时也存在正经的评论，提醒少数一些人，严肃的头脑还是可以读一读小说的，那么这就无关紧要了。正如上帝所答应的,只要能在所多玛①发现十个正人君子，他就不会毁灭它，因此，如果大家都知道在什么地方仍有哪怕只是一小撮的小说评论家不存私心，小说就不会受到极端的鄙视。

在目前，如果你关心小说，而且甚至自己写小说，前途的确是极其令人沮丧的。"小说"一词引起了"护封"、"天才"和"拉尔夫·斯特劳斯"的联想，就像"小鸡"就会自动引起"调味汁"的联想一样。有见识的人士几乎从本能出发躲避小说；结果是，已成名的小说家给弄得心灰意冷，有志于认真写作的新手则转而从事几乎任何其他形式的创作。由此而造成的退化是显而易见的。你只要看一眼随便哪一家廉价文具店柜台上堆积的四便士一本的流行小说就行了。这些东西都是小说的不肖子孙。它们同《曼侬·莱斯戈》和《大卫·科波菲尔》②的关系就同供玩赏的巴儿狗和狼的关系一样。很有可能，不久之后，小说同这些四便士一本的廉价小说没有什么两样了，不过，没有疑问，它仍会以七先令六便士的装订出现，有出版商的大喇叭做宣传。许多人都曾预言小说注定要在最近的将来消失。我不相信它会消失，理由说起来太费时间，但是却相当明显。比较可能的是，

---

① 所多玛，《圣经·旧约·创世记》中所述的一个城市，因居民罪恶深重，为上帝所毁。

② 分别为法国普莱沃神父（Antoine Franqois Prevost，1697—1763）和英国作家狄更斯（Charles John Huffam Dickens，1812—1870）所著的小说。

如果不能劝说最优秀的文学人才回来从事小说的创作，那么它仍会以一种马虎凑合、受人鄙视、无可救药的堕落形式存在下来，就像现代的墓碑，或者"笨拙和菊弟傀儡戏"①一样。

一九三六年十一月十二日和十九日《新英语周刊》

董乐山　译

---

① 英国民间流行的傀儡戏。

新　词

目前，新词的形成是一个缓慢的过程（我在什么地方看到有人说英语每年增加六个新词，减少四个老词），除了为物质上的东西起名字以外，没有什么新词是特意造出来的。抽象名词从来没有什么新造的，尽管有的老词（如"条件""反射"等）有时为了科学目的而把它们转成了新义。我在这里要说的是，我们当今的生活经验中有一些部分简直是语言无法表达的，为这部分的经验创造一定的词汇，也许有好几千个新词，是完全行得通的。对这个主张，有好几个反对意见，我将逐一做出回答。第一步是指明需要创造新词是为了什么样的目的。

任何有思想的人都一定会注意到，我们的语言要描述我们头脑中发生的任何事情几乎都是束手无策的。这一点已得到大家普遍承认，因此技巧高超的作家（如特罗洛普和马克·吐温）在开始写他们的自传时会说他们不打算写他们的内心生活，因为内心生活由于它的性质所决定是无法描写的。只要我们要阐述的不是具体的或看得见的东西（即使是看得见的东西，在很大程度上也是这样，只需看一下要描写一个人的外貌有多困难就行了），我们就会发现，词语并非现实，就如棋子并非活人一样。以一个不会引起枝节问题的明显情况为例，不妨考虑一下梦。你怎么描述一场梦境？显然，你是从来不描述一场梦境的，因为我们的语言里没有能够传达梦境气氛的词语。当然，你可以对梦中的某些主要事实做非常粗略的叙述。你可以说"我梦见我同一只头戴圆顶呢帽的豪猪一起走在摄政街上"等等，但是这不是梦境的真实描述。即使由心理学家用"象征"来解释你的梦，他仍大部分靠猜想。至于这个梦的真正性质，也就是使得那只豪猪有它的独特意义的性质，是属于词语世界之外的东西。事实上，描述一场梦就像把一首诗翻译成试卷习题的语言一样；这是复述，除非你知道原文，否则是毫无意义的。

我选择梦境为例是因为不会引起异议，但是如果仅仅只有梦境是无法描述的，那么这件事就不值得操心了。不过，过去已经有人再三指出过，醒时的头脑并不如表面看来那样不同于梦时的头脑——或者像我们喜欢把它看作的那样不同。不错，我们醒时的思想大部分是"合乎理智的"——那就是说，在我们的头脑中存在着一种棋盘一样的东西，思想就在它上面合乎逻辑地用言辞形式移动；我们用我们的这一部分头脑来处理任何完全属于智力方面的问题，而且我们养成了把它看作是全部头脑的习惯（也就是我们的头脑做棋盘式的思想）。但显然这不是全部。属于梦境的那种无秩序的、非言辞的世界从来没有完全不存在于我们的头脑，如果可以计算的话，我敢说，能够发现，我们醒时思想的总量的几乎一半是属于这一类的。可以肯定地说，即使我们想用言辞思索时，梦幻思想也换了一手，它们影响言辞思想，主要是由于它们，才使我们的内心生活有了价值。你不妨考察一下你在随便什么时候的思想。你会发现，其中主要的运动是一股无名事物流——它们是这样的无可名状，以致你很难知道究竟是把它们叫作思想、意象还是感觉。首先，有你看到的东西，有你听到的声音，这本身是可以用词语来描述的，但是它们一旦进入你的头脑就成了完全不同和全然不能描述的东西了。除此之外，还有你的头脑不断地为它自己创造的梦境生活——虽然其中大部分是琐细的，很快就忘记，但是它包含美丽的、好玩的等等的东西，非进入词语的任何东西所能及。在一定程度上，你的头脑中这一非言辞部分甚至是最重要的部分，因为它是几乎全部动机之源。所有的爱与憎，所有的审美感觉，所有的是非观念（审美的和道德的考虑无论如何是不可分的）都来自公认比词语更加细腻的感觉。你在被问及"你为什么做这件事或不做这件事"的时候，你总是觉得，你的真正原因不会进入词语，尽管你并不想掩盖。因此你或多或少不诚实地把你的行为加以合理的解释。我不知道有没有人会承认这一点，但事实是，有人似乎不觉得受到内心生活的影响，或者甚至不觉得有任何内心生活。我注意到，许多人在独处的时候从来不笑，我想如果一人独处时不笑，他的内心生活一定比较贫乏。不过，每个人仍有他的内心生活，而且感觉到几乎不可能了解别人或被别人了解——总的来说，感觉到人类是生活在星星一样的孤立状态。几乎所有的文学都是企图用迂回手段逃避这种孤立状态，因为直接手段（原始意义的词语）几乎是束手无策的。

"想象性"写作好像是一种对正面进攻无法攻破的阵地进行侧翼进攻。一个作家要想尝试任何不是冷静的"智力上的"写作，很少能够使用原始意义的词语。他如果要造成效果的话，需要用巧妙的迂回方式使用词语，依靠它们的抑扬顿挫的节奏等，好像他在讲话时依靠语调和姿势一样。在诗歌问题上，这已是大家都知道的，不值得再讨论。凡是对诗歌有最起码了解的人都不会以为

> 人间的月亮熬过了月食，
>
> 不吉的兆头戏弄了自己的预言

真是按照词典里这些词语的"意义"来表示意义的（这一对句据说是指伊丽莎白女王安全地度过了她的更年期）。词典意义几乎总是同真正的意义有关，但是不会比一幅画的"逸闻"同它的设计那样更加有关。散文也是如此，只是程度不同而已。不妨考虑一下小说，甚至一部表面上同内心生活没有关系的小说，叫作"单纯故事"的小说。比如《曼侬·莱斯戈》，为什么作者要创作这部关于一个不忠贞的姑娘和一个逃走的僧侣的长篇胡言乱语呢？因为他有一定的感觉、幻象，或者不论你叫什么的东西，而且可能在试验之后知道，要像你为一本动物学的书描述淡水鳌虾那样来传达这个幻象是做不到的事。但是，不做直接描述，而创作某种别的东西（在这个例子上是一部流浪汉小说；在另外一个时代，他会选择另外一种形式），他就能够传达他的幻象，或者一部分幻象。写作的艺术事实上大部分是词语的歪曲，我甚至可以说，歪曲越不明显，歪曲就做得越彻底。有的作家看起来好像是歪曲了词语的原意（例如杰拉德·曼莱·霍普金斯），但你如仔细观察的话，实际上是在竭力想直截了当地使用这些词语。而一个表面看来似乎不用任何手法的作家，例如老式民歌作家，却是在做特别巧妙的侧翼进攻，不过，在民歌作家身上，这无疑是不自觉的。当然，我们常常听到这样的老调，说什么所有优秀的艺术都是"客观的"，每一个真正的艺术家都把内心生活留给自己。但是这么说的人，并不真是这个意思。他们的意思不过是，他们希望用一种特别迂回的方法来表现内心生活，就像民歌和"单纯的故事"。

迂回的方法的缺点是,除了困难以外,它通常失败。任何人,如果不是个有相当才华的艺术家(对他们可能也是这样),词语的单调常常会造成作伪。有没有这样的一个人曾经在写什么东西,哪怕是情书时,能够断定自己确切地说了要说的话?作家作伪既是有意的,也是无意的。有意的,是因为词语的附带性能经常诱使和吓得他背离他的真意。他有了一个念头,开始想表达它,然后在那些通常要产生出来的多得吓人的词语之中,有一种模式就或多或少偶然地开始形成。这绝不是他想要的模式,不过倒也不是庸俗的或者令人讨厌的,这是"优秀艺术"。他采取了这个模式,因为"优秀艺术"多少是上天赐给的神秘礼物,它送上门来,浪费掉太可惜了。凡是心中略存正直者,不是都意识到自己一天到晚不论在讲话和写作时都在说谎?只是因为谎话会符合艺术形态而真话不会。然而,如果词语代表意义,就像高度乘以底线代表平行四边形面积一样充分和正确,至少说谎的必要性就不存在。而在读者或听者的心中,还有别的作伪,因为,由于词语不是思想的直接渠道,他们不断领受到的其实并不存在于彼。关于这一点,最好的说明是我们对外国诗歌的所谓的欣赏。我们从外国批评家对《瓦生博士的活着的情人》的这种评论中了解到,对外国文学要真正了解几乎是不可能的;然而却有很无知的人自称从外语写的甚至死语言写的诗中得到极大乐趣。显然,他们得到的乐趣可能来自作者根本无意的东西,很可能如果作者知道有人把这东西归诸他,便会在地下辗转不安的。我对着自己朗读 Vixi puellis nuper idoneus①,然后又反复朗读了五分钟,欣赏 idoneus

---

① 古罗马诗人贺拉斯(Horatius,前65—前8)的诗句。

那个字的美。然而，考虑到时间和文化的鸿沟，以及我对拉丁文的无知，还有甚至谁也不知拉丁文是怎样发音的，我有可能在欣赏贺拉斯要造成的效果吗？这好比我为一幅画的美感到欣喜若狂，这却都是因为在这幅画画成两百多年以后有人不慎泼在画布上的几处油彩。请注意，我并不是说，如果词语更加可靠地表达意思的话，艺术就一定会改进。也许说不定，艺术是靠语言的粗糙和含糊才得以繁荣的。我现在批评的只是作为思想的载体所该起作用的词语。我似乎觉得，从确切性和表达性的观点来看，我们的语言仍留在石器时代。

我建议的解决办法是要像我们为汽车发动机发明新部件一样有意识地创造新词。我们姑且假定，存在着一套词汇可以准确地表达精神生活，或其中的大部分。又假定不需要有创造新词的愚蠢想法，而认为生活是无法表达的，不需要借助艺术手法来进行欺骗；表达一个人的意思就只是简单地选用正确的词语，把它们放在合适的地方，就像演算一道代数方程式一样。我认为这样做的理由是显而易见的。不过，坐下来有意识地创造新词是一件合乎常理的事，这一点却并不那么显而易见。在为如何创造令人满意的新词指出一条道路之前，我最好先回答一下必然会出现的反对意见。

如果你对任何一个有思想的人说"让我们组织一个团体来创造更加精细的新词"，他首先就会反对说，这是怪人才会有的念头，然后大概又会说，我们现有的词语只要正确使用就能应付一切困难（这最后一点，当然只是一种理论上的反对。在实际生活中，人人都认识到语言的不足——不妨想一想这样的话："真不知说什么好"，"不是他说的话，而是他说话的那种方式"，等等）。但是最后他会给你一个大致像这样的答复："事情不能那样学究式来办。语言只能慢慢发展成长，就像花朵一样；你不能像拼凑机器零件一样拼凑语言。任何人造的语言都是没有性格没有生命的——你只要瞧一瞧世界语就行了。一个词的整个意义存在于它慢慢取得的联想之中"。如此等等。

这个论点，像你建议做任何改变时会遇到的大多数论点一样，首先是以一种转弯抹角的方式来说明现有的东西必须保持原样。迄今为止，我们还从来没有着手有意识地创造新词，所有活着的语言都是慢慢地听其自然地发展成长的，因此，语言不能以其他方式发展。在目前，我们要说任何超过几何定义水平以上的话时，我们都必须用声音、联想等玩弄一些手法，因此，这个必要性是词语本性所固有的。Non Sequitur[①] 是显而易见的。请注意，我在建议抽象词时，我只是建议延伸我们目前已有的惯例。因为我们目前确在创造具体词。飞机和自行车是创造出来的，我们于是为它们创造了名词，这样做是很自然的事。只需再走一步，我们就可以为头脑中存在的而目前没有名称的东西造名称了。你问我："为什么你不喜欢史密斯先生？"我说："因为他是个说谎的，懦夫……"等等，我这么说几乎肯定是给了错误的理由。在我自己的头脑里，答复是"因为他是一种 ×× 的人"，×× 代表我所了解的，而且我如果告诉你，你也了解的什么东西。为什么不给 ×× 找个名称呢？唯一的困难是要对我们欲予名称的东西有共识。但是在这困难还没有出现时，读书型、思想型的人早就会对造新词的主张望而却步。他就会提出我上面指出的那种论点，或者其他多少有些取笑和偷换概念的那种论点。实际上，所有这些论点都是骗人的鬼话。他们所以望而却步是因为出于一种根深蒂固的不可理喻的本能，从根源上说

---

① 拉丁文，逻辑学用语，意思是不根据前提的推理。

是迷信的。这是一种这样的感觉：对你遇到的困难采取任何直接的理性态度，任何要想象解决一项方程式那样尝试解决生活中的问题，都不会有什么结果——而且，肯定是不安全的。你可以到处看到这种看法的迂回曲折的表现。所有那些关于我们"凑合应付"的民族天才的废话，所有那些与智力的坚定和健全相违而采取软绵绵的无神神秘主义的态度，在本质上都是说，没有思想，比较安全。我肯定，这种感觉是从儿童共同都有的想法开始的：空中尽是等着要惩罚胆大妄为的人的妖魔鬼怪。① 在成人中间，这种信念是原来对太理性化的思想的恐惧的残余。我是主，是你们的上帝，是一个妒忌的上帝，骄者必败，等等——而最危险的骄傲是智者的虚骄。大卫受到惩罚，因为他计算了人民的数目——因为他科学地应用了他的智力。② 因此，举例来说，像体外发育这样的想法，除了它对人种的健康、家庭生活等可能发生影响以外，有人还觉得它本身是亵渎神灵的。同样，对语言这种基本的东西的任何攻击，仿佛是对我们自己的头脑本身结构的攻击，也是亵渎神灵的，因此是危险的。改造语言几近干扰上帝的工作，尽管我并不是说有什么人会这么直截了当地说。这个反对意见很重要，因为它会使大多数人连考虑也不考虑改造语言这样的主意。当然，除非由很多人来协力进行，这个主意是没有用的。由一个人，或者一小批人，试

---

① 儿童们的这种想法是，如果你太自信，妖魔鬼怪就会从天而降来惩罚你。例如儿童们相信，你在钓鱼时如有鱼上钩，但在鱼上岸之前就高喊我钓到了，鱼就会溜掉；如果你在轮到你击球之前就戴上护垫，第一球你就要下场，如此等等。这种信念常常留存在成人中间。成人只在比例上比儿童少一些迷信，因为他们对周围的环境有更大的控制力量。在大家都无力控制的困境中（像战争、赌博），人人都迷信。——原注

② 见《圣经·旧约·撒母耳记下》第二十四章。

图创造一种语言——我相信詹姆斯·乔伊斯①目前正在那样做——如同一个人想独自踢足球一样,是荒诞可笑的。所需要的是好几千个有才能的然而正常的人,像如今人们致力于莎士比亚研究那样,认真地致力于新词的创造。有了这些条件,我相信我们是能够在语言上创造奇迹的。

  现在来谈谈手段。我们在大家庭的成员中间可以看到有创造新词成功的事例,尽管粗糙,而且规模小。所有的大家庭都有两三个他们特有的词,那是他们杜撰的,传达词典上所没有的一种细腻化的含义。他们说"史密斯先生是一种××的人",用的是一种家制的词,但对方叫起来完全了解;因此,在这里,在家庭的范围内,存在着一个形容词,补词典的不足。家庭能够创造新词的原因是他们有共同经历作为基础。当然,没有共同经历,什么新词都不可能有意义。如果你问我:"王子梨有什么香味?"我说:"有些像马鞭草的香味。"只要你知道马鞭草的香味,你就大致了解我的话了。因此,创造新词的方法是以明白无误的共同经历为根据的类比方法。但是你必须有可以依据的标准,不致有任何误解的可能,如像你可以用一种实在的东西做依据,例如马鞭草的香味。事实上,归根结底来说,必须给新词一种实在(也许是看得见)的存在。仅仅谈论定义是没有用的;凡是有人企图对文学批评家所用的某一词下定义的时候,你就可以看到这一点(这些词如"温情的"、"庸俗的"、"病态的",等等)。全都没有意义——或者毋宁说,有不同含义,因使用的人而异。我们需要的是以一种明白无误的方式显示一种含义,然后,不同的人在自己的心中认同它和认识到值得给它一个名称时,给它一个名称。问题简单地就是寻找出一个方法可以让思

---

  ① 詹姆斯·乔伊斯(James Joyce,1882—1941),爱尔兰小说家,创意识流写作方法,名著有《尤利西斯》等。

想有客观的存在。

　　这里马上自动出现的一个方法就是电影。大家都一定注意到了电影内涵的特殊力量——歪曲的力量，幻想的力量，一般来说就是逃避现实世界的限制的力量。我想大概只是由于商业上的必要，电影才主要用于对舞台剧做幼稚的模仿，而不是像应该的那样集中注意于舞台以外的事物。电影如果正确运用，是传达思想心理活动的唯一可能媒介。例如，我在上面已经说过，一场梦境是完全不能用言语来表述的，但它可以很好地表现在银幕上。多年以前，我看过一部道格拉斯·范朋克[1]的影片，其中一部分表现一场梦。当然，其中大部分是关于那场你在公众场合身上一丝不挂的梦境的无聊的笑话，但有几分钟，它真的像一场梦，这种情况是言语所不能表达的，也是绘画，甚至音乐所不能表达的。我在其他影片中也看到过用闪现手法表现的同样东西。例如在《卡里加利博士》[2]中，不过这部影片大部分是很无聊的，利用幻想因素是为了幻想本身，不是传达任何明确的含义。其实，人心之中很少有东西是不能用电影的奇怪的歪曲力量来做某种表达的。一个百万富翁用一台私人摄影机以及一切必要的道具和一批有悟性的演员，如果愿意的话，是能够把他的几乎全部内心生活表演出来的。他可以解释他的行为的真正原因而不是说些加以合理化的谎言，指出在他看来似乎是美丽的、悲哀的、可笑的等等东西——那些一个普通人得锁起来的东西，因为没有言语能够表达它们。总而言之，他能够使别人了解他。当然，并不是任何一个人，除非是天才，都适宜表现他的内心生活。所需

---

[1] 格拉斯·范朋克（Douglas Fairbanks，1883—1939），默片时代美国的著名电影演员。
[2] 《卡里加利博士》，二十世纪二十年代的德国电影，由罗伯特·维内导演，用一个疯子的眼睛来观看世界，是表演主义电影的代表作。

要的是如何去发现那些人们共同都有却至今还无以名之的感情。所有那些无法自行进入词语而又是不断说谎和误解的起因的强力的动机都可以找出来，给予看得见的形态，大家有一致的共识，给它们名称。我相信，电影由于它的几乎无限的表现能力，是能够在正确的调查者手中完成这一点的，尽管把思想用看得见的形态表现出来并非总是容易的——事实上，一开始，它可能和任何其他艺术一样困难。

应该提一下新词应该采取的实际形式。我们姑且假定有好几千人有够用的时间、才能和金钱从事为语言做增补的工作；再假定他们终于通过了一定数量的必要的新词，他们仍需提防只不过是制造了一种"沃拉卜克"[①]，刚刚出世就夭折，没有人再使用了。在我看来似乎很可能，一个词，甚至一个还没有存在的词，好像都有一种自然的形态，或者毋宁说，在不同的语言中有不同的自然形态。如果语言真是有表达力的话，就没有必要像我们现在那样利用词语的声音了，但是我想在一个词的声音和意义之间一定总有一些相互关系。公认的（我相信）和解释得通的语言起源理论是这样的：原始人在有词语之前，自然依靠手势，而且像任何其他动物一样，他为了吸引注意而在做手势的时候叫出声来。这样你是凭本能做出与自己的意思相当的手势的，全身各个部分都随之而动，包括舌头。因此，一定的舌头动作——一定的声音——就会与一定的意义相联系。在诗歌中，你可以注意到，有些词除了它们的直接意思以外，还经常以它们的声音表达一定的意义。例如，"Deep than did ever plummet sound"（莎士比亚——我想不止一次），"Past the plunge of plummet"（阿-爱·豪斯曼[②]），"The

---

[①] 一种人造语言，由一位德国传教士于一八七九年构创，后即为世界语所代替。

[②] 阿-爱·豪斯曼（A.E.Housman，1859—1936），英国诗人。

unplumbed, salt, estranging sea"（马修·阿诺德①），等等。

显然，除了直接意思以外，plum- 或 plun 的声音同水深无底的海洋有关。因此，在形成新词时，除了意思的确切性，你必须注意声音的合宜性。像目前那样，用旧词来制造新词使它失去了任何真正的新鲜感，这样做是不行的，但是仅仅随意拼凑几个字母来制造新词也是不行的。你必须确定新词的自然形态。就像商定新词的实际意思一样，这需要许多人的合作。

此文仓促草就，重读以后发现我的论点之中有很多不足之处，而且其中很多都是老生常谈。反正，在大多数人看来，这种改造语言的整个想法，不是一知半解，就是异想天开。但是仍然值得考虑一下人类之间所存在的互不理解是何等之深，至少在互相并不十分亲密的人之间是这样。在目前，正如塞缪尔·巴特勒②所说的，最佳艺术（即最完美的思想传递）一定是"生活"在个人之间的。如果我们的语言更加充分的话，就不需要这样。奇怪的是，当我们的知识、我们生活的复杂性和随之而后的（我认为必然有这后果）我们的思想发展得这么快的时候，语言这一主要沟通手段却没有动一动。因此，我认为，有意识地创造新词至少是值得考虑一下的。

一九四〇年

董乐山　译

---

① 马修·阿诺德（Matthew Arnold，1822—1888），英国诗人、批评家。
② 塞缪尔·巴勒特（Samuel Butler，1835—1902），反传统英国作家。

艺术和宣传的界线

我现在来谈一谈文学批评,在我们实际生活的世界里,这几乎同谈和平一样没有结果。现在不是和平的时代,现在也不是批评的时代。在过去十年的欧洲,老式的那一种文学批评——真正卓有见识、一丝不苟、立论公正、把艺术作品当作本身是一件有价值的东西来对待的批评——几乎是不可能了。

如果我们回顾一下过去十年中的英国文学,不完全是回顾一下文学而更多的是回顾一下流行的文学态度,我们感到触目的是,它几乎不再有审美价值了。文学已被宣传所淹没。我并不是说,在那个时期写的所有作品都是不好的。但是那个时期的代表性作家,像奥登、斯彭德和麦克尼斯[1]等人,都是说教的、政治性的作家,当然,他们有审美意识,但是对题材比对技巧更有兴趣。而最活跃的批评几乎全是马克思主义作家,如克里斯托弗·考德威尔、菲利普·亨德森和爱德华·厄普华[2]的作品,他们把每

---

[1] 奥登(Wystan Hugh Auden,1907—1973),英国诗人。斯彭德(Sir Stephen Spender,1909—1995),英国诗人、评论家。麦克尼斯(Louis MacNeice,1907—1963),英国诗人。

[2] 三位都是当时的批评家。

本书几乎都看作是政治小册子，对挖掘它的政治和社会含义比对狭义的文学品质更有兴趣。

这与在此以前的那个时期形成十分强烈而且突然的对照，因此这就更加令人触目了。二十年代的代表性作家——例如，T.S. 艾略特、埃兹拉·庞德、弗吉尼亚·伍尔芙①——都是把主要着重点放在技巧上的作家。当然，他们有他们的信念和偏见，但是他们对技巧的创新比他们作品中可能包含的任何道德的或内涵的或政治的含义要有兴趣得多。他们中间最优秀的詹姆斯·乔伊斯是一个能工巧匠，如此而已，没有其他，大约是能够做到最接近于一个"纯粹的"艺术家的作家。甚至 D.H. 劳伦斯②尽管比他同时代的大多数其他作家更是一个"怀有一个目的的作家"，也没有很多我们如今称为社会觉悟的东西。虽然我把这个情况压缩到二十年代，实际上从一八九〇年左右开始就一直是这样了。在整个那段时期，形式比题材重要的想法，"为艺术而艺术"的想法，一直是天经地义的事。当然有不同意见的作家——萧伯纳是其中之一——但这仍是流行的看法。那个时期最重要的批评家乔治·圣兹伯里到二十年代已是一个很老的人了，但他一直到一九三〇年左右都有很大的影响。而且圣兹伯里一直坚定地维护对艺术采取技巧的态度。他声称，他本人能够而且的确是完全根据任何一本书的写

---

① T.S. 艾略特（Thomas Stearns Eliot，1888—1965），英国诗人、剧作家和文学批评家，诗歌现代派运动领袖。埃兹拉·庞德（Ezra Pound，1885—1972），美国诗人，长期居意大利，对二十世纪三十年代美国作家有影响，二战期间为法西斯做宣传广播，以叛国罪被起诉，后因判定神经错乱免诉。弗吉尼亚·伍尔芙（Virginia Woolf，1882—1941），英国女作家，意识流手法创导者。

② D.H. 劳伦斯（David Herbert Lawrence，1885—1930），英国作家，代表作《查泰莱夫人的情人》等。

作和它的方式来评断一本书,而几乎完全不顾作者的见解。

现在,你怎么来解释这种看法上的突变呢?在二十年代末,你弄到一本像伊迪斯·西特韦尔论蒲伯①的书,完全没有意义地强调技巧,把文学当作一种刺绣,几乎好像词语里没有意义似的;但过了几年以后,你有了一个像爱德华·厄普华那样的马克思主义批评家,声称任何作品只有在倾向上是马克思主义的才可能是"好的"。在某种意义上,西特韦尔和厄普华都是他们时代的代表。问题是,为什么他们的看法是这么不同?

我想你得在极端情况中找原因。对文学的审美态度和政治态度都是一定时期的社会气氛的产物,至少是受其限定。如今,又有一个时期结束了——因为希特勒一九三九年对波兰的进攻就像一九三一年大萧条结束了另一个时代一样肯定地结束了一个时代——你可以回顾一下,比几年前更加清楚地看到文学态度受到外部事件影响的情况。任何人回顾一下过去一百年都会注意到的一件事是,大致上在一八三〇和一八九〇年之间,在英国是几乎不存在值得一提的文学批评,还有对文学的批评态度的。这不是说,那个时期没有产生好的作品。那个时期的好几位作家,狄更斯、萨克雷②、特罗洛普等,大概会比他们以后出现的任何作家都被人记得更长久。但是在维多利亚女王时代的英国,没有一个文学人物能与福楼拜、波德莱尔、戈蒂耶③等许多作家相比。我们如今看作是审美上的一丝不苟,在当

---

① 伊迪斯·西特韦尔(Edith Sitwell, 1887—1964),英国诗人、散文家。蒲伯(Alexander Pope, 1688—1744),英国诗人。

② 萨克雷(W.M.Thackeray, 1811—1863),英国小说家,著有《名利场》等。

③ 福楼拜(Gustave Flaubert, 1821—1880),法国小说家。波德莱尔(Baudelaire, 1821—1867),法国诗人,著有《恶之花》。戈蒂耶(Gautier, 1811—1872),法国诗人,"为艺术而艺术"倡导者。

时是几乎不存在的。对于维多利亚女王时代中期的一个英国作家来说，一本书一方面是为他带来金钱的手段，另一方面是供他宣教讲道的载体。英国正在迅速地发生变化，一个新的有钱阶级已在旧贵族阶级的废墟上成长起来，与欧洲的接触给割断了，长期以来的艺术传统给中断了。十九世纪中叶的英国作家都是野蛮人，即使他们有些人是有天赋的艺术家，如狄更斯。

但是在十九世纪末叶，同欧洲的接触通过马修·阿诺德、佩特、奥斯卡·王尔德①等各种不同的作家而重新确立，对文学中形式和技巧的尊重又恢复了。所谓"为艺术而艺术"的主张实际上正是从此开始的。这句话如今已经非常不时髦了，但是我认为仍是最恰当不过的。这个主张为什么能流行这么久，而且这么被视为天经地义，其原因是，在一八九〇年到一九三〇年这整个时期是一个特别舒适和安逸的时期。这是我们可以称为资本主义时代的金色下午的时期。甚至世界大战也没有怎么打扰它。世界大战杀死了一千万人，但它并没有像现在这次大战这样会震撼世界而且的确是已经震撼了世界。在一八九〇年和一九三〇年之间，几乎每一个欧洲人都生活在心照不宣的一种信念之中，认为文明会永远持续下去。从个人来说，你可能有幸与不幸，但是你心中仍有这样的感觉，没有什么东西会发生根本变化。在那样的气氛中，才有可能发生思想上的超脱和艺术上的尝试。就是这种连续性的感觉，安逸的感觉，才有可能让一个像圣兹伯里这样的真正老式保守派和高教会派的批评家做到对那些持有他所憎恶的政治和道德观点的人写的著作保持严格的公允态度。

---

① 佩特（Walter Pater, 1839—1894），英国文学批评家。奥斯卡·王尔德（Oscar Wilde, 1854—1900），英国唯美派剧作家、小说家。

但是从一九三〇年以来,这种安逸的感觉不再存在。世界大战和俄国革命没有粉碎它,希特勒和大萧条却粉碎了它。自从一九三〇年以后出现的作家一直生活在不仅个人的生活而且你的全部价值结构都时刻遭到威胁的世界里。在这样的情况下,超脱是不可能做到的。对于一种你正患上的不治之症,你不可能发生纯审美的兴趣;对于一个就要割断你的喉管的人,你不可能感到无动于衷。在一个法西斯主义和社会主义互相打得死去活来的世界里,任何有思想的人都要选择站在哪一边,而且他的感情不仅必然会表现在他的写作中,并且表现在他对文学的判断上。文学必然有了政治性,因为任何别的东西都会造成思想上的不诚实。你的爱与憎太接近于意识的表层,因而是不可能视而不见的。作品写的是什么,似乎具有如此迫切的重要性,以致它们是怎么写的,几乎就无关紧要了。

在这十年左右的时期里,文学,甚至诗歌,都与政治小册子混杂在一起,这个时期对文学批评做了很大的贡献,因为它摧毁了纯美学的幻想。它提醒我们,以这种或那种形式出现的宣传都虎视眈眈地存在于每一本书中,每一件艺术作品都有一个意义和一个目的———一个政治上的、社会上的和宗教上的目的——因此,我们的审美判断总是受到我们的偏见和信仰的染色。它推翻了为艺术而艺术。但是它在一个时期里也把我们领进了死胡同,因为它使得无数年轻的作家竭力把他们的思想缚在一种政治学说上面,如果他们死抱住不放,这会使得他们不可能保持思想上的诚实。在当时,唯一向他们开放的思想体系是官方的马克思主义,这要求对俄国保持民族主义的忠诚,并且迫使自称为马克思主义者的作家卷入权力政治的不诚实勾当中。而且,即使这样做是可取的话,这些作家所根据的前提却被俄德条约突然粉碎了。正如一九三〇年左右许多作家发现你不能真正超脱于当代事件一样，一九三九年左右许多作家发现你不能为了某一政治信条而真正牺牲你的思想上的正直——或者至少你不能一方面这样做同时又仍旧是一个作家。审美上的一丝不苟是不够的，但是政治上的诚实也是不够的。过去十年发生的事件使我们悬在半空之中，它们已暂时离开了英国，没有留下任何可以发现的文学趋向，但是它们帮助我们能够比以前更好地确定艺术和宣传的界线。

　　　　一九四一年四月三十日英国广播公司海外节目播放
　　　　一九四一年五月二十九日《听众》

　　　　　　　　　　　　　　　　董乐山　译

文学和极权主义

我在第一讲①中一开始就说过,现在不是批评的时代。现在是一个党同伐异的时代,而不是超脱的时代,在这样一个时代里,你要在一本你不同意它的结论的书中,看到它的文学价值,是特别的困难。政治——最最广泛意义上的政治——侵入到了文学,其程度之深是在正常情况下不会有的,而且这把个人与群体之间一直在进行的斗争带到了我们意识的表层。当你考虑到要在我们所处的那样时代写出正直的没有偏向的批评的困难时,你才开始理解,在未来的时代中悬在整个文学头上的威胁的性质。

我们生活在独立自主的个人已开始不再存在的时代,或者应该说个人已开始不再有独立自主的幻想。现在,在我们所有关于文学的谈论里,而且(尤其是)在我们所有关于批评的谈论里,我们都本能地把独立自主的个人视为理所当然的事。整个现代欧洲文学——我指的是过去四百年的文学——是建筑在思想诚实的概念上的,或者,如果你要那样说的话,是建

---

① 即《艺术和宣传的界线》。

筑在莎士比亚的"对你自己要诚实"这一名言之上的。我们对作家的第一个要求是,他不应该说假话,他应该说他真实的思想、他真实的感觉。我们对一件艺术作品能够说的最糟糕的话就是说它不真诚。对于批评来说,更加如此。在创作中,只要作者基本上是真诚的,那么一定程度的装腔作势和矫揉造作,甚至一定程度的露骨的弄虚作假都是没有关系的。现代文学基本上是个人的事;它要不是真实表达一个人的思想和感情,就毫无价值,即"艺术和宣传的界线"。

我说过,我们把这种想法认为是不成问题的事,但是一旦用言语表达出来,你就会认识到文学怎样受到了威胁。因为现在是极权主义国家的时代,它不允许,大概也不能允许个人有任何自由。提到极权主义,你就立刻会想到德国、俄国、意大利,但是我认为你必须正视这个现象将成为世界性现象的危险。显然,自由资本主义时期就要告一段落,一个国家接着一个国家在采用集中化经济,对此,你可以按你自己的所好称它是社会主义或者国家资本主义。有了这样的经济,个人的经济自由,而且在很大程度上,个人做自己愿意做的事的自由、选择工作的自由、在地球表面上来来往往的自由,也因之告终。直到最近,这种状况的含义尚没有人预见到。大家从来没有充分认识到,经济自由的丧失会对思想自由产生什么影响。社会主义一般认为是一种道德化的自由主义。国家会掌管你的经济生活,使你免于贫困、失业等的恐惧。但是它无须干涉你私人的思想生活。艺术可以像在自由资本主义时代那样繁荣,而且只能更为繁荣一些,因为艺术家不再受到经济的压力。

但是如今,根据现有的情况,你必须承认,这些想法是歪曲的。极权主义废除了思想自由,其彻底程度是以前任何时代闻所未闻的。而且认识到下面这一点很重要：它的思想控制不仅是被动的，而且是主动的。它不仅不许你表达——甚至具有——一定的思想，而且它规定你应该怎么思想，它为你创造一种意识形态，它除了为你规定行为准则以外，还想管制你的感情生活。它尽可能把你与外面的世界隔绝起来，它把你关在一个人造的宇宙里，你没有比较的标准。反正，极权主义国家企图控制它的臣民的思想和感情，至少像它控制他们的行动一样完全彻底。

对我们来说重要的问题是：在这样的一种气氛中文学是否能生存？我想，你必须干脆地回答它不能。如果极权主义成为世界性和永久性的，那么我们所知道的那种文学就必然宣告完蛋。也就是说，宣告完蛋的仅仅是文艺复兴后欧洲的文学是不能成立的，也许在开始的时候觉得说得通。

在极权主义和过去所有正统学说之间，不论是欧洲的或东方的，都有好几个至为重要的不同点。最重要的不同是，过去的正统学说并不变化，或者至少并不很快变化。在中世纪的欧洲，教会决定你该信仰什么，但是至少它允许你从生到死保持同一信仰。它并没有叫你星期一信仰这个，星期二信仰那个。今天不论什么样的正统基督教徒、印度教徒、佛教徒或者伊斯兰教徒，或多或少都是这样。在一定意义上来说，他的思想是有限定范围的，但是他一生都是在同一思想框架内度过的。他的感情不受干扰。

而在极权主义方面，情况恰恰相反。极权主义国家的特点是，它虽然控制思想，它并不固定思想。它确立不容置疑的教条，但是又逐日修改。它需要教条，因为它需要它的臣民的绝对服从，但它不能避免变化，因为这是权力政治的需要。它宣称自己是绝对正确的，同时它又攻击客观真理这一概念。举一个简单明显的例子，在一九三九年九月以前，每一个德国人必须以恐惧和厌恶的态度来看待俄国布尔什维主义，但在此之后他又必须以钦佩和亲爱的态度来看待它。如果俄德开战，这在几年内是很可能的，那么又要发生另一次同样激烈的变化了。德国人的感情生活，他们的爱和恨，必要时就得在一夜之间倒转过来。这种情况对文学的影响是不用说的。因为写作基本上是感情的事，而感情不是总能受外界的控制的。对当时的正统思想口头上表示奉承是容易做到的，但任何有意义的作品只有在你感到所说的话是真实的时候才能产生；没有这个，就不会有创作的冲动。我们所掌握的全部情况都表明，极权主义要求其追随者在感情上做出突然改变，从心理学上来说是办不到的。这就是我为什么说如果极权主义在全世界胜利时，我们所熟悉的文学就会宣告结束的主要原因。而且，事实上，极权主义迄今为止似乎的确有那样的效果。在意大利，文学受到了残害，在德国，它似乎几乎已不再存在。纳粹的最有代表性的活动就是焚书。甚至在俄国，我们一度期望会出现的文艺复兴并没有出现，最有前途的俄国作家不是自杀，就是进牢，这成了一种明显的趋势。

我在上面说过，自由资本主义显然已快到了尽头，因此，我很可能似乎在说思想自由也不可避免地注定要完蛋了。但是我不相信会这样，我在最后要简单地说，我相信文学能生存下去的希望在那些自由主义根深蒂固的国家，非默武的国家，西欧和美洲各国，印度和中国。我相信——也许这不过是虔诚的希望——虽然集体化的经济一定会出现，但这些国家会知道如何发展一种不是极权主义的社会主义形式，在经济个人主义消失以后，思想自由仍能维持下去。无论如何，这是任何一个关心文学的人能抱的唯一希望。不论是谁，只要重视文学的价值的，只要能看到文学在人类历史发展上所起的中心作用的，就一定也会看到抵抗极权主义的生死攸关的必要性，不论这种极权主义是从外部还是从内部强加于我们的。

英国广播公司海外节目播放
一九四一年六月十九日《听众》
董乐山　译

好的蹩脚作品

不久以前,有家出版社要我写一篇绪论,供重印里奥纳德·梅里克[①]所写的一部小说之用。该出版社看来是打算重印一套二十世纪一半已被遗忘的二流小说。在当今无书可读的日子里,这是一项有价值的工作,我很羡慕那个负责到廉价书亭去搜寻他童年时代爱读的作品的人。

如今我们似乎很少出版,然而在十九世纪末和二十世纪初极其流行的一种书,是切斯特顿[②]称为"好的蹩脚作品"的书,那就是没有什么文学上的标榜,但是在那些比较严肃的作品销声匿迹以后仍有人在读的那种作品。显然,这一类中最突出的作品是《拉夫尔斯》和福尔摩斯故事,在无数这种那种"问题小说"、"人性文件"和"大力声讨"到了该去的地方,堕入遗忘的深渊之后,它们仍保有自己的地位。

不过,老实说,我所说的这些小说都是"逃避"文学。它们是你记忆中的愉快的补丁,在空闲的时候放松一下脑筋的安静角落,但是它们从来

---

① 里奥纳德·梅里克,当时的三流作家,情况不详,本文所提及的其他同类作家也是如此。
② 切斯特顿(Gilbert Keith Chesterton, 1874—1936),英国作家、文学评论家,著有以布朗神父为主人公的系列侦探小说。

不自称同实际生活有什么关系。还有一种"好的坏书"，意图比较严肃，我认为这一类书倒是让我们知道了一些小说的性质是什么和它目前衰落的原因。在过去五十年里，有整整一批作家——有些人如今还在写——从任何严格的文学标准来讲，都不能说是"好的"，但是他们是天生的小说家，他们的态度似乎是真诚的，这一部分是因为他们不怕人家说他们趣味不高雅。我把里奥纳德·梅里克就放在这一类。

他们大多数人都是多产作家，他们的作品自然良莠不齐，水平不一。我心目中各类都有一两部突出作品，作者都能够与自己创作的人物认同，想他们之所想，感他们之所感，为他们博得读者的同情，而所采取的那种尽情放纵、没有顾忌的态度，比较聪明的人是很难达到的。这说明了这样一个事实：对于一个说故事的人来说，正如对一个歌舞厅里的滑稽演员一样，太高的文化修养很可能有害而无利。

以厄纳斯特·雷蒙的《我们被告者》为例，这是一部特别阴暗然而却令人信服的谋杀故事，大概取材于克里本案件。我认为它在很大程度上受益于这个事实：作者只是部分而没有全部理解他所写的人物的可悲的庸俗程度，因此并没有瞧不起他们。也许，像德莱塞[①]的《美国的悲剧》一样，它还因为笨拙的冗长写作风格而收获了些什么；细节堆积如山，几乎不做任何选择，但在这堆积过程中却慢慢地产生了令人可怕和透不过气来的残酷效果。雷斯福德的《真话候选人》也是如此。这里没有那样的笨手笨脚，但是同样一丝不苟地描述凡人小事。默里克的《辛西娅》也是如此，还有至少是沃·莱·乔治的《卡利班》的上半部。他写的大部分是垃圾，但在

[①] 德莱塞（Theodore Dreiser，1871—1945），美国作家，著有《嘉莉妹妹》《金融家》《美国的悲剧》等。

这部取材于诺思克利夫①一生的具体作品中，他在描写伦敦下层中产阶级的生活方面取得了一些令人难忘和逼真的效果。这部书的有些部分大概是自传性的，好的蹩脚作家的一个优点是，他们在写自传时不怕丢脸。自我暴露和自作多情是小说家的大忌，但是如果他过于害怕这两者，他的创作才能可能蒙受其害。

"好的蹩脚"小说的存在——你能够对一本你的智力完全拒绝认真对待的书产生兴趣，感到兴奋，甚至受到感动这个事实——向我们提醒，艺术与大脑活动不是一回事。我想，用任何可以说想出来的测验来衡量，你都会发现卡莱尔②比特罗洛普智力更高。但是特罗洛普至今犹有人读，而卡莱尔则不然：不论他多么聪明，他甚至没有能力用简单的直截了当的英文写作。在小说家身上，几乎像在诗人身上一样，是很难确立智力和创造力之间的关系的。一位好小说家可能像福楼拜一样是个律己很严的天才，或者像狄更斯那样是个智力上的懒散鬼。倾注在温德姆·刘易斯的所谓小说——如《塔尔》或《势利的从男爵》——中的才华，足以造就好几十个普通的小说家，但是要把这些书从头至尾读完一本却是很吃力的事。有一种说不清楚的品质，一种文学维生素，甚至在《如果春天来了》那样的一本书中都存在的，可是在这些作品中却告阙如。

也许"好的蹩脚"作品最好的例子是《汤姆叔叔的小屋》③。这是一部

---

① 诺思克利夫（Viscount Northcliffe，1865—1922），当时英国报业大王，记者出身，后创办《每日邮报》、《每日镜报》等报，一九〇八年收购了奄奄一息的《泰晤士报》，一九一七年封子爵。

② 卡莱尔（Thomas Carlyle，1795—1881），苏格兰散文家、历史学家，著有《法国革命》。

③ 《汤姆叔叔的小屋》，美国女作家斯托夫人（Beecher stowe，1811—1896）的著名反蓄奴制小说。

原来并不有意写成这样荒唐可笑的小说，书中充满了荒诞不经的戏剧性事件；但它也是十分动人而且基本上是真实的，很难说哪一点品质压过了另外一种。但是，毕竟《汤姆叔叔的小屋》是企图写得严肃的，要反映现实的世界。而那些自认不讳的逃避现实的作家，刺激和"轻松"幽默的提供者，又怎样呢？《福尔摩斯》《反之亦然》《吸血鬼》《海伦的孩子》《所罗门国王的宝藏》[①]又怎样呢？所有这些作品肯定都是荒诞不经的，是你要取笑的书，而不是被它们引笑的书，甚至它们的作者自己都没有加以认真对待。但是它们流传了下来，而且大概会继续流传下去。你能说的只是，在文明仍继续处于这样的情况之下，你不时需要散心消遣，"轻松"文学有它的指定地位；而且有一种单纯的技巧，或者说天赋的才能那样的东西，可能比才学和智力更有生存价值。有些歌舞厅里的歌曲相比收在诗集中的四分之三的东西是写得更好的诗：

　　　　请到酒价便宜的地方来，
　　　　请到盘大菜多的地方来，
　　　　请到掌柜殷勤的地方来，
　　　　请到你家隔壁的酒店来！

　　或者：

[①] 《吸血鬼》为爱尔兰小说家布拉姆·斯托克（Bram Stoker，1847—1912）所著的恐怖小说。《所罗门国王的宝藏》为英国小说家亨利·赖德·哈格德（Henry Rider Haggard，1856—1925）所著的冒险小说。《反之亦然》《海伦的孩子》的作者不详。

两只可爱的黑眼睛——

啊,真是意想不到!

只是为了叫错了人,

两只可爱的黑眼睛!

我宁愿写这两支歌,也不写像"可爱的小姐"或者"空谷之恋"那样的诗。同样,我敢打赌,《汤姆叔叔的小屋》会比弗吉尼亚·伍尔芙或乔治·莫尔[①]的全部作品流传更久,尽管我不知道有什么纯粹文学性的测试能够证明哪个更优越。

一九四五年十一月二日《论坛报》
董乐山　译

---

① 乔治·莫尔(George Moore,1852—1933),爱尔兰自然主义小说家。

政治与英语[1]

凡是对此事稍加关心的人都会承认，如今英语的情况不妙，但是一般都认为，对此，我们是无法有意识地采取行动来加以补救的。我们的文明已趋衰朽，因此，按照这个论点，我们的语言就无法逃避这一总崩溃。

---

[1] 译文略有删节。奥威尔不仅是个一般意义上的文学评论家，而且也是个文体评论家。他在《政治与英语》一文中对英国语言受到政治污染而败坏的现象进行了入木三分的痛砭，可谓一针见血。为了让读者更好地欣赏和领会，对他所举的例句我们保留了英语原文。

奥威尔此文的对象固然是当今的英语，但是作为中国读者，即使不懂英语，仅从括号里的译文来看，也必然会有仿佛是在直接针砭如今广泛流行于报刊出版物上的现代汉语之感。因为他所指出的英语中的通病，在汉语中也同样存在，而且在有些方面还有过之而无不及。

所以造成这个现象，不仅是因为在一般的意义上现代汉语和英语一样受到了政治的污染，而且是因为汉语还在一段很长的时间里从上到下，从官方公告、报纸社论直到日常说话都受到清一色的公式化套话——奥威尔在《一九八四》中所说的 Newspeak（新话）的统治，以致不仅舆论一律，而且文风和语调也一律，达到了令人生厌的程度。还有一个附带的，但也是重要的原因是翻译的危害。中外文化交流必须仰仗于翻译，通过翻译的媒介，国外许多新思想、新知识被介绍给中国的读者，同时在语汇和表达方法上也大大地丰富了现代汉语，成为近百年来现代汉语在形成过程中所吸收的养分。但是毋庸讳言，翻译也把外语中的许多受到政治污染的语汇和表达方法生吞活剥地应用到现代汉语中来，这种例子随手可捡，这儿也不一一列举了。因此痛定思过，我们翻译工作者对于现代汉语遭到政治污染也是应该打上自己几板子的。

因此，任何抵制滥用语言的斗争，都是一种感情上的复古主义，就像舍电灯而燃蜡烛、舍飞机而坐马车一样。在这种看法的背后，是一种半意识的信念，认为语言是一种自然的发展，而不是我们可以随心所欲塑造的工具。

不过，事情很清楚，某一种语言的退化最终来说必然有政治和经济上的原因，不会仅仅是这个或那个作家的不良影响。但是，效果也可能变成原因，从而加强了原来的原因，并以加重的方式产生同样的效果，如此反复循环不已。有人借酒浇愁，可能因为觉得自己一事无成，但又由于嗜酒而更加一败涂地。英语所发生的情况可以说就是如此。它因为我们的思想愚蠢而变得面目可憎和含糊不清，而它的随便马虎又使我们更加容易有愚蠢的思想。重要的是这一结果已无可逆转。现代英语，特别是书面英语，恶习充斥，这都是模仿所造成的流弊，只要我们愿意做出必要的努力，是能够避免的。如果我们清除了这些恶习，我们就能比较清楚地进行思考，而清楚地思考乃是政治革新必要的第一步。因此，反对蹩脚英语的斗争并不是等闲小事，也不是职业作家专门的事。关于此点，我等一会儿再说，我希望到那时候，我在这里说的意思就会更加清楚了。对于现在大家都已写惯了的那种英语，这里姑举五例如下：

所以挑选这五段文字，不是因为它们写得特别蹩脚——要是我愿意的话我还可以选引比这坏得多的——而是因为它们生动地表明了我们如今具有的各种思想上的毛病。它们比一般平均水平略低，但相当具有代表性。我把它们标了号，以备必要时列举查考[①]：

[①] 例句译文从略，因作者要说明的是英语上的弊病，如译为汉语，反而不明显了。

(1) I am not, indeed, sure whether it is not true to say that the Milton who once seemed not unlike a seventeenth-century Shelley had not become, out of an experience ever more bitter in each year, more alien (sic) ①to the founder of that Jesuit sect which nothing could induce him to tolerate.

Professor Harold Laski (*Essay in Freedom of Expression*).

(2) Above all, we cannot play ducks and drakes with a native battery of idioms which prescribes such egregious② collocations of vocables as the Basic put up with for tolerate or put at a loss for bewilder.

Professor Lancelot Hogben (*Interglossa*).

(3) On the one side we have the free personality : by definition it is not neurotic, for it has neither conflict nor dream. Its desires, such as they are, are transparent, for they are just what institutional approval keeps in the forefront of consciousness ; another institutional pattern would alter their number and intensity ; there is little in them that is natural, irreducible, or culturally dangerous. But on the other side, the social bond itself is nothing but the mutual reflection of these self-secure integrities. Recall the definition of love.Is not this the very picture of a small academic ? Where is there a place in this hall of

---

① 拉斯基在这里用错了词,本来应当用 akin to (接近于) 的.他错用了 alien to (不同于)。
② "穷凶极恶"的原文为 egregious, 在这里使用, 显然不适当。

mirrors for either personality or fraternity?

Essay on psychology in Politics (New York).

(4) All the "best people" from the gentlemen's clubs, and all the frantic Fascist captains, united in common hatred of Socialism and bestial horror of the rising tide of the mass revolutionary movement, have turned to acts of provocation, to foul incendiarism to medieval legends of poisoned wells, to *legaiize* their own destruction of proletarian organizations, and rouse the agitated petty-bourgeoisie to chauvinistic fervour on behalf of the fight against the revolutionary way out of the crisis.

Communist pamphlet.

(5) If a new spirit is to be infused into this old country, there is one thorny and contentious reform which must be tackled, and that is the humanization and galvanization of the B.B.C. Timidity here will bespeak canker and atrophy of the soul. The heart of Britain may be sound and of strong beat, for instance, but the British lion's roar at present is like that of Bottom[①] in Shakespeare's *Midsummer Night's Dream*—as gentle as any sucking dove. A virile new Britain cannot continue indefinitely to be traduced in the eyes, or rather ears, of the world by the effete languors of Langham Place, brazenly masquerading as "standard English". When the Voice of Britain is heard at nine o'clock,

---

① Bottom, 中文译作波托姆, 是《仲夏夜之梦》里的一个丑角, 为了演戏装扮情郎, 发出可笑的温柔声。

better far and infinitely less ludicrous to hear aitches honestly dropped than the present priggish, inflated, inhibited, school-ma'amish arch braying of blameless, bashful, mewing maidens !

Letter in Tribune.

上引各段文字都各有毛病,但是,除了本来可以避免的面目可憎以外,有两点对它们来说都是共同的。一是比喻陈腐;二是缺乏精确性。作者不是有话而不知怎么说,就是漫不经心地说了别的话,或者是对于自己说的话究竟有没有意思根本不在乎。这种含糊不清和纯粹无能的混合,是当代英语散文写作中最明显的特点,特别是任何一种政治文章。某个话题一经提出,具体就化为抽象,似乎没有人能够想到有什么不是陈词滥调的说法。为了本身的词意而选用的词在文章里越来越少,而像鸡舍一样用预制构件搭在一起的短语却越来越多。下面我列举经常用来逃避在遣词造句上面下功夫的各种窍门,并附注解和例子:

失去活力的隐喻新创的隐喻由于能引起视觉形象,有助于思想的活跃,而从严格的意义上来说已经"死亡的"隐喻(如 iron resolution)实际上已成为一个普通的词,一般仍能使用而不失其生动性。但是在这两类隐喻之间,还有一大堆老掉牙的隐喻,它们引起视觉形象的力量已经丧失殆尽,所以有人使用它们只是因为可以省却自己创造短语的麻烦。例子有:Ring the changes on, take up the cudgels for, toe the line, ride roughshod over, stand shoulder to shoulder with, play into the hands of, no axe to grind, grist to the mill, fishing in troubled waters, rift within the lute, on the order of the day, Achilles' heel, swan song, hotbed. 其中有许多是在连其意义都不甚了了的情况下使用的（例如，"rift"是什么意思？）而且互不相容的隐喻经常混用，这充分说明，作者并不关心自己在说些什么。有些隐喻目前很流行，但已被歪曲原意，而使用的人根本不知道。例如"toe the line"有时竟写作 tow the line。另一个例子是 the hammer and the anvil，现在使用这个短语的时候总是含有"anvil"吃亏的意思。在实际生活中，总是 hammer 敲 anvil 把自己敲裂了，而绝不会有倒过来的情况。一个作家如果停下来想一想自己在说些什么，就会发现这一点，这样也就能避免歪曲原意。

功能词，又称动词假肢，使用这种词语可以省却选用合适的动词和名词的麻烦，同时又能在每一句子中填塞额外的音节，使之有对称的外表。典型短语有：render inoperative, militate against, prove unacceplable, make contact with, be subjected to, give rise to, give grounds for, have the effect of, play a leading part (role) in, make itself felt, take effect, exhibit a tendency to, serve the purpose of, 等等。主要目的是消灭简单动词。动词由单一的词，如 break, stop, spoil, mend, kill，变成一个短语，由一名词或一形容词搭配在一般用途的动词，如 prove, serve, form, play, render 之后。此外，如有可能，都用被动语态而不用主动语态，都用名词结构代替动名词（如用 by examination of, 不用 by examining）。动词的范围也由于使用 -ize ("-化") 和 de- ("非-") 构词法而进一步缩小。陈腐的话

由于使用 not un-（"不是不-"）构词法而显得深刻。简单的联结词和介词被 with respect to, having regard to, the fact that, by dint of, in view of, in the interests of, on the hypothesis that 之类的短语所代替，而句子的结尾因为用了像 greatly to be desired, cannot be left out of account, a development to be expected in the near future, deserving of serious consideration, brought to a satisfactory conclusion 等这样一些冠冕堂皇的陈词滥调而免得戛然而止，虎头蛇尾。

大话空话像 phenomenon, element, individual（名词），objective, categorical, effective, virtual, basic, primary, promote, constitute, exhibit, exploit, utilize, eliminate, liquidate 等词都被用来给简单的话梳妆打扮，使得偏颇的断语有了一种严格的不偏不倚的样子。像 epoch-making, epic, historic, unforgettable, triumphant, ageold, inevitable, inexorable, veritable 等形容词都被用来美化国际政治的肮脏手法，而目的在于美化战争的文字常常显得古色古香，典型的词有：realm, throne, chariot, mailed first, trident, sword, shield, buckler, banner, jackboot, clarion 等。像 cul de sac, ancien régime, deus ex machina, mutatis mutandis, status quo, Gleichschaltrung, Weltanschaung 等外来语词汇则被用来显出有教养和典雅的样子。其实除了 i.e., e.g. 和 etc. 这种有用的缩写以外，当前英语中流行的许许多多外来短语都是没有真正的必要的。蹩脚作家，尤其是科学、政治、社会学作家，几乎总是以为拉丁词汇或希腊词汇比撒克逊词汇更加响亮堂皇，像 expedite, ameliorate, predict, extraneous, deracinated, clandestine, subaqueous 等这样成百上千的不必要的词不断地从它们的盎格鲁-撒克逊对等词那里攻占阵地一个有趣的能够说明问题的例子是直到最近还在使用

的英语花名已开始被希腊花名所代替，如 snapdragon 为 antirhjnum 所取代，forget-me-not 为 myosotis 所取代。[①] 马克思主义写作中所特有的套话（hyena, hangman, cannibal, petty bourgeois, these gentry, lackey, flunkey, mad dog, White Guard 等）主要是以从俄语、德语或法语中译过来的词和短语组成的；但是一般创造新词的方法是采用一个拉丁或希腊字根加上合适的词缀，必要的话用 -ize 构词法。这样创造新词（deregionalize, impenmissible, extramarital, non-fragmentary 等）常常比找一个能表达自己思想的英语词汇来得容易。其结果，一般来说，便是增加了（英语的）潦草马虎和含糊不清。

无意义的话在有些种类的写作中，特别是艺术评论和文学评论，常常会遇到大段大段几乎完全没有意义的话。在艺术评论中用的 romantic, plastic, values, human, dead, sentimental, natural, vitality 等词是完全没有意义的，因为它们不仅不指什么具体的东西，甚至读者也不期望它们这么做。一个评论家写道，"某先生作品的特点是它的生气勃勃"，而另一位则写道，"某先生作品的引人注目之点是其特有的死气沉沉"，读者把这看成是意思的不同。如果用的词不是"死气沉沉"和"生气勃勃"的套话，而是"黑"与"白"，那么他会马上注意到语言使用之不当。许多政治用语也被类似滥用。Fascism 如今除了"令人反感"含义之外已无任何意义。Democracy, socialism, freedom, patriotic, realistic, justice 等词都各有好几种不同含义，互不相容。例如 democracy 一词，不仅没有一致的定义，而且你若要求得一个一致的定义会遭到各方面的抵制。几乎普遍认为，我们

[①] 这种改变实无必要，也许是因为对比较朴实的字产生了一种本能的厌恶，而误以为希腊字更加科学。——原注

称某个国家是民主国家,我们就是在称赞它。因此,各种各样政权的捍卫者都自称是民主政权,唯恐"民主"一词若限于任何一种含意他们就势必不能再用。这类词的使用方式常常是存心不老实的。那就是,用者按自己个人的定义加以使用,却让听者以为他指的是件完全不同的东西。诸如"贝当①元帅是个真正的爱国者"、"苏联报刊是世界上最自由的"、"天主教会反对迫害"等的话几乎都是存心骗人的。在大多数情况下多少是不老实地用于含义可以变化的其他的词有:class, totalitarian, science, progressive, reactionary, bourgeois, equality 等。

上面我已经设法证明,现代写作的最糟糕之处在于没有为了确切含义而选用词汇,为了使含义更加清楚而创造形象,却是把别人已经排列成序的长串词汇捏在一起,用纯粹骗人的手法使得结果显得像样一些。这种写作方法的诱人之处在于它的容易。你若说 In my opinion it is not unjustifiable assumption that 就比说 I think 容易得多,而且要是你已成习惯,也要快得多。要是你使用现成的短语,你不仅不必寻字觅词,你也不必考虑你笔下句子的节奏韵律,因为这种短语的组合一般是能做到读起来多少是悦耳动听的。特别是在你匆忙构思的时候——如向速记员口授,或者发表公开演讲——就自然而然地会采用那种矫揉造作的拉丁化文风。诸如 a consideration which we should do well to bear in mind 或 a conclusion to which all of us would readily assent 这类的套话可以免得许多句子扑通一声猛然落地。你若使用陈腐不堪的隐喻、明喻、成语,就可省却不少脑筋,不过代价是使得含义

---

① 贝当(Philippe Petain, 1856—1951),法国军人,第一次世界大战时抗德有功,擢升元帅。二次大战开始不久,法军溃败,他东山再起,与希特勒议和,组织希傀儡政权,苟安西南一隅。战后被判叛国罪,戴高乐赦其死刑,改判终身监禁。

模糊不清，不仅对读者是如此，对你自己也是如此。这就是混用隐喻的结果。使用隐喻的唯一目的是在读者心目中引起视觉形象。但是如果这些形象互相冲突——如 The Fascist octopus has sung its swan song, the jackboot is thrown into the melting pot——那就可以肯定作者的心目中并没有他所指的东西的形象；换句话说，他根本没有在思想。再回过头来看一看我在这篇文章开首时所举的那些例子。拉斯基教授在例（1）五十三个词中用了五个否定词。其中一个是多余的，使得整个句子莫名其妙。此外，误将 alien 用作 akin，更加令人莫名其妙。还有几处可以避免的累赘和臃肿，使得整个文章更加含糊不清了。霍格本教授在例（2）中把一组能够开处方的电池打水漂玩，既不赞成用习用短语 put up with，却又不愿查一查字典，弄清楚 egregious 是什么意思。要是我们采取不客气的态度，例（3）根本不知所云；也许只有把全文从头读到底，才能弄清楚它的本义。在例（4）中，作者多少知道自己要说些什么，但是陈词滥调的堆积就像茶叶堵死了水池子一样把作者噎得够呛。在例（5）中，词汇与含义几乎分了家。用这样方式写作的人一般总有感情倾向——对某件事物有反感，而对另一件事物却要表示赞同——但是他们对于要说的话的具体细节却不放在心上。一个一丝不苟的作家，每写一句话就要问自己至少四个问题：我要说的是什么？用什么话来表达？用什么形象或成语使它更加明白？这个形象是否新鲜，足以产生效果？他还可能再问两个：是否能写得更短一些？有没有可以避免的笨话蠢话？不过你也不必非这么认真不可。你完全可以回避这么做，你只需在思想上门户洞开，让现成的短语蜂拥而入。它们会给你遣词造句——甚至在一定程度上代你进行思考——而且如有需要的话可以为你做这样重要的服务，那就是把你要说的意思甚至对你自己也半遮半盖。至此,政治与语言贬质的特殊关系就已大白矣。

在我们这个时代中,说政治文章的写作是拙劣的写作,一般是正确的。若有不适用的地方,多半是因为那位作者是某种意义上的叛逆,发表的是他个人意见,而不是"党的调子"。不论什么色彩,凡是正统,似乎都要求你采用一种没有生气的、鹦鹉学舌的文风。当然,小册子、社论、宣言、政府白皮书、各部次官的讲话中可以找到的政治套话,在党与党之间或有差别,但是它们在一点上都是一样的,那就是你从里面几乎永远找不出一句新鲜的、生动的、自创的话。你看着一个神态疲惫的政客在讲台上机械地重复着听熟了的话——什么 bestial atrocities, iron heel, bloodstained tyranny, free peoples of the world, stand shoulder to shoulder——你常常会有一种奇怪的感觉,你看到的不是一个活人,而是一个假人。这种感觉有时会突然变得强烈起来,那时是灯光反射在演讲者的眼镜片上,使眼镜片成了空白的图片,后面似乎没有眼睛的存在。这并不是纯属幻觉。使用这种词汇的演讲者已在某种程度上把自己变成了一台机器。他的喉部固然仍旧发出应有的声音,可是他的脑子却没有在动。而要是他自己选词造句的话,他就会动动脑子。如果他发表的讲话是他一遍又一遍讲惯了的话,他很可能根本不知道自己在说些什么,就像我们在教堂里对应唱圣歌时口中念念有词一样。而这样意识降低的状态,对于政治上的驯服一致,如果不是不可或缺的话,无论如何也是有利的。

在我们这个时代,政治性讲话和写作多半是为不可辩解的事情进行辩解,像维持英国在印度的统治、俄国的清洗和流放、在日本投掷原子弹这样的事情,确实是可以辩解的,不过只能用大多数人所不能接受的蛮横的论据,而这又不合那些政党所标榜的宗旨。因此政治语言就不免主要由委婉含蓄的隐语、偷换概念的诡辩和纯粹掩饰的含糊其词所组成。赤手空拳没有设防的村庄遭到空中轰炸、村民被驱赶到荒野、牲畜被机枪扫射、茅屋被燃烧弹焚毁:这叫作 pacification。千百万的农民被剥夺农田,身无长物,跋涉于途:这叫作 transfer of population 或 rectification of frontiers。未经审判而遭长期监禁,或者后脑被崩上一枪,或者被遣送到北极圈伐木营中患坏血病而死:这叫作 elimination of unreliable elements。如果你要指出某些事物而又不愿在读者心目中引起它们的图像,这种用词是必要的。例如,不妨考虑一下某位舒服的英国教授怎么为俄国极权主义辩解。他不能直截了当地说:"我相信杀掉你的对手,只要你这么做能得到好结果。"因此,他很可能这么说:

> 虽然我直率地承认,苏维埃政权表现了一些人道主义者可能会感到遗憾的东西,我认为,我们必须同意,对政治反对派的权利加以一定限制,是过渡时期所不可避免的,要求俄国人民所承受的苦难,从具体成就方面来看,已充分证明是必要的。

这种虚夸的文风本身就是一种委婉的隐语。一大堆拉丁字根的词汇像雪花一样落在事实上,模糊了界线轮廓,掩盖了一切细节。不诚实乃是语言明白的大敌。在一个人的真正意图和公开宣称的意图之间有距离时,他就会出于本能求助于大话和空话,就像墨鱼放墨汁。在我们这个时代中,"不问政治"这种事情是没有的。所有的问题都是政治问题,而政治本身又集谎话、遁词、蠢事、仇恨、精神分裂症之大成。总气候一坏，语言就受害。我料想——这完全是一种猜测，我没有了解足够的情况可以证实——德语、俄语、意大利语等在过去十年或十五年中，由于独裁专政，可能都已贬质。

但是，如果说思想可以腐蚀语言的话，语言亦可腐蚀思想。一种不良用法可以由于传说和模仿而传播，甚至在应该而且的确具有识别力的人中间。我在上面谈到的贬质的语言在许多方面使用起来都是十分方便的。像 a not unjustifiable assumption, leaves much to be desired, would serve no good purpose, a consideration which we should do well to bear in mind 这样的短语，是一种不断的诱惑，手边必备的一盒阿司匹林。回过头来看这篇文章，我敢说你一定会发现，我自己也一而再、再而三地犯了我所反对的毛病。

我在上面说过，我们语言的败坏也许是可以挽救的。反对此说的人可能会同你争辩——如果他们能提出论据的话——说，语言仅仅反映现存的社会情况，我们无法在词汇和结构方面直接修修补补来影响它的发展。就一种语言的总的调子和精神来说，这话可能不错，但是从细节上来说却不对。愚蠢的词和话之所以能够消失，不是由于什么演变的过程，而是由于少数人的有意识行动。最近的两个例子是 explore every Avenue 和 leave no stone unturned，这是由于少数新闻工作者的嘲笑而被枪毙掉的。只要有足够的人愿意干这项工作，还有一大批用滥了的隐喻是可以用同样的方式去除掉的。另外应该也可以对 not un- 构词法嘲笑得它无地容身，在一般的句子中减少拉丁字和希腊字的数量，清除外来短语和用错地方的科学词汇，最后，总的来说，务必做到使大话空话不再时髦流行。不过，这一切都是次要的。捍卫英语所含的意义还不止这些。不过最好还是先说一说捍卫英语所不含的意义是什么。

首先，捍卫英语与复古主义无关，与拯救过时的词汇和说法无关，与建立一种一成不变的"标准英语"无关。相反，捍卫英语专门致力于废弃已不再有用的每一个词或成语。捍卫英语与正确的语法和句法无关，只要你能清楚表达你的思想，后者并不重要。捍卫英语也与免用美语或保持所谓"散文的好文风"无关。在另外一个方面，捍卫英语并不致力于虚假的简洁和企图把书面英语写成口语化。捍卫英语也不是要在任何一种情况下都用撒克逊字而排斥拉丁字，虽然它确是要尽可能使用最少和最短的词来表达你的思想。尤其需要的是，以意选词，而不是倒过来以词选意。在散文写作中，最糟糕的是向词汇投降。你开首想到一件具体东西时，你是不用词汇的，然后，如果你想要描述你心目中看到的那件东西，你就会搜寻看起来是合适的确切词汇。但你若是想到某件抽象的东西，你就比较会从一开首就使用词汇。除非你有意识地努力加以避免，现成的用词就会一拥而来，为你代劳，其代价则是模糊甚至改变你的原意。也许最好是尽可能推迟使用词汇，通过图像或感觉尽可能弄清楚自己的原意。然后你就可以选择——不是简单地接受——最能表达你的意思的词语，然后转过来考虑一下你用的词会给别人造成什么印象。这最后花的脑筋能够去除一切陈腐或混杂的形象，一切预制构件式的短语、不必要的重复，以及总体上的空洞和含糊。不过，对于某一个词或短语，你常常会犹疑不定，需要一些规则在直觉失灵时作为依靠。我认为下述几条规则可以应付多数情况：

一、决不使用你在书报中见惯了的隐喻、明喻或形象化比喻。

二、凡是可以用短词的地方决不用长词。

三、凡有可能删去一字，就尽量删去。

四、可以用主动语态的地方就决不用被动语态。

五、如果能想出对等的日常英语词汇就决不用外来短语、科学词汇或套话。

六、与其违反这些规则的任何一条，不如干脆胡说八道。

这些规则听起来是基础性的，而且它们确实是基础性的，但是要做到就需要已经习惯于现在流行写作的人在态度上有一深刻的转变。即使你全部信守这些规则，你写的仍可能是蹩脚英语，但是至少你不会写出我在本文开首时所引的五个例子中那样的英语。

迄今为止，我没有谈及语言在文学上的应用，只是作为表达思想而不是掩盖思想和妨碍思想的手段。斯图尔斯·蔡斯等人的看法几近乎认为一切抽象的词都是没有意义的，他们以此来作为借口，提倡政治上的无为主义。你不知道什么是法西斯主义，你怎么同法西斯主义做斗争？我们不需要盲目信从这种谬说，但是我们应该承认，目前的政治混乱同语言的贬质有关。从语言方面着手，也许能够对此有所改进。如果你简化了你的英语，你就从最糟的正统蠢话中解放了出来。你无法再说一句必要的套话，而且如果你说了一句蠢话，它有多么愚蠢，甚至对你自己也显而易见。政治语言——从保守党人到无政府主义者，这话都是适用的，只是程度不同——的用意是要使得谎话听起来是真实的，谋杀是高尚的，使得空穴来风也有实在的外表。对此，我们无法一下子就把它改掉，但是我们至少可以改掉自己的习惯，而且只要我们大声嘘之，我们还是不时能够把一些老掉牙的无用的词语——例如 jackboot, Achille's heel, hotbed, melting pot, acid test, veritable inferno 以及其他大堆语言垃圾——送到它们该去的垃圾箱中去。

一九四六年四月《地平线》

董乐山　译

英国向左还是向右

与一般看法恰恰相反,过去发生的事件并不比现在多。过去的事件显得多,是因为回顾往事的时候,多年发生的事情会同时展现出来,还因为很少有什么记忆是未经加工的原始状态,这主要是因为,描述第一次世界大战的书籍、影片和回忆录等,如今都具有了史诗般的重大意义,这种意义是眼前发生的事件所缺乏的。

但是,假如经历过那场战争,而且对战争的回忆没有受后来的影响添油加醋,便会发现,当时的事件一般来说并非重大,也并不让人感到激动,比如说,我就不相信马恩河战役①具有公众后来宣扬的那种奇迹特征。在我记忆中,就连"马恩河战役"这个说法,也是好些年后才听到的。当时只知道,德军打到距巴黎仅二十二英里的地方,后来,他们莫名其妙地撤军了。德军接近巴黎肯定够吓人的,比利时遭残暴入侵的消息传开后,人们当时尤其觉得害怕。战争爆发时,我十一岁。如果剥离事后了解到的情况,

---

① 马恩河战役,第一次世界大战西部战线的战役。第一次马恩河战役发生在一九一四年九月,英法联军打败了德军。第二次马恩河战役发生在一九一八年七月至八月,德军最后一次发动大规模攻击,以失败告终。

仅凭自己的真实记忆，我必须承认，在整个战争期间，任何事件都不及几年前"泰坦尼克号"沉没给我的印象深。相对于战争，损失较小的那次海难让全世界感到震惊，至今都没有完全平息下来。我还记得，在吃早饭时大声读出详细报道的可怕描述（当年，大声读报是个常有的习惯），记得在种种令人惊骇的事件中，我最受震撼的是"泰坦尼克号"突然船尾朝上竖起，头朝下沉入海中，结果，爬到船尾的人们被挑到三百多英尺的空中，接着又坠入深渊。我至今还能体会到当时那种腹中猛然一沉的感觉。可战争中却从未有任何报道让我体会到类似的感觉。

关于战争爆发，我记忆中有三件事比较生动，但既琐细又不相关，根本没有受到后来发生的事情的影响。第一件是七月末出现了名叫《德国皇帝》的卡通画（我相信，人们后来才普遍熟悉了"德皇"这个让人憎恨的名称）。虽然当时处在战争的边缘，但让人稍感吃惊的是，人们拿皇室开玩笑（"可他当真是个英俊男人啊"）。第二件是当时军队征用我们那座小镇的所有马匹，一个出租马车夫眼睁睁看着跟自己干活多年的马儿被拉走，在市场上放声大哭。第三件是在火车站遇到一群年轻人，他们乘伦敦来的火车刚抵达，蜂拥而上争抢晚报。我清清楚楚记得那一摞浅绿色的报纸（当时有些报纸仍然用绿色纸印刷）、人们的高衣领、紧身裤和圆顶硬礼帽，可那些在法国边界打响的激烈可怕战役都叫些什么名称，我倒记不太清楚了。

在战争中间的几年里，我主要记住的是炮兵们高高的肩膀，鼓蓬蓬的腿肚子，还有靴子上叮当作响的马刺，我喜欢他们的军装胜过喜欢步兵的装束。至于战争的最后阶段，如果你问我记忆中主要留下了什么，要我实话说，那我只能简单回答一个字眼：人造黄油。这是儿童的可怕自私心理的一个例证,因为到了一九一七年,战争对我们几乎不再发生影响,我们只是通过饥肠辘辘感觉到战争。在学校图书馆,一幅大地图钉在画板上,用一条红丝线和很多图钉标出曲折的战线。这条线时而朝不同方向挪动半英寸,每次挪动都意味着阵亡将士的骸骨堆成金字塔。我并没有关注那条战线。我在学校时,智力属中上水平,可是,让我们觉得有真正有重要意义的大事件,我连一个都不记得,比如说,俄国革命就没给我们留下印象,只知道让那些父母在俄国有投资的同学遭了殃。早在战争结束前,年龄很小的学生中已经开始流行和平主义的表现了。在军训队列操练中表现得无精打采,对战事表现出无动于衷,这些行为都被当成和平进步的表现。前线回来的年轻军官们经历过可怕的战事,变得非常坚定,对更年轻的一代感到厌恶,因为年轻学生认为他们鏖战沙场毫无意义,他们就我们的软弱向我们说教。当然,他们无法提出我们能够理解的论点,只能冲着我们高喊:战争是件"好事",它能"让人坚韧",让人保持"身体强壮",等等。我们听了心中暗自发笑。我们的和平主义是受到强大海军保卫的国家特有的思潮。战后多年,假如对军事一无所知或不感兴趣,甚至不知道子弹是从枪的哪一头射出,便有属于"进步"圈子的嫌疑。一九一四年至一九一八年被贬低为毫无意义的屠杀,就连遭到屠杀的人们,也被视为应该受到某种指责。我想到当时的征兵海报,就常常发笑:"爸爸,你在大战中做过什么?"(一个孩子拿这个问题问羞愧的父亲。)我笑那些受这张海报诱惑参军的人,他们的孩子准会耻笑他们没有拒绝参战。

但是,死去的人们到头来要报复了。战争成为往事,我们这一代人终于意识到,因当时"太年轻"错过了体验世事的机会。因为错过了机会,我们会感觉比别人矮三分。在一九二二年至一九二七年间,我与比我年龄稍大的人们在一起度过大部分时间,那些人都参加过战争,总是喋喋不休地谈起战争,当然是带着恐惧口吻,也伴随着越来越强烈的怀旧情绪。在描写战争的英文作品中,这种怀旧情绪特别明显。再说了,和平主义反应只是个阶段性的表现,就连太年轻的一代也都受过参战训练。英国中产阶级的大多数人,从睡在摇篮中开始就受到战争训练,这倒不是在身体上,而是在精神方面。我记忆中最早看到的政治口号是:"要造八艘(八艘无畏舰),不能等候。"① 我七岁时,便成为海军协会的成员,身穿海军制服,头戴的军帽上有"英国皇家无敌号战舰"的字样。其实,在我参加公立学校的军训前,已经在私立学校参加过学生军训队了。我从十岁以后,就断断续续扛过步枪,不仅为参战作准备,也为一种特殊的战争,那是一种举枪发射、听爆裂声、体会狂喜的战争,而且,在指定时刻,还要携枪爬出战壕,不顾在沙袋上折断指甲,跌跌撞撞跑过泥潭和铁丝网,冲进敌人机枪扫射区。我相信,我的同龄人对西班牙内战着迷,部分原因是与世界大战太相像了。在某一时期,佛朗哥② 拼凑了足够多的飞机,将西班牙内战升级到现代战争的水平,成为战争的转折点。但战争的其他阶段却是一九一四年至一九一八年间战争的拙劣再现:在战壕中打阵地战、大炮轰击、突袭、狙击、泥泞、铁丝网、浑身虱子、停滞不前等。一九三七年年初,我驻守阿拉贡③ 前线的一小段,这里准是跟一九一五年法国停战区域非常相像,只是缺少大炮的轰鸣。即使在偶然的情况下,韦斯卡和周围枪炮齐鸣,声

---

① "要造八艘,不能等候",这个口号是一九〇九年提出的,当时本文作者奥威尔六岁。——原注

② 佛朗哥(Francisco Franco,1892—1975),西班牙政治家、军事独裁者,一九三九年至一九七五年期间任西班牙国家元首。

③ 阿拉贡,位于西班牙与法国交界处。

音也很寥寥，活像雷雨结束前一阵阵没精打采的雷声。佛朗哥的六英寸口径大炮轰鸣时，声音足够大，不过每次打炮从来没超过十几声。别人说，大炮"怒吼"，可我头一次听到炮声时，感觉起码是有点失望。那跟我期待了二十年本该连续不断震耳欲聋的爆炸声差别太大啦。

　　我不记得是哪一年我第一次确信眼下的战争开始了。当然是在一九三六年以后，除了白痴，谁都清楚战争打响了。一连好几年，我都觉得即将到来的这场战争是一场噩梦，有时候，我甚至发表演讲、写传单，反对这场战争。但是，在苏德协定公布前的那天夜里，我梦到这场战争已经爆发。不论弗洛伊德会对梦做什么关于内心活动的解释，反正那些梦有时的确能揭示人的内心情感。它教会我两件事：第一，长期笼罩在人心头的恐怖战争一旦爆发，我应该感到释然；第二，我本质上是个爱国者，不会对自己一方搞破坏，也不会在行动上反对自己人，我会支持这场战争，如果需要，我还会参战。我走下楼梯，见报纸上有里宾特洛甫飞往莫斯科的报道。① 看来，战争即将爆发，即使是张伯伦②的政府，我也要忠心支持。不必说，我的忠心过去是如今仍然是个表示而已。我就像自己熟悉的几乎所有人一样，没有受到政府雇用，就连个职员的位置或列兵的位置也没弄到，但这并不能改变人的情感。再说，他们迟早会被迫起用我们的。

---

　　① 一九三九年八月二十三日，德国和苏联在莫斯科签订了互不侵犯条约，参加签约的是德国外长里宾特洛甫和苏联外长莫洛托夫。该条约彻底逆转了欧洲关系的平衡，签订国双方的一项秘密协定同意肢解波兰。八月二十五日，希特勒得知下午四时三十分英国与波兰签署了一项协议，三小时后，他撤销了这天下午三点向军队下达的进攻波兰的命令。向波兰发起的进攻推迟到了一九三九年九月一日。——原注

　　② 阿瑟·尼维尔·张伯伦（Arthur Neville Chamberlain, 1869—1940），英国政治家，一九三七年到一九四〇年在任英国首相。

要是我不得不为支持战争而捍卫我的理由，我相信自己会这么做的。当时，要么抵抗希特勒，要么向他投降，此外没有任何折中选择。从社会主义者的观点看，我应当说，抵抗的选择比较好，无论如何，投降毫无道理可言，共和党人在西班牙内战中不会投降，中国人抗日也不会投降。但是，我也不能假装说，这是我行动的情感基础。那天夜里在梦中我了解到，中产阶级受的长期爱国主义训练起了作用，我也知道，一旦英国陷入严重困境，我就不可能搞破坏活动了。但是，大家别误会这个意思，爱国主义与保守主义毫无关系。发生变化的是效忠的对象，但我有一种神秘的感觉：结果完全一样，这就像以前的白俄忠于俄国。效忠张伯伦的英国和效忠未来的英国似乎是不可能的，除非深知这本是寻常现象。只有革命能救英国，这多年来显然得到了证明，但如今革命已经开始，只要把希特勒排除在外，本来可能迅速进行革命。如果我们坚持不懈，两年内，没准一年内就能看到种种变化，让那些没有预见性的白痴惊讶。我敢说，伦敦的下水道会泻出血液。假如有必要，尽管让血液流淌吧。如果革命的民兵们盘踞在丽兹大酒店里，我会感觉到，多年来我受教导应该爱国，如今我仍然爱国，不过热爱的理由有所不同，但英国仍然存在。

我成长的环境满是尚武主义色彩，后来，我有五年无聊岁月是在能听到军号声的地方度过的。时至今日，在唱英国国歌《天佑国王》时，我不采取立正姿势，会感到一丝亵渎感。当然，这是幼稚的，但我宁愿有自己的教养，也不愿做个左派文人，因为他们太"进步"了，无法理解多半的平常情感。看到英国国旗心情从来不激动，革命的时刻到来时吓得退避，这正是普通百姓的特征。我们拿约翰·康福德①在牺牲前不久写的诗（《韦斯卡风暴来临前》）与亨利·纽伯特爵士写的《今晚近战前一片死寂》做个比较。撇开写作技巧方面的差异不说，因为那仅仅是不同时期的风格问题，我们会看到，两首诗的情感内容几乎一模一样。那位年轻的共产主义者在国际旅的战斗中英勇献身，可他是个彻头彻尾的公学毕业生。他改变了自己的效忠对象，但他的情感没变。这证明了什么？仅仅证明，在没有找到其他替代物时，深入骨髓的顽固保守分子有可能改造成社会主义者，一种忠诚的力量有可能使之转变为另一种忠诚，尽管左派那群僵尸不怎么喜欢他们，但他们有爱国主义的和军事道德的精神需要。

一九四〇年秋《新作品》

贾文浩　贾文渊　译

---

① 约翰·康福德（John Cornford, 1915—1936），英国诗人、共产主义者，在西班牙内战中牺牲。

狮子与独角兽

英国,您的英国

一

就在我写下这些文字的时候,那些高度文明的人正飞过我的头顶,想要杀死我。

他们对我个人并无敌意,我对他们也没有。他们只不过是在"履行自己的职责"罢了,像人们常说的那样。他们多半是些心地善良、奉公守法的人,这一点我毫不怀疑。他们在自己的实际生活中,也从来不曾打算去蓄意谋杀。话说回来,假如他们当中有人一旦得手,炸弹丢得精准,把我炸个粉碎,他绝不会因此而睡不好觉。他是在为国家服务,国家有权豁免他的罪行。

要想认识当代世界的现状,必须首先对爱国主义、忠于国家的那种压倒一切的力量认识清楚。在一定的条件下,它会在它没有容身之所的某个文明层面上崩溃瓦解，但是作为一种正能量，没有任何东西可以和它相提并论。基督教和国际社会主义与其相比，脆弱如稻草。希特勒和墨索里尼在其国家登上权力顶峰，很有可能是因为他们抓住了这个事实，而其对手未能抓住。

我们也必须承认，国与国的不同，见于人生观的真正差别。过去，人们都一致认为人类在很大程度上都一样，哪怕是假装这样，反正这么做没错。直到最近，这种情形才有所变化。可是实际上，明眼人都清楚，人类的一般行为，很显著地因国而异。一国可能发生的事情，在另一国就可能不会发生，比如说，希特勒的"六月血腥清洗"，是不会在英国发生的。而且就西方人而言，英国人也大异其趣。对此，人们都心照不宣地认可。同时，外国人十有八九都不喜欢我国的生活方式。欧洲大陆的人没有能忍受在英国生活的，就连美国人也往往感觉在欧洲大陆更自在。

你不管从哪国回到英国，立刻就会深深感受到呼吸着一种不一样的空气，甚至就在刚开始那几分钟里，首先接触到的几样事情就一股脑儿带给你这种感觉。啤酒更苦，钢镚更重，绿草更绿，广告更闹腾。大城市里熙熙攘攘的人群，脸上长着小粉刺，牙齿歪七扭八，然而彬彬有礼，与欧洲大陆的人群判然不同。接着，深厚的英伦氛围会把你吞没，你会忽然感觉整个国家具有一种显著的可辨个性。难道真有民族这种东西？难道我们不是四千六百万个人，不同的人？这纷杂多样、形形色色的人群！兰开夏郡机器的轰鸣，北方大道川流的卡车，人力市场外的长龙，索霍区酒吧里弹子机的嘈杂，在秋日清晨的雾气中蹒跚领受圣餐的老嬷嬷——这些可不是一盘散沙，而是在英国人的生活中极富特征的剪影。在这一团纷乱中，如何分辨出一个模式？

但是跟外国人聊天，读外国书报，你就会被拉回到那种感觉中了。是的，英国文明确有某种独特可辨的东西。它是一种文化，像西班牙文化一样。跟这文化分不开的是丰盛的早餐、暗淡的礼拜天、雾霾笼罩的城市、弯弯曲曲的道路、绿草地和红邮筒。它自有其风味。另外，它是连续的，向未来和过去同时延伸，它身上有一种生命体内才会有的顽强。一九四〇年的英国和一八四〇年的英国哪里相似？同样也可以问，你和你妈妈摆在壁炉架上那张照片里五岁时候的你哪里相似？没什么相似的，只不过你碰巧就是他本人。

不管怎么说，这是你的文化，就是你。不管你多么讨厌它，或者嘲笑它，离开它一段时间你就会难受。牛油布丁和红色邮筒已经进入了你的灵魂。好也罢，坏也罢，它都是你的，你属于它，此生你注定甩不掉它打在你身上的烙印。

眼下，英国和世界都在变。像任何其他事物一样，英国只能朝一定的方向变化，这在某种程度上是可以预见的。这倒不是说未来已成定局，只不过是说某些方向更有可能，别的则不大可能。一颗种子可能生长也可能不生长，但无论如何，萝卜种子长不出土豆来。所以首要任务是搞清楚英国是啥，然后才能确定英国在当前发生的大事件中能扮演什么角色。

二

国家特征是不容易确定的，就算确定了也往往是些鸡毛蒜皮的事，要不就是些互不相关的事。西班牙人对动物很残忍，意大利人不管干啥都要弄出震耳欲聋的噪声，中国人嗜赌成性。显然，他们对这些事都习以为常、无动于衷。然而，没有无缘无故的事，就连英国人的牙不好这件事，也多少能透露一些英国人的生活现实。

有几条关于英国的普遍说法，几乎人人认同。一条是，英国人没有艺术天赋。他们不像德国人和意大利人擅长音乐。在英国，绘画和雕塑从来没有像在法国那样兴盛。另一条是，在欧洲大陆人看来，英国人与智识无缘。他们对抽象思维怀有恐惧，他们感觉没必要搞什么哲学，或是系统的"世界观"。这倒不是因为他们"实际"，他们还特喜欢以此自诩。只要看看他们的城镇布局和供水系统、他们对过时的麻烦事物那种病态的偏爱、没道理的拼写、只有小学算术课本编撰者才能搞明白的度量衡制等，就能发现他们对效率是多么漠视。但是他们有一种不假思索立刻行动的能力。他们那种举世闻名的虚伪——比如对帝国的两面态度——与这种性格紧密相连。要是面临大危机，全国上下能立即团结一致，按本能行动，这的确是一种无人制定而人人理解的行为规范。希特勒给德国人起的绰号"梦游民族"用在英国人身上更恰当。这倒并不是说被叫作梦游者有什么值得骄傲的。

然而，英国人有个并不重要的小嗜好，十分引人注目却很少有人评论，那就是对花的热爱。这是从外国，特别是从南欧来到英国的人，首先注意到的事情之一。难道这跟英国人对艺术的冷漠不矛盾吗？在没有任何美感的民族里发现这个特点，其实并没有什么矛盾。跟这个特点相关的是英国人的另一个特点，它和我们自身水乳交融，我们几乎注意不到它的存在了，那就是对嗜好和业余消遣的痴迷，即英国人生活中的私密性。我们是一个爱花的民族，同时也是一个集邮者、鸽子迷、业余木匠、优惠券藏家、投标手、字谜狂的民族。最真实的本土文化总是围绕着一些活动而得以体现，这些活动即便是公共的，也绝不是官方的——酒吧、足球赛、后花园、壁炉边和那"一杯好茶"。个人自由依旧受人信奉，几与十九世纪无异。但是这跟经济自由——为利益剥削别人的权利——不沾边。它是这样一种自由：你有自己的家，业余时间做自己愿意做的事，选择自己的消遣，而不是让上级给你安排。英国人最痛恨听到的名字就是包打听。当然很明显，即便是这个纯粹的私人自由也注定要寿终正寝了。像所有现代人一样，英国人正一步步被编号、被标签、被征召、被协调。然而让他们产生冲动的吸引力却在另一个方向，所以那种强加给他们的组织终究会变味。没有任何党派同盟，没有青年运动，没有一致的衬衫颜色，没有犹太种族迫害，或是"自发"的游行，也没有盖世太保，绝不可能有。

然而，在所有的社会里，平民百姓总是要过他们那种有点儿不顾现有秩序的生活。真实的英国大众文化是活跃在表面以下的、非官方的并且多少是为当局所不屑的。只要直接观察一下平民百姓，就能注意到一件事，尤其是在大城市里，那就是他们的生活并不是清教徒式的。他们赌博成瘾、狂喝啤酒，挣多少喝多少，黄段子满嘴，说的大概是世界上最脏的话。他们需要满足自己这些嗜好，尽管有那些吓人而虚伪的法律（许可法、彩票法等），制定这些法律就是要干涉限制每一个人，但在实际当中却又允许一切发生。另外，平民百姓并没有确定的宗教信仰，这情形已经延续了若干个世纪。英国国教从来就没有真正约束过他们，国教只在地主士绅阶层中还得以继续维持，而非国教教派仅仅影响少数族群。可是他们还保持着一种浓厚的基督教情感，但又几乎忘记了基督的名字。已经成为欧洲新宗教的权力膜拜，虽已影响到英国知识界，却并未触及这些平民百姓，他们并没有紧跟强权政治的步伐。日本和意大利报纸宣扬的"现实主义"会吓坏他们。从廉价文具店橱窗里那些怪模怪样的彩色明信片上，可以看出有关英国精神的大量信息。这些东西可以说是一种日记，在里面英国人不知不觉地把自己记录了下来。他们那过了时的观念，他们那按级别划分的装腔作势，他们那淫秽和虚伪的混合，他们那臻于极致的绅士范儿，他们那深具道义的生活态度，通通反映在那里，一览无余。

　　文明礼貌在英国文化中大概是最富有标志性的一个特征，你踏上英国的土地的那一瞬间立刻就会注意到。在这个礼仪之邦，巴士检票员态度和蔼，警察不带手枪。没见哪个有白人居民的国家，这么容易就能叫人行道上的行人给你让路的。这情形常被欧洲观察家们说成是"颓废"或者虚伪，也是英国人对战争和黩武主义厌恶的缘由。它自有其深层的历史根源，在中下层和工人阶层里表现尤其强烈。连绵的战争动摇了它，但没有摧毁它。在人们的记忆中有个情景很普遍，就是军人走在街上会被人嘘，体面的酒吧老板会拒绝军人进入。在和平时期，哪怕有两百万人失业，一支小小的常备军队也很难补充兵员，军队里当官的都来自乡村士绅和中产阶级中的一个特殊阶层，士兵都来自农场劳工和贫民窟的无产者。人民群众不懂军事，也不了解军事传统，他们对战争的态度永远是抵制。没有政治家能凭借向他们许诺去征服别国或获取军事辉煌而登上权力宝座，仇恨颂歌丝毫不能打动他们。上次大战中，士兵们自己编唱的歌曲主题不是复仇，而是把自己当成失败者的幽默和自嘲①。他们唯一称作敌人的就是他们的上司准

---

① 比如：
"我不愿参军找倒霉，
我不愿上战场去打仗；
我不愿再东奔西闯，
我宁愿待在自己的窝，
靠妓女挣钱养活。"
不过打起仗来他们可是完全两样的。——原注

尉副官。

在英国，所有的大话、豪言壮语、"不列颠必胜"之类的口号，全都出现在人数不多的少数族群之中。平民百姓的爱国主义是不会说出来的，甚至都意识不到。在他们对历史的记忆中，连一次战争胜利都不保留。英国文学像别国文学一样，不乏战争诗篇，但值得注意的是，赢得大众喜爱的那些诗篇，总是灾难、撤退之类的故事，例如，没有关于特拉法加和滑铁卢两场胜利的流行诗歌。约翰·穆尔爵士的军队在逃亡海上之前，在科伦纳进行的那场惨烈的后卫战役（堪比敦刻尔克大撤退！），比一次辉煌的胜利更感人。最令人荡气回肠的一首英语战争诗，写的是一支骑兵部队向错误的方向发起冲锋。在上次大战中，铭刻在人们记忆中的四个名字是蒙斯、伊普尔、加里波利、帕斯尚德勒，这几场战役都是灾难。最后大败德军的那些伟大战役的名字，一般公众都不知道。

英国人的反战情绪遭外国观察家病诟的原因，在于它忽略了英帝国的存在。这种反战情绪似乎纯属虚伪，英国人毕竟吞并了地球的四分之一，而且牢牢掌控，靠的是一支庞大的海军。那么他们怎敢反咬一口，说战争邪恶？

英国人对自己的帝国的确是态度虚伪。在工人阶级中，这种虚伪的表现是不知道有帝国存在，但是他们对常备军的厌恶却是出于一种完全合理的本能。海军征用人员相对较少，而且它是一种外部武器，不会直接影响国内政治。军事独裁无所不在，但海军独裁却是闻所未闻。英国人几乎所有阶层发自内心所厌恶的，是傲慢狂妄的长官嘴脸，叮当作响的马刺和军靴的践踏。希特勒出名前几十年，"普鲁士"一词的含义在英国与当今"纳粹"一词的含义不相上下。这种感觉太深，以至于一百年来，和平时期的英国军官只要不执勤，一定会脱掉军装换上便装。

　　一个国家的社会氛围，可通过一个还算可靠的便捷方式迅速了解，这就是看其军队的行进步伐。军队列队游行真是一种仪式之舞，有点类似芭蕾，表达一种人生哲学。比如说，那种鹅步，是世上最恐怖的景象之一，远比一架俯冲轰炸机更吓人。那就是对赤裸裸的强权的一种确认，其中包含的，有意识也有意图的，是一只皮靴踏碎一张脸的景象。其丑陋只是其本质的一部分，因为它说出的是"没错，我丑陋，可你不敢嘲笑我"，就像打手向受害人做鬼脸。为什么在英国不采用鹅步？天知道有多少陆军军官迫不及待地想要引进这类玩意儿。不采用鹅步是因为街上的人见了一定会嘲笑。军队表演过头这事，只可能发生在那些平民百姓不敢嘲笑军队的国家。意大利人采用了鹅步，时间正好是沦为德国控制的时候，而且谁都知道，他们走得不如德国人好。假如维希政府还存在，一定会在法国剩余的陆军里引进一种更为僵硬的步伐训练。在英国军队里，训练是严格而复杂的，充满了十八世纪的遗风，但是并没有刻意的招摇，列队行进不过就是姿势正式些的步行而已。这支军队属于这样一个社会：统治靠剑，毫无疑问，但剑从不出鞘。

　　英国文化中的文明礼貌混杂着野蛮粗鄙和时代混乱。我们的刑法完全跟不上时代，好比伦敦塔里的火枪。一边是纳粹冲锋队，与此形成对照的是另一边那个典型的英国角色——仍旧判罪犯绞刑的法官，这是个有一副来自十九世纪旧头脑和患有痛风的老恶霸，正在做出野蛮的判决。在英国，绞刑和鞭刑仍在使用。这两种刑罚既残酷又恶心，可是从来没有人对此提出真正有影响的强烈抗议。人们接受它们（以及达特穆尔监狱、少年犯教养院）几乎像接受天气一样。它们是"法律"的组成部分，被视为不可更改。

这里遇到了一个无比重要的英国人的特征：对宪政和法制的尊敬，信奉"法律"超越国家、超越个人，当然这有点残忍和愚蠢，但是无论如何，这奠定了不腐败的基础。

这倒并不是说任何人都相信法律是公正的。人人都知道有富人的法律，也有穷人的法律，但是没有人接受这个现实的含义，因为人人都想当然地认为，法律就其自身而言应当受到尊敬，否则就会怒不可遏。有些说法，如"他们不能把我怎么样，我什么也没做错"，或者是"他们不能那么做，那是违法的"，正是英国社会环境的一种体现。社会公敌们也有这种感觉，与任何其他人一样强烈。要看出这点，可以通过描写监狱的书，比如，威尔弗雷德·麦卡特尼写的《隔墙有嘴》，或是吉姆·费伦的《监狱之旅》，通过审判拒服兵役者的庄严而愚蠢的行为，通过知名的马克思主义教授们写给报纸的信，这些都指出了这里或那里是英国司法的失败。人人心里都相信，法律能够，应当能够，总的说来将会得以公正实施。那种认为没有什么法律只有强权的极权主义思想，从来没有生根。即便是知识界，也只是在理论上接受它。

一个幻想能成为半个真理，一张面具能改变脸上的表情。那耳熟能详的辩论，辩称民主和集权"一样"或者"一样坏"，从未考虑这一事实。所有这类辩论骨子里就是要说半个面包等于没有面包。在英国，法制、自由和客观真理这类概念，仍然受到信奉。它们可能是幻想，但却是强有力的幻想。对它们的信奉会影响行为，国民生活会因此而改变。看看你周围，证据昭然。警棍去哪儿了？有毒的蓖麻油去哪儿了？剑仍在剑鞘里，剑只要待在剑鞘里，腐败就不会过分。比如，英国选举制度不过是一场公开的欺骗，可以有多种明显的办法徇私舞弊，以便保障有产阶级的利益。但是除非民心发生深刻转变，否则就不会出现彻底的腐败。你不会在投票站发现带枪的人告你投谁的票，统计票数也不会出错，也没有直接的贿赂。就连虚伪也是一种强有力的保护。那个判处罪犯绞刑的法官，那穿红袍、戴马鬃假发的恶老头，除了炸药以外的任何东西都不能让他明白他生活在一个什么样的世纪里，而他无论在什么情况下都会引经据典地解释法律，但在任何情况下都不会受贿，他是一个具有象征意义的英国标志。这个标志里混合着真实与幻想、民主与特权、奸邪与正派，是个精细的平衡系统，靠了它，国家保持着人们熟悉的本来面目。

三

我一直在说"国家""英国""不列颠"，仿佛四千五百万人竟可以当成一个整体。然而，英国不是有富人和穷人两个人群而且声名在外吗？谁敢说年收入十万英镑的人和一周只挣一英镑的人之间有什么共同可言？另外，我大概会得罪威尔士和苏格兰读者，因为我使用"英格兰"一词多于"不列颠"，好像所有的人都住在伦敦和周围各郡，而北边和西边没有自己的文化似的。

先想想次要的方面，会把这个问题理解得更透。有个情况很真实，那就是所谓不列颠各族人民其实感觉本族和异族很不相同。比如，一个苏格兰人要听见你叫他英国人，他是不会感谢你的。你可以看到我们在这事上的难处，我们用多达六个不同的名字叫自己的岛：英格兰、不列颠、大不列颠、不列颠群岛、联合王国，在非常庄严的时刻也叫阿尔比恩①。即便是

---

① 阿尔比恩（Albion），大不列颠岛古称，现仍为该岛雅称。

英格兰北方和南方,在我们自己看来,也有很大差别。然而,一旦面对一个欧洲大陆人,任何两个不列颠人之间的差别立马就烟消云散了。很难遇到一个能把英格兰人和苏格兰人,甚至英格兰人和爱尔兰人区分开来的外国人,美国人除外。对法国人来说,布列塔尼人和奥弗涅[①]人是完全不同的人,而马赛口音在巴黎是个老笑话。可是我们还是说"法国"和"法国人",把法国视为一个整体,一个单一的文化,实际上也是这样的。我们自己也一样。外人看来,伦敦人和约克郡人长相一样。

从境外看国家,就连富人穷人之间的差别也缩小了。英国财富不均是毫无疑问的。这现象比欧洲任何国家都严重,你只要到最近一条街上走一趟,就会发现。从经济上讲,英国包含两个国家,如果不说三个或者四个。但是与此同时,国民都感觉自己是一个国家,感觉彼此相像程度超过外国人。爱国主义强于阶级仇恨,也强于任何种类的国际主义。除了一九二〇年那个短暂的时刻("别碰俄国"运动)英国工人阶级从来没有考虑或参与过国际主义行动。在两年半的时间里,他们看着自己的西班牙同志慢慢被绞杀,却没有为声援他们举行过一次罢工。但是当他们自己的国家(纳菲尔德勋爵[②]和蒙塔古·诺曼[③]的国家)面临危险时,他们的态度就完全不一样了。从英国可能要受到侵犯的那一刻起,安东尼·艾登[④]在广播上号

---

① 布列塔尼和奥弗涅都是法国地名。

② 纳菲尔德勋爵,即威廉·理查德·莫里斯(William Richard Morris,1877—1963),英国汽车工业创始人之一。纳菲尔德是他原籍牛津郡的一个村子。

③ 蒙塔古·诺曼(Montagu Norman,1871—1950),英国银行家,一九二〇年至一九四四年期间任英格兰银行行长。

④ 安东尼·艾登(Anthony Eden,1897—1977),英国政治家、外交家,第二次世界大战期间任英国外交大臣,一九五五年至一九五七年期间出任首相。

召成立国内防卫志愿者组织。在最初二十四小时内，即有二十五万人响应号召，接下来的一个月里，又有一百万人加入。只要拿这个数字和拒绝应征入伍的人数做个比较，就可以看出传统的忠诚度要比一些新的观念强烈多少。

在英国，爱国主义在不同的阶级，表现形式不同，但却像一根线一样把几乎所有人都联系在了一起。唯有欧陆化的知识分子对此无动于衷。作为一种正能量情感，爱国主义在中产阶级比在上层阶级更强烈——比如学费便宜的学校比学费昂贵的学校更常有爱国游行。不过那种绝对的吃里爬外的富人，赖伐尔-吉斯林①式的内奸卖国贼之类，数量可能极少。在工人阶级中，爱国主义是深入人心的，但却是无意识的。工人见了英国米字旗心不会跳，但是英国人那种臭名昭著的"狭隘"和"排外"在工人阶级中比在资产阶级中强烈得多。在所有的国家，穷人比富人更爱国，但是英国工人阶级对外国习惯憎恶之至，这是首屈一指的。哪怕他们不得不多年住在国外，也拒不入乡随俗，享受外国美食或学习外国语言。几乎每个工人阶级出身的英国人，都羞于说对一个外国词。第一次世界大战中，英国工人阶级与外国人打交道也仅限于万不得已。唯一的结果是，他们带回了对所有欧洲大陆人的憎恨，德国人除外。他们钦佩德国人的勇气。在法国土地上四年之久，他们居然没有喜欢起红酒来。英国人心胸狭隘，拒绝认真对待外国人，这是个让他们不断付出沉重代价的错误，但这也是英国的

---

① 皮埃尔·赖伐尔（Pierre Laval，1883—1945），法国政治家、社会党人，一九四二年，在希特勒支持下出任法国维希政府总理；维德孔·吉斯林（Vidkun Quisling，1887—1945），挪威军人、政治家，第二次世界大战期间任挪威首相，曾帮助希特勒占领挪威。二人都是欧洲臭名昭著的内奸。

魅力所在，那些试图去除这个性质的知识分子，一般都过大于功。让旅游者看不惯的英国人这种特点，骨子里就是同一个意识，即把入侵者拒之门外。

这里又回到了我在上一章开头似乎是不经意地指出的英国人的两个特点。一个是缺少艺术创造力。这也许是换了一种方式说，英国是独立于欧洲文化之外的。因为他们确实在一种艺术上表现出了巨大的天分，那就是文学。不过这也是唯一不能跨境的艺术。文学，尤其是诗歌，以抒情诗为最，就好比是一种家庭玩笑，离开其语言群体，就没什么价值可言了。除了莎士比亚，那些最杰出的英国诗人在欧洲很少为人所知，就连诗人的名字也没人知道。为人熟读的那些硕果仅存的诗人，一个是因错误的原因受到崇拜的拜伦，另一个是被视为英国式虚伪的受害者而受到怜悯的奥斯卡·王尔德。与此相关但又不太不明显的是哲学思辨能力的缺乏，几乎所有的英国人都缺少有条有理地思考的需要，甚至使用逻辑的需要。

在某一个时刻，国家统一的意识取代了"全球观念"。就是因为爱国主义恰恰也是世界性的，连富人也不能不受其影响，所以有些时候国家忽然就会全体总动员，干同一件事，像一群羊遇到了一匹狼。有这样一个时刻，没错，是法国面临沦亡灾难的时刻。英国不知所措，彷徨犹豫了八个月，终于搞清了战争意味着什么，人们才突然明白应该做什么：首先，军队撤离敦刻尔克，其次，抵御入侵。像个巨人从睡梦中醒来。快！危急！参孙哪，非利士人拿你来了[①]！接着就是迅速的一致行动——看哪，立刻

---

① 典出《圣经·旧约·士师记》，第十五章第九节。

又回到另一场睡梦中。在一个分裂的国家，为了和平而爆发大规模运动的那一刻与此完全相同。然而，莫非这就是说，英国人的本能总能指引他们做正确的事情吗？没有这回事，只不过就是指引他们做同一件事罢了。比如，在一九三一年的选举中，我们齐心协力做了件错事。我们像"加大拉的猪群①"一样，万众一心，但是我真怀疑我们能否说自己是不情愿地被推下了山崖。

不过，英国民主不像有时显得那样貌似骗局。外国观察家只看到了巨大的财富不均，不公平的选举制度，统治阶级控制报刊、广播、教育，就匆忙下结论说这里的民主只不过是专制的一个婉转说法。但是这种判断忽略了领导者和被领导者之间不幸存在的那种可观的一致性。不管你多么不愿意承认，几乎可以肯定的是一九三一年到一九四〇年的国民政府，代表了广大人民群众的愿望。它容忍贫民窟、失业，以及懦弱的外交政策。是的，不过这也是民心所愿。那是个不景气的时代，自然也就只出一些平庸的领导人。

尽管有数以千计的左派人士发起运动，还是可以肯定大多数英国人支持张伯伦的外交政策。另外，可以肯定张伯伦的头脑里和普通英国人的头脑里，进行着同样的思想斗争。他的反对者宣称他是一个阴险狡猾的阴谋家，策划把英国出卖给希特勒。但更可能的情况是，他不过是个笨老头，按他自己昏聩的见解，已经竭尽全力了。不然很难解释他的政策自相矛盾，面对时局没有丝毫领悟驾驭之力。像芸芸众生一样，他既不想付出和平的

---

① 《圣经·新约·马太福音》（第五章）中有一个加大拉的猪群的故事，讲述的是耶稣赶鬼入猪群，结果猪群受鬼附身冲下山崖落海而死。

代价,也不想付出战争的代价。公众舆论一直支持他抛出那些彼此毫不连贯的政策,支持他出访慕尼黑,支持他努力与苏俄达成谅解,对波兰给予保证并实现了这一保证,以及他敷衍了事地谴责战争。只是到了他政策的后果日趋明显之时,舆论才终于转向,开始反对他,也就是说舆论终于开始检讨它自身过去七年的麻痹。当此,人民选择了一个顺应他们情绪的领袖丘吉尔,他无论如何都理解不战斗就不能赢得战争的胜利。继而,有这种可能,人民会选择另一个领袖,他能理解只有社会主义国家,才能有效地战斗。

我说这些是为证明英国是民主制吗?不,就连《每日电讯报》的领导也不会信的。

英国是太阳底下等级观念最重的国家。这里势利和特权大行其道,统治者老而愚蠢,但是看待英国,必须考虑其统一的情绪,即那样一种趋势:危难临头,几乎其全体国民立刻会群情激昂,心往一处想,劲往一处使。英国是欧洲唯一没有被迫把自己成千上万的国民驱逐出境或者驱赶到集中营的大国。值此战争进入一年之际,辱骂政府、赞扬敌人、要求投降的报纸和传单满大街兜售,几乎没人干涉。这与其说是尊重言论自由,不如说是认为这些事无关紧要。让一份《和平新闻》一类的左派报刊出售,没什么不安全,因为可以肯定,百分之九十五的民众根本不会去读它。全国被一根看不见的绳索绑在了一起。在任何正常时间里,统治阶级都可以对我们进行抢劫、欺负、祸害,把我们引向灾难,但是让公众舆论自由发表,真正被听到,让统治者们不可避免地感到那股自下而来的牵制力量,那么他们就很难不做出反应。左派作家指责统治集团是"亲法西斯派",这是把事情看得过于简单了。即便是在把我们带进目前处境中的政客内部派系之间,到底有没有蓄谋的叛徒,也是值得怀疑的。英国发生的腐败很少有那种类型的,而几乎总是那种自我欺骗性质的,那种右手不知道左手干了啥的把戏。因其不被察觉,所以它是有限的。这情况可以在英国报界明显地看到。英国报界是诚实的还是不诚实的?在正常时间里,它是非常诚实的。所有的大报都靠广告生存,广告商便对新闻行使着一种直接的审查权,但我不认为英国有任何报纸可以赤裸裸地被现金贿赂。在法兰西第三共和国①,报界的腐败是臭名昭著的,除了少数几家之外,所有报纸都可以像在柜台买同样重量的奶酪一样被收买。英国的公众生活从未发生过公开的丑闻。它并没有沦落到骗子横行、谣言满街的崩溃边缘。

英国既不是莎士比亚描绘的宝岛,尽管人们喜欢传颂莎翁吉言,但也不是戈培尔博士形容的地狱。它更像一个家庭,一个维多利亚时代那种相当沉闷的家庭,其中害群之马不多,但是所有的壁柜里都藏满了秘密。它既有叩首拜谒的富亲戚,也有饱受欺侮的穷亲戚。对于家里的收入来源,大家都讳莫如深,心照不宣。在这个家庭中,年轻人总是受排挤,大权主要掌握在不负责任的叔父伯父和卧病在床的姑妈姨妈手里。不过家终归是家。大家说的是家里的话,记得的是家里的事,若有外敌来犯,全家上下会拧成一股绳。家里主事的人不对——这大概是能用来形容英国的最贴切的说法了。

---

① 法兰西第三共和国,指从一八七〇年至一九四〇年统治法国的共和政府。

四

也许滑铁卢战役是赢在了伊顿公学①的操场上,但是后来战争的几次开场战役也是输在了那儿的。在过去七十五年里,英国人生活中的一个重要事实是,统治阶级能力的衰退。

一九二〇年到一九四〇年,衰退的速度堪比化学反应。不过一旦舞文弄墨,还是能显示出统治阶级的架势,像一把曾有过锋利的双刃和三个新手柄的刀一样,英国社会的顶端还几乎维持着十九世纪中叶的状态。一八三二年过后,过去拥有土地的贵族一步步丧失权力,但是并没有消失或变成古董,而是跟取代了他们的商人、产业主、金融商联姻,并且很快把他们复制成了自己的精确化身。富有的船主或纺织厂老板,摇身一变俨然变成了一个乡绅,他的儿孙们在专为他们设立的学校里,学会了正确的行为举止。统治英国的是一个不断由暴发户补充的贵族阶层。试想那些白手起家的人拥有多么大的能量,试想他们一路用钱开道,使出浑身解数终于跻身于一个不变的传统官僚阶层,那么可以期待这个方式会出产一些具有雄才大略的治国精英。

然而事与愿违,那个统治阶级腐朽了,失去了能力和胆识,最后连它的冷酷也消失了,接下来的时代出现了像伊顿、哈利法克斯这样自命不凡的超级才子。至于鲍德温,都算不上自命不凡。他简直什么都不是。二十世纪二十年代英国国内问题处理频频失误,已经很糟糕,但是一九三一年至一九三九年英国外交政策堪称一项世界奇迹。为什么?发生了什么?究

---

① 伊顿公学,位于伦敦附近的白金汉郡,是英国最昂贵的私立学校,出过许多名人。

竟是什么原因,每到决定性的时刻,每个具有准确无误本能的英国政治家,都注定了无往而不错?

这里隐含着一个事实,有产阶级的地位已经完全不合理了。他们端坐在一个庞大帝国和一个全球金融网络的中心,坐收利益,拿来挥霍——用来干什么了?说句公道话,英帝国内部的生活在许多方面都好于其外的生活。尽管如此,帝国还是不发达,印度沉睡在中世纪,自治领荒无人烟,外国人被小心翼翼地排斥在外,即便是英格兰,也到处是贫民窟和失业游民。受惠于现行体制的,只有五十万人,也就是那些住在乡间别墅里的人。另外,小企业合并为大企业的潮流,越来越多地抢走了有产阶级的功能,把他们变成了被架空的主人,替他们干活儿的是那些领薪水的经理和技师。过去很长时间里,英国一直有个无用的阶级,他们生存靠投资,至于钱投在哪里,他们也不清楚。这些人被称作"有闲阔佬",他们的照片可以在上流社交杂志《闲谈者》和《旁观者》中看到,好像你特别想看到他们似的。这些人的存在从任何角度看都是不合理的。他们就是些寄生虫,对社会的作用还不如跳蚤对狗有用。

到一九二〇年,许多人对这个现象心知肚明。到一九三〇年,知道的人多达数百万。然而,英国统治阶级显然不承认自己作用已经日暮途穷。假如他们承认,那他们势必要退位。因为他们不可能去做土匪,因此他们像那些美国百万富翁一样,执意把持着特权,以贿赂和催泪瓦斯弹击败反对者。总之,他们属于一个有特定传统的阶级,受过公学的培养,学校里有一项最重要的规定,就是学生有责任在必要时为国捐躯。他们必须有真正的爱国情怀,哪怕是在同时抢劫自己的同胞也在所不惜。很清楚,他们只有一条路可逃——逃向愚蠢。他们可以维护社会现状,因为没有能力认识现状是有可能改进的。这虽然也不容易,他们还是办到了,主要是靠眼睛盯住过去,拒绝注意周围发生的变化。

这解释了英国的许多现象。它解释了乡村生活的衰亡,原因是保持一种虚假的封建制度,迫使有个性的劳动者离开土地。它解释了公学的一成不变,自十九世纪八十年代以来数十年少变化。它解释了一次又一次地让世界目瞪口呆的军事上的无能。从十九世纪五十年代至今,英国参加的每场战争开战之初都伴随着一连串的灾难,到后来处于社会比较靠下阶层的民众团结奋战,才扭转局势。来自贵族的高层将官,从来不做现代战争的准备,否则他们就必须承认世界在变。他们抓住过时的方法和武器不肯放手,因为他们总是把每场战争看成是上次战争的重复。布尔战争前,他们准备打祖鲁战争;一九一四年战争前,他们准备打布尔战争;本次战争前,他们准备打一九一四年战争。就在这个时刻,成千上万的英国士兵仍在训练使用刺刀,这东西完全没用,除了开罐头盒子。值得注意的是,海军和后来的空军总是比陆军更有效率,但是海军仅仅部分是,空军则完全不是,来自统治阶级圈子。

必须承认,只要是和平局势,英国的方法对统治阶级很适用。他们自己的人民显然愿意忍受。无论英国是多么不公平地组织运作,但总还没有遭遇阶级战争之祸,也没有饱受秘密警察之害。世界上从没有像英帝国这么大的版图能一直处于和平之中。在它几乎占世界四分之一的辽阔疆域里,武装人员少于一个巴尔干小国所需的数目。作为帝国子民,从宽容的、相反的角度看统治阶级,他们还是有他们的道理的。他们比那些真正的现代人纳粹和法西斯更好,但是长期以来明摆着的事实是,面对外来强敌进犯,他们会束手无策。

他们无法抗击纳粹或法西斯，因为他们无法理解这两种主义。假如共产主义在西欧声势浩大，他们也无法抗击。要想理解法西斯主义，他们必须研究社会主义理论，这就会迫使他们认识他们赖以生存的经济体制是不公平的、低效率的和过时的，但恰恰是这个事实，他们避之唯恐不及。他们对付法西斯主义，就好像一九一四年骑兵将领们对付机关枪一样——置之不理。经历了几个年头的侵略屠戮之后，他们只理解了一个事实，希特勒和墨索里尼敌视共产主义。因而，就有了这样的判断，他们对英国吃股利的资本家肯定友好。所以就发生了着实恐怖的景象，英国轮船运食品给西班牙共和党政府，途中遭意大利飞机轰炸，而英国保守党国会议员听到这个消息竟欢呼雀跃。即便到他们开始理解法西斯的危险之时，其彻底革命的性质，强大的军事力量，擅用的战略战术，统统都超乎他们的理解能力。西班牙内战时期，只要有从六便士一本的社会主义宣传册上得来的那点政治知识，就足以明白如果佛朗哥获胜，结果将对英国构成战略性灾难，可是一辈子研究战争的军事将领们却搞不清这个事实。这种政治上的愚昧贯穿英国官场、内阁官员、大使、领事、法官、治安官、警察。逮捕"赤色分子"的警察并不理解"赤色分子"宣扬的理论，如果他理解，那么作为有产阶级卫士的职位就可能不那么让他感到愉快了。有理由认为，甚至军事谍报人员也因对地下党的新经济学说及其理论细节无知而陷入困境。

英国统治阶级认为法西斯站在他们一边，这也并非全错。有个事实：凡是富人，除非他是犹太人，对法西斯的惧怕少于对共产主义或者民主社会主义的惧怕。这一点决不能忘记，德国和意大利的全部宣传，都是设计好了要掩盖这个事实的。像西蒙[①]、霍尔[②]、张伯伦等人,他们出于天然本能一定是要和希特勒达成协议的。但是——我所说的英国社会生活的特征,那种深入骨髓的民族团结意识,在此适时出现——他们实现这个目标,只能通过分割英帝国、出卖自己的人民,任他们沦为半奴隶境地。一个真正堕落的阶级会毫不犹豫地这样做,如在法国那样。但是在英国,事情还不至于坏到这步田地。政客们做的那种奴颜婢膝的演讲,说什么"忠于征服者的责任",这在英国的社会生活中是听不到的。张伯伦之流摇摆于收入和原则之间,一定会把两方面都搞糟。

有件事总能表明英国统治阶级在道义上是无懈可击的,在战争中,他们临危不惧,视死如归。几位公爵、伯爵和其他什么爵,在上次佛兰德战役中战死沙场。假如这些人是他们有时候自称的那种玩世不恭的无赖,这种壮烈的行为是不可能发生的。重要的是不能误解他们的动机,或者说不能预测他们的行动。可以期待的是,他们不会背叛,不会有懦夫行为,但是会办蠢事,会无意中搞破坏,因为他们身上有那种绝对可靠的犯错本能。他们并不恶毒,或者十恶不赦,他们只是不可救药的。只有等他们的钱和权消失后,他们中的年青一代才会理解,他们生活在一个什么世纪里。

五

英帝国在第一次世界大战和第二次世界大战之间的年代里停滞不前,

[①] 西蒙(John Allsebrook Simon,1873—1954),英国政务活动家,第二次世界大战期间是张伯伦绥靖政策的重要支持者之一。

[②] 霍尔(Samuel John Gurney Hoare,1880—1959),英国政务活动家,曾为张伯伦内阁著名的绥靖分子。

这使英国的每个人都受到了影响，但是对中产阶级中两个重要层面具有特别直接的影响。一个是中产阶级中拥护帝国的军人，诨号"大块头"，另一个是左派知识分子。这两种表面上势不两立的人是很形象的两个对立面——领一半薪水的上校，脖子粗壮如牛，脑子少得可怜，活像个恐龙；知识分子前额凸出，脖子细如麻秆。而这两种人却在精神上彼此相通，不断互动。无论如何，他们实在是天生投缘。

　　三十年前，大块头们已经丧失了活力。吉卜林[①]赞美的中产阶级家庭，即子女多教养低的家庭，儿子们当了陆海军指挥官，拥向了地球上每一块不毛之地，从育空[②]到伊洛瓦底江[③]。这样的家庭在一九一四年以前已经减少了，灭掉他们的罪魁是电报。在一个不断变得狭小的世界里，越来越多的地方由白厅[④]统治，可供个人进取的空间一年年减少。像克里武、纳尔逊[⑤]、尼克尔森[⑥]、戈登[⑦]这些人，在现代英帝国是不会找到用武之地的。到一九二〇年，帝国几乎每寸殖民地都在白厅的掌控之中。这些心地善良、超级文明的人，身穿黑西装，头戴黑礼帽，整齐卷起的雨伞挂在左胳膊上，

---

① 吉卜林（Rudyard Kipling, 1865—1936），英国作家、诗人。
② 育空，加拿大西北一地区。
③ 伊洛瓦底江，缅甸第一大河。
④ 白厅，伦敦市内的一条街，连接议会大厦和唐宁街，英国行政部门的代称。
⑤ 纳尔逊（Horatio Nelson, 1758—1805），英国海军名将、军事家，在特拉法尔加海战中击败法国—西班牙联合舰队，其铜像矗立在伦敦特拉法尔加广场。
⑥ 尼克尔森（Francis Nicholson, 1655—1727），英国军人，殖民地总督。
⑦ 戈登（Charles George Gordon, 1833—1885），英国军官，曾参与占领北京和火烧圆明园的行动。

把他们闭塞的生活观念强加在马来亚①和尼日利亚，蒙巴萨和曼德勒。曾经的帝国开拓者们如今沦为职员，整日埋头于成堆的文案卷宗。在二十世纪二十年代初可以看到，帝国上下，那些曾在宽敞天地纵情享受的年迈官员，历经沧桑，终而虎落平阳，陷入逼仄的空间，聊度余年。从那时以来，几乎不可能引导有志向的年轻人参与任何部分的帝国管理。官场的真实状况也是商场的真实状况。各大垄断公司鲸吞了大批小商户。与其冒险去印度经商，不如在孟买或新加坡谋个坐办公室的职位，而孟买或新加坡的生活实际上比伦敦的生活乏味，但更安全。中产阶级的帝国情结挥之不去，主要是家庭和传统的影响，但是管理帝国的工作不再有吸引力了。有能力的人没几个再去苏伊士东边的，能不去就不去。

但是在十九世纪三十年代发生的帝国思想没落以及在某种程度上英国整体道德没落的总趋势，部分是左派知识分子造成的，其自身诞生于帝国停滞之中，而后不断成长壮大。

应该注意，今天在某种意义上非"左"知识分子已经不存在了。也许最后一个右倾知识分子是 T.E. 劳伦斯。自一九三〇年以来，每个所谓的知识分子无一例外地生存在一种对现行秩序周期性不满意的状态中。

这是必要的，因为社会的那种构造没有他的生存空间。在一个既无发展也未崩溃的停滞不前的帝国，在一个统治者的主要资产是他们的愚蠢的英国，要想"聪明"就必然受怀疑。如果你有头脑能理解托马斯·艾略特的诗歌，或者卡尔·马克思的理论，上层就会关照一切重要职位把你拒之门外。于是，知识分子只能在文学评论和左派政党中为自己找个事干。

---

① 马来亚（Mlalya），马来西亚联邦西部土地，马来西亚独立前的称呼，又称西马来西亚，简称"西马"。

英国左派知识分子的头脑可以通过半打周报月报进行研究。这些报纸最醒目的特点就是它们通常持有的那种否定的、满腹牢骚的态度,以及它们永远缺少的建设性建议。它们登载的东西少得可怜,除了不负责任的牢骚,而发牢骚的人是从来不曾也永远不会走上权力位置的。另一个显著特征是那种浅薄的情感,表露这种情感的人活在精神思想的世界里,跟现实世界不沾边。许多"左倾"知识分子到一九三五年还都是软弱的和平主义者,一九三五年到一九三九年间纷纷转向,疾呼向德国开战,及至战争开始,旋即偃旗息鼓。有个不敢说精确但大体真实的情况,即在西班牙内战中最"反法西斯"的人,如今却是最怯懦的失败主义者。这背后有个关于许多英国知识分子的事实——他们与本国的大众文化分道扬镳了。

不管怎么说,英国知识分子意在欧化。他们的烹调术来自巴黎,观点来自莫斯科。在全国爱国主义的潮流中,他们形成了一个异见思想的孤岛。英国大概是知识分子对自己国籍感到耻辱的唯一大国。在左派圈内,他们总是对自己的英国人身份感觉不那么体面,感觉应尽的责任就是把从赛马到牛油布丁的英国传统,全都嘲笑个遍。这是个奇怪的事实,但是一个毫无疑问的真实情况是,英国知识分子每逢起立听《天佑国王》奏响的时候,都会感到比从教堂济贫捐款箱里偷钱还要羞愧。

在那些重要的年代里,左派们削弱了英国精神,传播的观念有时是脆弱的和平主义,有时是激烈的亲苏思想,但总是反英的。其效果如何,还是个疑问,但肯定是有些效果的。如果英国人有几年确实精神衰落,法西斯国家据此断定英国人"颓废"了,于是乘虚发动战争,那么左派知识分子因其破坏行为要对此承担部分责任。尽管《新政治家》周刊和《新闻纪事报》疾呼反对《慕尼黑协定》，但是它们也曾为达成这一协定出了一臂之力。十年的系统诱导，教人做头脑简单的大块头，甚至也影响到了大块头们本身，征召有头脑的年轻人入伍，比过去更难了。假设英帝国就这么停滞下去，中产阶级肯定会衰败，但浅薄的左派思想加快了这一进程。

很清楚，英国知识分子在过去十年一味对立的特殊地位，即反平庸，是统治阶级的愚蠢带来的一种副产品。他们不见容于社会，他们自己也不明白，忠于国家意味着"更好"，"更糟"两个结果。庸碌之众和精英们自然都会认为，仿佛天经地义似的，爱国主义和智慧是两条道上跑的车。如果你是个爱国者，你看《黑檀》杂志，为你自己没有心机公开感谢上帝。如果你是个知识分子，你对英国国旗不屑一顾，把勇敢看作野蛮。显然，这个荒唐的传统不能继续下去。伦敦布卢姆斯伯里区的精英们，带着他们那种习惯性的嘲笑，已经变得像个骑兵上校一样过时了。一个现代国家这两种极端都不会有。爱国主义和智慧将再度携起手来。事实是我们在打一场战争，一场非常特别的战争，它有可能使爱国主义和智慧合二为一。

六

过去二十年里英国最重要的发展之一是中产阶级的上升和沉沦。这个规模如此之巨，竟至把过去的社会阶级重新洗牌，资本家、无产阶级和小资产阶级（小业主）这种分类已成明日黄花。

英国的财产和金融权力掌握在很少的人手里。现代英国很少有人拥有什么，除了衣服、家具和也许一座房屋。农民阶级早已经消失了，独立的店主正在被消灭，小商人大批减少。但与此同时，现代工业变得如此复杂，正常运转必须靠大量经理、推销人员、工程师、药剂师和各种技术员，这批人领取了相当多的薪水。这又催生了一个专业人员阶层，包括医生、律师、教师、艺术家，等等。高级资本主义趋势扩大了中产阶级的队伍，然后再消灭他们，就像曾经似乎要做的那样。

但是，比这更重要的是中产阶级思想和习惯在工人阶级中的传播。如今的英国工人阶级，几乎在生活的各个方面都好于三十年前，这部分归功于工会，部分归功于自然科学的发展。有个现象并没有总被人们意识到，这就是在有限的范围内，即便没有相应的工资提升，一个国家的生活标准也可以提升。文明发展到一定时候，它脚蹬的靴子品牌会抬升它。不管社会组织得多么不公平，某些技术进步必定会造福全社会，因为有些物品必定是全民共享的，比如说，一个百万富翁不能为自己点亮街灯的同时又不让别人享用而灭掉它。文明国家几乎所有的国民都享用着平坦的道路、无菌饮用水、警察的保护、免费图书馆，也许还有某种免费的教育。英国公共教育因缺钱而惨淡经营，但无论如何还是有进步，这要归功于教师们的心血，如今阅读习惯已经大大普及了。有种现象在不断发展，那就是富人和穷人读同样的书，看同样的电影，听同样的广播节目。他们生活方式的差别正在缩小，因为有了批量生产价格低廉的服装，以及改善了的居住状况。就外形而言，富人和穷人的衣着，尤其是女人，比三十年前甚至十五年前差别小多了。至于住房，英国仍有贫民窟，这是文明的一个污点，但是在过去十年中，建起了大量房屋，主要是当地政府的功劳。现代公租房都带有卫生间和电灯，面积比股票经纪人常住的别墅小，但是看上去是同一种房屋，和农场工人的房舍不一样。在公租房里长大的人有可能——确实看得出来——比贫民窟长大的人外貌更像中产阶级。这一切带来的一个普遍结果是人的举止都文雅了。有个事实可以解释这种现象,现代工业生产方式趋向于较少需要膂力,因此一天的工作结束后留给人更多的精力。轻工业领域有许多工人其实不比医生或售货员需要更多体力劳动。在品位、习惯、礼貌、观念上,工人阶级和中产阶级更接近了。不合理的界线仍有保留,但本质差别正在减小。老式的"无产阶级"——无领的、不剃须的、重体力劳动使肌肉变成畸形的——仍然存在,但是人数大大减少了,只是在英国北部的重工业地区还是随处可见。

一九一八年之后,英国出现了以往从没有过的情形:难以按社会阶级划分人群。在一九一〇年,英伦岛上的每个人,单凭衣着、举止、口音,一眼就能"归类"。如今这种情况不复存在了。这情况尤其不存在于价格低廉的汽车和南移的工业催生的那些新城镇。孕育未来英国幼芽的是轻工业领域以及公路网络。在斯劳、达格纳姆、巴尼特、莱奇沃思、海斯——实际上大城市郊区到处都是——旧格局渐渐变成了新样式。在那些玻璃和砖的大片新荒原中,形成强烈对照的老城连同它的贫民窟和公馆,还有乡村连同它的庄园宅第和肮脏的农舍,全都不复存在了。收入的等级拉大了,但是在不同层面,生活方式却是相同的。住在不需要怎么打理的公寓或公租房,房子建在沿着混凝土筑就的道路两旁,在公共游泳池里游泳,体现了赤裸的民主。这是一种有点浮躁的、无文化的生活,围绕着罐头食品、《图画邮报》、无线广播和内燃机。在这种文化中,孩子们从小到大熟知的是磁铁原理,完全陌生的是《圣经》。属于这个文化的人,即最习惯于也最确定是现代世界的人,是那些技师和高薪技术工人、飞行员和机械师、无线电专家、电影制片人、大众新闻记者和工业化学师。他们构成了一个难以确定的阶层,过去的阶级划分在这里渐近崩溃了。

本次战争,除非我们战败,否则将消灭大部分现存的阶级特权。希望保留这种特权的人每天都会减少。我们也不必担心这种结构上的变化会使英国生活失去特色。大伦敦区那些新的红色城市是很粗糙,但是这些东西只是伴随变化而生的乱象。无论英国以何种形象走出战争,它都将深深染上我曾说过的那些色彩。希望看到它变成苏联式的或者德国式的,都将会大失所望。文雅、虚伪、缺少思想、敬畏法律以及憎恶制服,这些将一如既往,连同牛油布丁和雾霭天空。需要经历大灾难,譬如被外国敌人长久征服,才能摧毁一个民族文化。证券交易所会被拆毁,马耕地会被拖拉机取代,乡间宅邸将会改作儿童假日营地,伊顿公学和哈罗公学的比赛将被遗忘,但是英国将依旧是英国,这个长生不老的巨兽从过去走向未来,像一切生物一样,有能力改变得面目全非,骨子里却依然故我。

店主参战

一

我是伴着德国炸弹的节拍开始写这本书的,写到这第二章的时候火力更猛烈了。黄色的炮火照亮了天空,炸起的碎片哗啦啦散落在屋顶上,伦敦大桥在垮塌,在垮塌,在垮塌。只要能看懂地图,就知道我们危在旦夕。我并不是说我们被打败了,或者要被打败。几乎可以肯定,结果取决于我们的意志。但是此刻,我们深陷困境,这是自作自受,我们持续犯下的错误把我们拖进了深渊,如果我们不立即亡羊补牢,那么还将让我们遭受灭顶之灾。

这场战争显示了私有化的资本主义——这是一种经济体制，其中土地、工厂、矿山、交通运输都由私人拥有，仅为利益而经营——不奏效。它不能交付货物。多年来，这一事实已经为千百万民众所认识，但是并没有因此而发生什么，因为并没有来自底层的改变制度的真正动力，而在这个问题上，位于顶层的人练就了一身顽固不化、愚蠢到底的本事。辩论和宣传一概无用。有产的议员们屁股坐得稳稳的，郑重宣布一切都在朝最好的方向发展。希特勒对欧洲的征服，无论如何从力量上挫败了资本主义。战争无论多么邪恶，毕竟是力量的不可辩驳的测试，就像握力器一样。力量大金钱来，结果是假不了的。

最初发明了船用螺旋桨的时候，究竟是螺旋桨船好还是明轮船好，争论持续了很多年。明轮船像所有过时的东西一样，不乏拥趸，为其辩护可谓雄辩滔滔。然而终于有一位知名的海军将领，把马力相同的一条螺旋桨船和一条明轮船尾对尾捆在一起，同时发动了引擎，此举一劳永逸地解决了这个问题。类似的事还发生在挪威和佛兰德战场，一劳永逸地证明计划经济强于无计划的经济。但是在这里，有必要对社会主义和法西斯主义这两个被广泛滥用的词，给出某种定义。

社会主义通常被定义为"生产资料公有制"。简言之：代表全民的国家拥有一切，每个人都是国家的雇员。这并不是指人民被剥夺了私有财产，如衣服、家具等，而是指一切生产资料，如土地、矿山、轮船、机器属于国家财产。国家是唯一的大规模生产商。不能肯定社会主义在各方面都比资本主义优越，但肯定与资本主义不一样，它可以解决生产和消费的问题。在和平时期，资本主义经济绝不会消费掉它生产的全部，总会有剩余（烧掉的小麦、倾倒回海里的鲱鱼等），而且总有人失业。而在战争时期，又难以生产它的全部所需,因为除非有利可图,否则就没人生产任何东西。在社会主义经济中,这些问题都不存在。国家计算所需的货物,集中优势力量去生产。生产仅受劳力和原料的限制。钱,就内部目的而言,不再是个神秘和万能的东西了,而变成了一种票证或者配给证,按量发行,以足够买完当前全部货物为限。

但是,过去几年事情变得很清楚,"生产资料公有制"已经不足以定义社会主义了,必须再加上下面这些:收入近似平等(应该至多是近似),政治民主,取消所有的继承特权,特别是教育领域。这些是必需的,用来保卫社会不使其出现阶级制度。除非人民群众生活水平基本相同,并且对政府实施某种监控,否则,集体所有制就毫无意义了。"国家"可能成为一个自选政党的招牌,寡头政治和特权会沉渣泛起,不是靠金钱,而是靠权力。但是法西斯主义又是什么?

法西斯主义,无论如何德国版的法西斯主义,是一种资本主义形式,但借用了社会主义的某些特征,以便有效地服务于战争目的。在国内,德国很多方面和社会主义国家一样,所有制从未废除,仍有资本家和工人,而且——这点很重要,构成了全世界的富人倾向于赞同法西斯主义的真正原因——统而言之,资本家还是原来的资本家,工人还是原来的工人,与纳粹革命前并无二致。但是与此同时,国家——其实就是纳粹党——控制了一切。它控制了投资、原料、利率、工时、工资等。工厂主仍拥有其工厂,但是实际上,已降至一名经理的地位。每个人其实都是国家的雇员,尽管薪酬相差巨大。这样一种制度仅就其效率而言,即消除浪费和障碍,是十分明显的。七年内,德国便建立了世界前所未见的最强大的战争机器。

然而法西斯主义的主旨与社会主义的主旨是不可同日而语的。社会主义最终指向的是一个全人类自由平等的世界大同。它以人权平等为基础。纳粹主义观念正好相反。纳粹运动背后的动力是信奉人类不平等，日耳曼人比其他所有人种都优越，德国统治世界的权利。它不认可德意志帝国以外的任何责任义务。著名的纳粹教授们曾经一再"证明"只有雅利安人才是完整的人，甚至还讨论过一个概念，即非雅利安人（比如我们）可以和猩猩杂交！所以，只要战争社会主义物种在德国存在，它对待被征服的民族就显然是剥削者的态度。捷克人、波兰人、法国人等，他们的功能就是给德国供应所需物资，回报少得可怜，仅够让他们不至于造反。如果我们被征服，我们的工作大概是为希特勒将要进行的对苏战争和对美战争制造武器。实际上纳粹是在建立一种等级制度，四个主要等级相当于印度教的种姓。最高等级是纳粹党，第二等级是德国人民，第三等级是被征服的欧洲人。第四等级即最低等级，是有色人种，希特勒管他们叫"半猿人"，这些人将沦为奴隶。

无论这个制度看起来多么可怕，但它是有效的。它有效，因为它是计划体制，适应于一个特定的目标：征服世界，不允许任何私有利益阻碍其进程，任你是资本家还是工人，都不例外。英国的资本主义不奏效，因为它是一个竞争体制，其中私有利益是并且必须是主要目标。它是这样一种体制，其中一切能量都朝互为相反的方向运动，个人利益往往与国家利益水火不容。

在危急年代中，有着巨大工厂和举世无双的技术工人队伍的英国资本主义社会，备战的步调很不一致。准备现代规模的战争，必须调集国民总收入更多的部分投入军备，这就意味着削减消费商品。一架轰炸机，比如说，价格相当于五十辆小轿车、八万双长筒丝袜或者一百万个面包，显然，不降低国民生活水平，就无法获得许多轰炸机。要枪炮还是要黄油，这是格林元帅①的名言。然而在张伯伦领导的英国，这种改变是办不到的。富人不能面对必需的税收，而富人还显然富有之时，是不可能向穷人征收重税的。再说，只要利益还是主要目标，制造商就没有动力由生产消费商品转变为生产军事装备。商人首先是要向其股东负责的。也许英国需要坦克，但是也许造轿车更赚钱。防止战争物资落到敌人手里是个常识，但是在市场上卖最好的价格是个生意经。一九三九年八月底，英国商人争先恐后地卖给德国钢板、橡胶、铜材和涂料——做这些买卖的时候他们心里十分清楚，战争将在一两周之内爆发。这道理就如同卖给他人一把剃刀，好让他用来割你的喉咙，但这是"好买卖"。

让我们来看看结果。一九三四年以后，世人皆知德国又在扩军备战。一九三六年以后，每个脑袋上长眼睛的人都知道，战争一触即发。慕尼黑协定后，战争爆发只是个迟早的问题了。一九三九年九月，战争终于爆发。八个月之后发现了一个情况，就军事装备而言，英国军队没有超过一九一八年的标准。我们看到我们的士兵一路苦战，打到海岸，用一架飞机抵挡三架，用步枪抵挡坦克，用刺刀抵挡冲锋枪，甚至都没有足够的手枪给军官配备。经过一年的战争后，正规军还缺少三十万顶钢盔，在这之前还短缺军装——而这发生在世界最大的毛纺织品生产国之一！

发生这些情况的原因在于整个有产阶级不情愿面对他们生活方式的变化，对纳粹主义和现代战争熟视无睹。普通民众被三流报纸上的虚假乐观情绪所迷惑，这些报纸以广告为生，所以只关心如何保持正常销量。年复

---

① 格林元帅（Hermann Wilhelm Göering，1893—1946），纳粹德国的政军领袖，曾被希特勒指定为接班人。

一年，比弗布鲁克①的报纸用醒目的大号字标题向我们保证不会有战争，而迟至一九三九年年初，罗瑟米尔勋爵②还说希特勒是个"了不起的绅士"。当战祸降临，英国发现自己除了军舰以外缺少所有战争物资之时，并没有记录显示缺少任何轿车、毛皮大衣、留声机、口红、巧克力或长筒丝袜。谁敢违心地说并没有上演一场私人利润和公众需要的较量？英国为生存而战，但生意为利润而战。你只要展开一份报纸，就不会看不到这两个互相矛盾的进程在齐头并进。在同一个版面上，你可以看到政府鼓励你储蓄，而推销那些百无一用的奢侈品的商人却鼓动你花钱。"借出钱保家园"，但"健力士啤酒是您益友"。买架喷火式战斗机，但也要买黑格威士忌、旁氏润肤霜、蓓蕾魔法巧克力。

但是有件事带来了希望——民意明显地摇摆不定。如果我们能在这场战争中幸存，那么在佛兰德的失败将成为英国历史上的重要转折点之一。在那场惨烈的灾难中，工人阶级、中产阶级、甚至还有商界的一部分，都可以看到私有制资本主义彻头彻尾的腐败。在那之前，反资本主义的事例还从来没有过。苏联这个唯一旗帜鲜明的社会主义国家，很落后，被甩得很远。一时间批评之声四起，矛头直指面目可憎的银行家和厚颜无耻的股票经纪人。社会主义？哈！哈！哈！钱从哪儿来啊？哈！哈！哈！有产业的贵族老爷们在他们的位置上坐得稳稳当当，对此他们心知肚明。但是法国垮了之后，事情就不那么好笑了，这事情支票和警察都无能为力了——轰炸。嗖——哐！那是什么？哦，不过是落在股票交易所的一个炸弹。

---

① 比弗布鲁克（Beaverbrook，原名 William Maxwell Aitken，1879—1964），二十世纪英国报业大亨。

② 罗瑟米尔勋爵（Lord Rothermere，1868—1940），二十世纪英国报业大亨。

嗖——哐！有人在贫民区仅有的一座房屋被夷为平地。希特勒无论如何都将在历史上留下一个名声：曾让伦敦城错误的一边欢喜。有生以来第一次，活得舒服的人变得不舒服了，专业乐观主义者们不得不承认弄错了。这是一大进步。从那之后，那令人厌恶的工作——试图说服那些故意装傻的人，说计划经济优于自由经济，在自由经济中总是最坏的人胜出——不再那么令人厌恶了。

二

社会主义和资本主义的差别，主要不是技术上的差别。从一种制度转变为另一种制度可没那么简单，不像在工厂安装一台新机器，然后按老样子运转，同样的一批人照旧各司其职，显然还需要权利的彻底转换。新鲜血液，新人新思想——实实在在是一场革命。我前面说过英国的稳固性和一致性，爱国主义这条线联通了几乎全部阶级。敦刻尔克大撤退后，脑袋上长眼睛的人都看到了这点。但是，要是以为那一阵子的承诺已经履行完毕，大功告成，那可就太荒唐了。几乎可以肯定，广大人民群众准备好了必需的大变革；但是变革甚至还没有开始。

英国是一个主事的人不对的大家庭。我们几乎全被富人统治着，这些人是靠出身门第走上掌权位置的。他们几乎没有谁是蓄意卖国的，其中有些人甚至都不傻，但是作为一个阶级，他们实在没有能力领导我们走向胜利。他们无法完成这任务，即便不是经常掉进物质利益的陷阱。如前所述，这些人是故意装傻的。无论如何，金钱规则自然形成了一种格局，基本上是老人统治我们——这就是说，统治我们的人完全不能理解他们生活在一个什么时代，也不理解他们在与什么样的敌人作战。战争爆发之际，这些老人口径一致地宣称,这又是第一次世界大战的翻版,没有什么比这更悲惨的了。没用的老家伙们又都投入了工作,年长二十多岁,头脑更简单。伊恩·海为军队做宣传鼓动工作,贝洛克写战略文章,莫洛亚做电台广播,班斯法瑟绘制海报。此情此景,活像一群鬼魂在开茶会。情况几乎没有什么改变。战争灾难的冲击下,出现了几个有能力的人,贝文[①]就是其中的一个,但是总的说来,指挥我们的还是那些度过一九三一年到一九三九年而对希特勒的危险浑然未觉的人。这一代不可救药之徒像一串僵尸做的项链挂在我们脖子上。

只要你考虑本次战争的任何问题——不管是宏观的战略方面,还是微观的国内组织细节方面——都可以看出,只要英国的社会结构继续维持现状,所需要的行动就无法实施。由于统治阶级成员们的职位和所受的教育,他们是为了自己的特权而战,这与公众利益水火不容。有个错误的观念,以为战争的目的、战略、宣传和工业组织,互相之间是毫无关联的。这一切都是互相联系的。每一个战略计划,每一个战术方法,甚至每一件武器,无不打上产生它们的社会体制的烙印。英国统治阶级同希特勒战斗,而他们曾经一直认为——有些人至今还认为——在反对布尔什维克主义斗争中,希特勒是他们的保护人。这并不是说他们会蓄意背叛出卖,但是这意味着在每一个决定性的时刻,他们有可能畏首畏尾,瞻前顾后,做出错事。

丘吉尔政府在某种程度上叫停了这种状况,而这之前,从一九三一年以来统治阶级凭着自己那种万无一失的直觉,一直在犯错误。他们帮助佛朗哥推翻西班牙政府,尽管只要不是低能儿谁都能告诉他们,一个法西斯

---

① 贝文(Ernest Bevin, 1881—1951),英国工党和职工大会领袖,二十世纪四十年代出任英国外交大臣,曾积极推动北大西洋公约组织的建立。

的西班牙必然敌视英国。一九三九年到一九四〇年的整个冬季，他们用战争物资喂饱了意大利，尽管全世界的明眼人都看到冬去春来，意大利就要进攻我们。就为了几十万吃股利的人，他们不惜把印度这个盟友变为敌人。另外，只要有产阶级继续统治，我们只能采取防御战略。每一个胜利意味着现状的改变。我们怎能把意大利人赶出埃塞俄比亚而不唤起英帝国内的有色人种怒吼呢？甚至我们又怎么能粉碎希特勒而不冒德国社会主义者和共产主义者掌权的风险呢？有些左派叫嚷"这是场资本家的战争""英帝国主义"在为掠夺而战，他们这是把脑袋装反了。英国有产阶级最不愿意的事，就是获取新领地，那会让他们进退两难。他们的战争目标（既不能实现，也不能言说）就是维护既得利益。

在国内，英国依旧是富人的天堂。什么"有难同当"，全是欺人之谈。工厂工人被要求加班加点干活儿，与此同时，"管家一人，佣工八人"一类广告反复出现在报纸上。伦敦东区饱受炸弹轰炸的人们忍饥挨饿，流离失所，同时这个区的富人们纷纷钻进汽车溜走，躲进乡下豪宅去了。国民自卫军几周内就达到了百万之众，而上面有意安排的人事组织，只让有个人收入的人担任指挥职务。甚至战时配给制也做了始终对穷人不利的安排，而每年进项达两千英镑的人，丝毫不受影响。特权在正当的理由下到处泛滥。在此情境下，甚至宣传都几乎无法展开。为了煽起爱国情绪，张伯伦政府在战争爆发时发布的那些红色海报打破了所有记录。然而，江山易改禀性难移，他们还是他们，张伯伦及其追随者怎能冒险唤起民众强烈的反法西斯感情？真要敌视法西斯，也必须反对张伯伦本人，以及其他所有帮助希特勒上台的人。对待国内的宣传，也是同一个道理。在哈利法克斯勋爵全部的讲话中，没有一个实实在在的建议能让任何欧洲人冒一节小指头的险。哈利法克斯及其同伙能有什么目标呢，除了把时间回调到一九三三年？

只有靠革命，英国人民的天赋才能得到解放。革命不是红旗和巷战，革命是权力的彻底转换。革命会不会发生流血，主要取决于时间和地点。革命也不是一个阶级专政。理解形势顺应变化的英国人民不会受限于任何一个阶级，尽管的确有极少数年收入两千英镑的人就在他们之中。普通民众要有奋起反抗的意识，反对低效率、阶级特权、陈旧的规则，这不主要是政府改变自己的问题。概而言之，英国政府应该是代表人民意愿的，如果我们从底层出发改变结构，就可以得到一个我们需要的政府。那些年迈的亲法西斯的大使、将军、官员和殖民地的管理者所处的危险超过了内阁大臣们，因为他们是在大庭广众下犯错误的。在我们的国民生活中，我们必须抵制特权，抵制那种认为一名迟钝的公学毕业生比一个聪明的机械师更适合指挥的观念。虽说有产阶级当中不乏德才兼备的个人，我们仍须把它作为一个整体，打碎它的锁链。英国必须展露其真实面貌。被遮盖起来的英国，在工厂、在报馆、在飞机上和潜艇中的英国，必须掌握自己的命运。

短期内，有难同当，"战时共产主义"，比急剧的经济变革更重要。很有必要把工业国有化，但更迫切必要的是取消那些恶俗，如男管家、"私人收入"之类。几乎可以肯定，西班牙共和国能够为不可能的胜利坚持战斗了两年半，原因就是没那么大的贫富差距。人民遭遇了惨痛的苦难，但是大家遭遇的都一样。二等兵没烟抽，将军也没的抽。只要是有难同当，像英国这类国家的道德风尚可能是坚不可摧的。但是目前，除了爱国主义我们没有什么可以求助。爱国主义在这儿比在别处更深厚，但也未必没有底线。到了某个时刻,你就要预备好应对说这种话的人:"就算在希特勒的统治下,我也坏不到哪儿去了吧。"可是你能给他什么回答呢——就是说,你能期待他要听什么回答呢——当普通士兵为每天两先令六便士冒生命危险,而肥胖的女士坐着劳斯莱斯轿车四处兜风,怀里抱着哈巴狗?

本场战争很有可能将持续三年。这将意味着严酷的超时工作,寒冷单调的冬天,乏味的食品,绝迹的娱乐,没完没了的轰炸。没别的办法,只能降低总的生活标准,因为战争的核心活动是制造武器而不是消费商品。工人阶级必将遭受重大的苦难。他们将坠入无底的深渊,除非他们知道为何而战。他们不是懦夫,甚至也没有国际观念。西班牙工人所忍受过的全部,他们也可以忍受,甚至还可以忍受更多。但是他们要的是某种证明,证明自己和孩子未来的生活会更好。其中有个肯定的保证就是,当他们被征税和超时工作时,他们会看到富人受到的打击更大。如果富人痛得叫出声来,那才更好呢。

要是真愿意的话,我们可以造成这样的结果。不能说公共舆论在英国没有力量。舆论从来没有发表意见而一无所获的,得力于舆论的推动,过去六个月情况向好的方向转变了。但是我们变动得象冰川一样缓慢,而且我们只是在灾难过后才得到了教训。巴黎陷而后张伯伦倒,东区数万人无谓落难而后约翰·安德森爵士[①]离去,或部分离去。不值得为埋葬一具尸体而吃一次败仗,因为我们的对手是迅猛而邪恶的智慧,时不我待,历史对败者可能会说悲哉!但它不会改写也不会原谅。

---

① 约翰·安德森爵士(Sir John Anderson,1882—1958),英国政治家,第二次世界大战期间曾任内政大臣等职。

三

过去六个月，有关"第五纵队"的传闻甚嚣尘上。时不时会有些不知名的疯子因发表支持希特勒的演讲而被关进监狱，大批德国难民被拘禁，这事几乎可以肯定会在欧洲范围内给我们带来极大的伤害。当然，很明显，一支有组织的第五纵队大军突然出现在大街上，手持武器，就像在荷兰和比利时那样，其状无比荒唐。然而，第五纵队的危险的确存在。这个阴影是挥之不去的，只要你设想英国将会怎样战败。

一场大战似乎不可能单靠空袭定夺。英国大有可能被入侵，被征服，但是入侵将会是一场危险的赌博，假如发生而未成功，将使我们一改以往的松垮懈怠，团结得更紧密。另外，如果外国军队在英国横行，英国人民会明白自己失败了，就会继续战斗。他们是不是那种可以永远受压迫的人，或者说希特勒是否愿意在英伦岛上驻扎一百万军队，都还是疑问。一个＿＿＿＿的和＿＿＿＿的政府（你可以填上名字）对他更合适。英国人也许不会被压服，但可能很快就厌烦了，会被欺瞒，被诱降，假设慕尼黑那一幕又重演，当时连他们自己都不知道是在投降。这是很容易发生的，当战况有利而非不利之时，尤其如此。德国和意大利许多宣传中的那种威胁腔调，实在是个心理错误，只能吓得住知识分子。对于普通民众，适当的方式应该是"我们打了个平手"。要是和平建议以这样的方式提出，亲法西斯分子才会摇旗呐喊。

但是亲法西斯分子是谁？希特勒的胜利对富人、共产党人、莫斯利[①]

[①] 奥斯瓦尔德·莫斯利爵士（Sir Oswald Ernald Mosley, 1896—1980），英国极右翼政治家，曾组织创立英国法西斯联盟及准军事组织"黑衫军"。

的追随者、和平主义者,以及天主教的某些教派有吸引力。而且,如果国内局势吃紧,工人阶级中一些比较穷困的群体就可能转变立场,成为失败主义者,尽管并不积极亲希特勒。

在这个杂牌名单上,可以看出德国宣传的气势,向所有的人许诺所有的事。但是各种亲希特勒的力量,并非有意识地一致行动,而是各自为政。

共产主义者必须被视为亲希特勒派,这种状况必将持续下去,除非苏联的政策发生改变,但是他们没有多大影响。莫斯利的黑衫军尽管已经偃旗息鼓,但依旧是一个严重危险,因为他们可能有武装力量的基础。即便是在全盛期,莫斯利的追随者也不足五万。和平主义与其说是个政治运动,不如说是个心理上的好奇。一些极端和平主义者,始而彻底放弃暴力,终而热烈拥护希特勒,甚至在尝试反犹太主义了。这很有意思,但不重要。"纯粹"的和平主义是海上强权的一个副产品,只能吸引那些处在极为安全职位上的人。另外,它那种不负责任的消极态度,势必不能激发太多热情。和平誓约同盟的会员中,交年费的甚至只有不到百分之十五。和平主义、共产主义、黑衫军,这些组织没有一个能靠自身力量,发起大规模制止战争运动。但是有它们的帮助,政府背叛性的投降谈判就容易多了,就像法国共产党一样,它们可能有意无意地变成百万富翁的代言人。

真正的危险来自上层。不要听希特勒最近的一系列大话,说什么要做穷人的朋友、财阀的敌人,诸如此类。希特勒的真实自我见于《我的奋斗》一书,也见于他的行动。他从来没有迫害过富人,除非是犹太人或者是积极反对他的人。他主张集中经济,剥夺资本家的大部分权利,但基本社会结构一仍旧贯。国家控制工业,但仍有穷富之分,主仆之别。因而与真正的社会主义截然不同,有产阶级总是支持他。这在西班牙内战中显示得十分清楚，法国投降时也很清楚。希特勒的傀儡政府不是工人阶级，而是一伙银行家、糊涂的将军和腐败的右派政客。

那种令人震惊的、自觉的变节，不大可能在英国成功，实际上哪怕是尝试一下都不可能。然而，对许多缴纳附加税的人来说，这场战争就是个疯人家庭的争端，必须不惜任何代价加以制止。毫无疑问，"和平"运动在高层方兴未艾，也许一个影子内阁已经形成。这些人攫取机会的时刻不会是在失败之际，而是在胶着期滋生不满而备感厌烦之时。他们不会谈论投降，只会谈和平。毫无疑问，他们会说服自己，也许也会说服别人，相信他们的所作所为是最好的选择。一支由失业人员组成的百万大军，由口称"登山训众"①的百万富翁统率——这才是我们的危险所在。如果我们建立了比较合理的社会公正系统，上述情况就不会发生。在劳斯莱斯轿车里的女士比戈林的轰炸机群，对道德更具杀伤力。

英国革命

一

英国革命始于数年前，当军队从敦刻尔克撤回后，发展势头愈演愈烈。像英国的任何事情一样，革命是在一种昏昏沉沉、很不情愿的情形下发生的，但是它发生了。战争加快了它的发展，但也增加了（绝望地）提速要求。

进步和反动已经渐渐与党派的标签无关了。若要指出一个特定的时刻，

---

① 出自《圣经·新约·马太福音》第五章。

可以说当《图画邮报》发刊时,对左派右派的旧划分已经轰然崩溃。《图画邮报》又是何方政治?《乱世春秋》呢?普里斯特利的广播呢?《标准晚报》的主打文章呢?旧分类没有一个适合。它们仅指向无类别的芸芸众生的存在,而他们在过去一两年里感觉到有什么事情不对劲。但是既然一个没有阶级、没有业主的社会通常被叫作"社会主义",我们可以把这个名称送给我们正在迈进的那个社会。战争和革命浑不可分。我们不能建立西方国家视为社会主义的制度而不打败希特勒,另一方面,只要我们在经济上和社会上还停留在十九世纪,我们就不能打败希特勒。过去与未来在战斗,我们有两年,一年,有可能就几个月,让未来获胜。

我们不能指望现任政府或任何相似政府自行推动所需变革。动力必将来自底层。这意味着英国将发生史无前例的事件,即实际上背后有广大人民群众支持的社会主义运动,但是必须首先认识为什么英国社会主义失败了。

在英国,重要的社会主义党派只有一个:工党。它从来没能实现过任何重大变革,因为除非纯粹是国内事务,它从来没有制定过一条真正独立的政策。它过去是,现在也是,一个工会党,致力于提高工资和改变工作条件。这就是说在那些关键的年代里,它直接感兴趣的是英国资本主义的繁荣。它尤其感兴趣的是维护英帝国,因为英国的财富主要取自亚洲和非洲。工党所代表的工会工人的生活水平,间接取决于印度苦力的汗水。与此同时,工党是一个社会主义党,表述用社会主义词语,思维用老式反帝国主义方式,对有色人种几乎保证给予补偿。它必须支持印度的"独立",就像它必须总体上支持裁军和"进步"一样。然而每个人都知道这是胡扯。在坦克和轰炸机时代,像印度和非洲殖民地一样落后的农业国家,其独立程度与猫狗无异。如果代表多数的工党政府执政,并给予印度可以称为独立的任何东西,印度可能就会被日本吞并,或被日本和苏联瓜分。

对于执政的工党政府而言,有三条供选择的帝国政策。一条是继往开来管理帝国,这意味着丢掉一切社会主义伪装。另一条是让属民"自由",这意味着实际上把他们转让给了日本、意大利和其他列强,同时也会导致英国生活标准灾难性地下降。第三条是制定一条积极的帝国政策,目标是把帝国变成一个社会主义国家联邦,如同苏维埃联盟的一个更加松散自由的翻版。但是以工党的历史和背景而论,这是不可能的。它是一个工会的党,只关心本身利益是它不可救药的观念,对帝国事务兴趣不大,与维护帝国统一的人素无接触。它将不得不把印度和非洲的管理权,以及帝国国防的一揽子工作,交给来自不同阶级传统上敌视社会主义的人。笼罩在这一切之上的那种疑虑是:一个认真的工党政府是不是能让别人听从自己。尽管工党人数众多,但它在海军里没有根基,在陆军和空军里也几乎没有,在殖民地公职机构要啥没啥,在国内行政机关甚至也没有一个牢靠的基础。在英国国内,它的地位牢固,但也没有牢固到不可撼动,在英国之外,所有的关键要素都掌握在它敌人的手里。一旦掌权,就会遭遇同样的困境:履行承诺,面对叛乱风险,继续执行与保守党一样的政策,并且停止鼓吹社会主义。工党领袖从来没有找到解决方案,自一九三五年以来,他们是否有执政的意愿,这是很值得怀疑的。他们已经堕落为一个永久的在野党了。

工党以外还存在几个极端党派,其中共产党力量最强。一九二〇年六月到一九三五年九月期间,共产党曾对工党产生过相当大的影响。最重要的也即劳工运动的全部左派力量的最大影响,是他们曾尽力把中产阶级与社会主义分离开来。

过去七年的历史清楚地表明，共产主义在西欧没有市场。法西斯主义的吸引力要大得多。在一个又一个国家，共产主义者被他们更现代化的纳粹敌人斩草除根。在讲英语的国家，他们从来就没有扎过根。他们宣传的信念只能吸引很少见的那种人，主要见于中产阶级知识分子群体，这种人不再爱自己的国家，却还念念不忘爱国主义，于是便移情别恋，去爱苏联了。截至一九四〇年，在工作了二十个寒暑，花费巨资之后，英国共产党只发展了区区两万党员，实际上比一九二〇年起家时人数还少了些。其他马克思主义政党就更不重要了。他们没有苏联在背后提供资金和声誉，甚至比共产党还有过之而无不及，把自己跟十九世纪的阶级斗争纲领绑在了一起。他们年复一年不厌其烦地传播这种老掉牙的福音，却从来不曾从没有信众这个事实上总结点道理出来。

国内的法西斯主义运动也没有茁壮成长。物质条件没那么坏，却没有产生值得重视的领导人。你就是连年累月地找，也找不到一个比奥斯瓦尔德·莫斯利爵士更缺少主见的人了。他脑袋像个空罐子，甚至连法西斯主义不得伤害国人感情这样的基本道理也搞不明白。他的整个运动都是从外国照猫画虎、亦步亦趋模仿来的，制服和党纲来自意大利，敬礼来自德国，迫害犹太人则是事后想起来又追加上的，实际上，莫斯利是和包括犹太人在内的狂热追随者开创这个运动的。有个印章上叫博顿利或者劳埃德·乔治的人，本来倒是有可能带来一场真正的英国法西斯主义运动，但是这种领袖往往只在民众对其有心理上的需要时才出现。

沉寂了二十年后，整个英国社会主义运动无法提供一个令人民群众向往的社会主义蓝图。工党主张谨慎的改良主义，马克思主义者带着十九世纪的眼镜打量现代世界。两党都忽略农业问题和帝国问题,把中产阶级当成冤家对头。左派宣传中流出的那种要命的愚蠢,吓跑了各行各业的人,包括工厂经理、飞行员、海军军官、农民、白领、店员、警察。这些人都受到过一种教育,认为社会主义威胁他们的生活,或是具有煽动性,是来自异邦的,他们会管它叫"反不列颠的"。只有最没用的中产阶级里的知识分子,才对这运动情有独钟。

一个社会主义的政党真想有所成就,应当一开始就关注几个事实,这是左派圈子里至今都不想提起的事。它应当明白英国比多数国家都团结,英国工人除了枷锁还可以失去更多,阶级之间观念和习惯的差别正在迅速消失。总之,它应当明白旧式的"无产阶级革命"是绝无可能的。但是在两次大战之间的那些年代里,未曾出现过革命的和可行的社会主义纲领,基本上毫无疑问,因为没有人真的希望发生任何重大变革。工党领袖希望继续按部就班,领取薪俸,周期性地与保守党换岗。共产党希望继续按部就班,上演乐在其中的殉道悲情剧,屡受挫折而后指责他人。左派知识分子希望继续按部就班,对"大块头"冷嘲热讽,对中产阶级道德风尚指手画脚,但依旧靠吃股息活得潇洒滋润。工党政治已经成了保守主义的一种变体,"革命"政治变成了一个虚伪的游戏。

但是现在,局势变了,沉睡的岁月已经结束了。做一个社会主义者不再意味着在理论上攻击一个你实际上相当满意的制度。这次我们的困境是真实的。这是"参孙哪,非利士人拿你来了!"我们必须行动起来,不然就会灭亡。我们很清楚,英国靠现有社会结构无法幸存,我们也必须叫别人明白这个事实,为此行动起来。我们不建立社会主义就打不赢这场战争,不打赢这场战争就建立不了社会主义。在此关头,有可能(在和平年代不可能）既革命又现实。一场社会主义运动可以鼓动身后的人民群众，把亲法西斯分子赶下台，消除严重的不公正，让工人阶级看到他们有一个斗争目标，争取中产阶级而不是与他们为敌，制定可行的帝国政策，取代谎言加乌托邦，让爱国主义和聪明才智携起手来——有史以来第一次，这样一种运动成为可能。

二

我们处于战争之中的事实，让社会主义从书本上的词语变成了可行的政策。

私有制资本主义的低效率已经在整个欧洲得到了证实。它的不公正已经在伦敦东区得到了证实。爱国主义过去曾被社会主义者攻击了很久，现在已经变成了他们手里的一个巨大杠杆。有人迷恋自己那点可怜的特权如胶似漆、紧抓不放，到了国家危急时刻就会果断放手。战争是变革之父。它加快一切过程，消除等级差别，展现真切的现实。总之，战争会让个体深刻体会到他不是孤单一人。只有明白了这个道理，他们才会奔赴战场，视死如归。在此时刻，与其说是放弃生命，不如说放弃的仅仅是娱乐、舒适、经济自由、社会声望。英国很少有人真想看到自己的国家被德国人占领。如果能弄明白，打败希特勒意味着消灭阶级特权，中层广大普通民众，从周薪六英镑到年薪两千英镑的阶级，就可能站在我们这一边。这些人是不可缺少的，因为他们当中包括大部分技术专家。显然，像空军、海军军官一类人的那种势利心态和政治无知，倒的确是个非常棘手的难题，但是要没有那些飞行员、军舰指挥官等，我们连一个星期都坚持不了。争取他们的唯一办法是通过爱国主义。一个明智的社会主义运动应利用大家的爱国主义，而不是像迄今为止所做的那样嘲讽辱骂。

但是难道我是说没有对立面吗？当然不是。要有那样的指望就太幼稚了。

会有艰苦的政治斗争，到处会有无意的或心不在焉的破坏活动，时不时会需要动用武力。不难想象亲法西斯叛乱乘机爆发，比方在印度。我们必须与行贿受贿、无知和势利做斗争。银行家和大商人，地主和吃股利者以及屁股如吸盘的官员，都将拼命抵抗，甚至中产阶级一旦习惯的生活方式受到威胁也会折腾。但是正因为英国人的国家统一观念从未消解，爱国主义最终将超越阶级仇恨，所以多数人的愿望有望酿成气候。进行基础变革而不引发国家分裂是不可能的幻想，但是图谋背叛的少数人在战时比在任何时候为数都要少得多。

显然，观点正在发生变化，但是不能指望一夜之间就自动改变。这场战争是希特勒帝国的团结和民主意识成长之间的竞争。英国到处可见唇枪舌剑的论战——在议会和内阁，在工厂和军队，在酒馆和防空洞，在报纸上和广播里。每天都有人败了，有人胜了。莫里森支持国内安全防卫——向前迈出了几步。普里斯特利中止了宣传广播——向后退回几步。这是勇于探索和不思进取、青年和老人、活人和死人之间的斗争。但是急需让那些肯定存在的整天抱怨的人找到一个目标，而不是形成阻碍，是时间为民众定义他们的战争目的了。他们需要的是一个简单具体的行动纲领，进行广泛宣传，吸引公众舆论。

我建议以下六点纲领，这可能是我们需要的。前三点涉及英国国内政策，另外三点涉及帝国与世界的关系：

1. 土地、矿藏、铁路、银行和主要工业国有化。

2. 限制收入，英国最高最低免税收入比不超过十比一。

3. 按民主方针改革教育。

4. 给予印度直属自治领地位，在战争结束时有权脱离。

5. 组建帝国总理事会，其中包括有色人种代表。

6. 宣告与中国、阿比西尼亚以及所有受法西斯列强蹂躏的国家正式结盟。

这个纲领的总倾向是不会误解的。它的目标很清楚，就是把这场战争变成一场革命战争，让英国进入社会主义民主制。我有意没在纲领里用任何难理解的词，为的是让头脑最简单的人都能看明白而不至于莫明其妙。纲领的格式便于刊登在《每日镜报》头版。但是基于本文，需要做几点说明。

1. 国有化。大笔一挥就可以把工业"国有化"，但是具体过程慢而复杂，需要做的是把全部主要工业的所有权赋予代表普通民众的国家。这步完成后，就可能消灭掉纯粹产权人阶级，这些人不靠能力而靠产权凭证和股份证明为生。国家所有权意味着谁都不能活着而不工作。在工业活动中这将意味着多剧烈的变化，尚不能完全确定。在英国这样的国家里，我们不能推翻整个结构，从头再来，战争期间尤其不能。不可避免的是，主要工业企业仍将继续运作，人员基本照旧，以前的所有权人或者管理人员以国家雇员身份继续供职。有理由相信许多小资本家实际上欢迎这种安排。抵抗将来自大资本家、银行家、地主和无所事事的富人，概言之，就是那些年收入两千英镑的人——连全部靠他们养活的家属也计算在内，英国这批人不超过一百万。农业土地国有化意味着截断了地主和什一税受益人的生活来源，但是并没有触动农民的利益。如果不能最大限度保留现有农场单位，英国农业重组很难进行，至少在开始的时候是这样。有劳动能力的农民将作为领薪水的农场管理人。他其实已经这样了，每况愈下，永远欠银行贷款，不得不赚钱。某些小买卖，甚至小规模的土地所有权，国家也许不必插手。牺牲小农利益将铸成大错。这些人是需要的，他们一般是有劳动能力的，工作量取决于做"自己的主人"的那种感觉。但是国家肯定要对他们拥有多少土地设定上限（也许最多十五英亩），并且决不允许拥有城镇区域的任何土地。

从宣布所有生产资料为国家财产的那一刻起，普通民众会有一种从未有过的感觉——国家就是他们本身，因而他们将甘愿赴汤蹈火，这正是我们所面临的，无论战争还是和平。即便英国表面上看不出什么变化，主要工业正式国有化之日，一个阶级的统治就将瓦解。从此，重心将由所有权变为管理，由特权变为能力。很有可能国家所有权本身带来的变化，小于战争的艰难困苦强加于我们的变化。但这是所需要的第一步，不迈出这一步，真正的重建是不可能的。

2. 收入。限制收入意味着设定最低工资，从而也就意味着要基于可供应的消费品量管控国内货币。这又意味着要有比现在实施的更加严格的配给制度。在世界历史上的现在这个阶段，如果建议全人类应该享有准确相等的收入，那是徒劳的。事实一再表明，若无金钱刺激，将不能激励人承担某种工作。另一方面，金钱刺激量不必太大。实际上不可能把收入限制得像我建议的那么严格，总有例外和规避情况发生。但是没有理由认为十比一不是最大的正常范围。在此限制下，才可能会产生平等感。周薪三英镑的人和年薪一千五百英镑的人会感觉他们是一样的人，而威斯敏斯特公爵和泰晤士河堤长凳上睡觉的人是不会有同样的感觉的。

3. 教育。战争期间，必须改革教育使其给人激发鼓励而不是单纯授业解惑。此时此刻，我们无法提高离校年龄，也无法增加小学师资。但是肯定有当下可行的办法来实现民主教育制度的目标。我们可以先取消公学和老牌大学的自主权，根据能力择优录取学生进入这些学校学习，享受国家助学金。现行的公学教育既培养了阶级歧视，又让上层社会从中产阶级缴纳的税金中受益，作为回报，这些纳税人被允许在某些职位任职。情况是发生了些变化。中产阶级已经开始抗议昂贵的教育费用了，如果战争再持续一两年，多数公学就会破产，导致某些次要的变化。但是会有一个危险，就是有能力抵抗金融风暴最持久的还是那些老牌学校，它们会以这样那样的方式生存下来，变成滋生势利的场所。至于英国的一万所"私立"学校，大多数除了禁止没其他价值。它们就是些商务项目，其中许多教学水准实际上还不如小学。它们存在是因为一个广泛流行的观念，即在公共机构受教育不体面。国家可以制止这种观念，宣布国家负责全员教育，即便这话乍一听好像故作姿态。我们既需要姿态，也需要行动。非常明显，如果全靠偶然的出身决定一个聪明的孩子该不该受应受的教育，那么我们鼓吹"保卫民主"就是无稽之谈。

4. 印度。我们必须给予印度的不是"自由"——如前所述,这不可能——而是联盟，合作伙伴，一言以蔽之，平等。但是我们还必须告诉印度人，他们有退出的自由，若有此意愿。没有这个先决条件，就不会有合作伙伴的平等，我们保护有色人种不受法西斯侵犯的声明，也不会有人相信。如果担心印度若有脱离我们的自由就会立即这样做，那就错了。若英国政府给予他们无条件的独立，他们将拒绝。因为一旦他们有权脱离，这样做的主要原因也就消失了。

两个国家彻底分离，对印度和英国都会是一个灾难，有头脑的印度人都明白。按目前的状况，印度非但不能保护自己，能不能吃饱都是问题。国家的整个管理体系全部依赖专业人士（工程师、护林员、铁路管理员、士兵、医生），这些人主要来自英国，五到十年内无法全盘替代。再者，英语是主要的通用语，印度知识阶层几乎全部根深蒂固地英国化了。一旦统治权易手——如果英国退出印度，日本和其他列强马上就会进入——肯定会乱个地覆天翻。若换了日本人、苏联人、德国人和意大利人来管理印度，甚至都达不到英国人管理的低效率。他们不具备所需要的技术专家，语言不通，不了解本地条件状况，而且那些离不了的中间人，如欧亚混血儿，也许对他们压根儿不信任。假如印度是被"解放"，就是说被剥夺了受英国保护的权利，第一个结果是被外国征服，其次是接连不断的大饥荒，几年内将饿死数以百万计的人。

印度需要的是没有英国干涉下的独立制宪能力，不过英国可以以类似合作伙伴的身份提供军事保护和技术咨询。在英国有了社会主义政府之前，这是不可想象的。至少在过去八年，英国一直人为地阻碍印度的发展，部分是因为害怕印度工业发展太快而形成贸易竞争，部分是因为落后的人群比文明的人群更容易统治。有个有目共睹的情形，普通印度人从同胞那里遭受的折磨远超过英国人。印度小资本家剥削城镇工人，简直惨无人道，农民的命从生到死都在放债人手心里攥着，但是这一切都是英国统治的一个间接后果，有意无意地让印度尽量保持落后。最忠实于英国的人群是王孙公子、地主土豪、商界人士——总之是反动阶级，他们在现行体制下过得很滋润。只要英国不再作为剥削者为印度撑腰，力量平衡将会改变。英国没有必要抬举那些可笑的印度公子王孙，他们只会豢养穿金戴银的大象，玩耍纸糊的军队；没有必要阻碍印度工会成长；没有必要挑拨伊斯兰教和印度教的关系；没有必要保护放贷人毫无意义的生活；没有必要接受溜须拍马的小官员行额手礼；没有必要喜欢半野蛮的郭尔喀族人胜过受过教育的孟加拉人。只要查一下从印度苦力身体里流进切尔滕纳姆老女人银行账户中的红利，老爷大人和当地人的关系———一边是傲慢骄横、浑然不觉，一边是嫉妒羡慕、奴颜婢膝——就赶紧终止吧。英国人和印度人可以并肩工作，促进印度的发展，促进印度人在各个艺术门类的培训学习，而截至现在，这些领域对于他们一直都是禁地。这样的安排将会掀翻多少英国驻印度的商务或政务人员的宝座——这意味着他们做官当老爷的日子一去不复返了——是另一个问题。但是，统而言之，夏多希望来自受过科班教育的年轻人和专家官员（土木工程师、森林和农业专家、医生、教育家）。高官、地方长官、专员、法官等类官员自是不可救药，但他们也是最容易替代的。

这大概就是一个社会主义政府能给予印度自治领地位的愿景了。这是一个合作伙伴基于平等的提议，直到世界不再受轰炸机统治的那一天。但是我们必须增添一项无条件退出的权利，这是唯一能证明我们诚意的方式。适用于印度的，经必要修改后，也适用于缅甸、马来亚，以及我们在非洲的大部分领地。

第五条和第六条是不言自明的。这两条是维护和平、保护人民、反法西斯侵略的战争宣言。难道不能指望这样一条政策在英国受到拥护吗？一年前甚至六个月前还不能指望，但现在不同。另外——这是此时此刻出现的一个特别的机会——应该进行必要的宣传。现在有一个有分量刊物，发行量数百万,正好用来宣传普及——哪怕跟我上面勾勒的纲领并不一样,至少是这方面的某种政策,甚至有三四家日报,已经在翘首期盼了。这就是过去六个月我们的进步。

但是这个政策是可以执行的吗?这完全取决于我们自己。

我建议的有些要点可以立刻施行,另一些则需要数年或数十年也不见得能充分实施。没有什么政治纲领是百分之百执行的。重要的是这就是或大概是我们应该宣布的政策。当然不可能指望现任政府保证执行任何将本次战争扭转为革命战争的政策。现任政府最多是一个妥协政府,丘吉尔脚踩两条船,像个马戏团的杂技演员,甚至在限制收入一类的措施予以考虑之前,就必须先进行旧统治阶级权力移交。这个冬季战争若进入另一个黏着期,依我之见,我们应该争取进行一次普选,这是保守党的机器要拼命阻止的。但是即便没有选举,我们也可以得到我们想要的政府,只要我们足够迫切地想要它。自底部发力,一举可得。我只知道当人民真的渴望正确人选时,正确的人就会出现,历来都是时势造领袖,而不是领袖造时势。

一年内,甚至六个月内,如果我们还没有被征服,我们就会看到有史以来从未有过的事件出现,一场独特的英国社会主义运动。迄今为止,只有工党是工人阶级所创建,但是并没有追求根本变革。马克思主义是德国理论,经俄国人阐发,移植到英国并不成功,其中缺少能真正打动英国人心的东西。英国社会主义运动的整个历史上,从来没有出现过一首旋律动人的歌——没有出现过《马赛曲》或是《蟑螂歌》之类的歌曲。当英国本土社会主义运动出现之时,马克思主义者连同过去的所有既得利益者,都将成为它的死敌,他们一定要把它污蔑成"法西斯"。心肠比较软的左派知识分子惯于宣称,如果我们反对纳粹,我们自己也要"变成纳粹"。他们这话等于是说如果我们反对黑人，我们皮肤就要变黑。"变成纳粹"必须有德国的历史背景。国家不能仅靠一场革命就逃出了他们的过去。英国社会主义政府将自上而下改变国家，但它还是会浑身带着我们自己文化的明显标记，就是我在前面叙述过的那种特别的文化。

　　它不是教条主义的，甚至也不是逻辑的。它将取消贵族院，但是很可能不会取消君主制。它会到处保留些旧时代的废物，比如法官那可笑的马鬃假发，士兵军帽扣上的狮子与独角兽。它将不规定任何明确的阶级专政。它将把自身划入老工党之列，广大追随者将悉数进入工会，但是它将争取大部分中产阶级以及许多资产阶级富二代。它的大部分智囊成员将来自一个不确定的新阶级，包括技工、技术专家、飞行员、科学家、建筑师和记者，即那些在无线电广播和钢筋混凝土时代如鱼得水的人。它绝不会扔掉妥协传统和法律高于国家的信念。它将处决叛徒，但是会先有一个庄严的审判，偶尔也会宣判他们无罪。它将迅速无情地镇压公开叛乱，但是基本不干涉言论，不管是说的还是写的。不同名称的政党将继续存在，革命党派可以发行自己的报纸，但要保持以往的平静低调。它将解散教会，但是不迫害宗教。它将对基督教道德规范保持一种隐约的尊敬，将不时称英国为"一个基督教国家"。这将引发天主教会与它宣战，但是新教各派和英国国教能够和它协商一致。它将展示出一种吸收过去的能力，会让外国观察家吃惊，还会让他们对究竟有没有发生革命，偶尔产生怀疑。

　　但是无论如何，它都将完成基本任务。它将进行工业国有化，压缩收入的规模，建立无阶级差别的教育制度。它的真正本质将是明显的，表现为世界上幸存的富人对它怀有的那种仇恨。它的目标不是分解帝国，而是把它变成一个社会主义国家联邦，与其说是摆脱了不列颠旗帜的束缚，不如说是摆脱了放贷人、股息受益人和心如铁石的英国官员的束缚。它的战争策略与任何资产阶级统治的国家不同，因为它不惧怕现政权垮台后革命的后遗症。它将毫不犹豫地打击敌对的中立者以及敌对的殖民地本土叛乱。它将誓死战斗，即便被打败也要让胜利者想起来就发抖，如同法国革命留给梅特涅欧洲的可怕记忆。不害怕英国现政权的独裁者们会惧怕它，哪怕英国现政权的军事力量再强大十倍，也将如此。

但是此刻，昏睡的英国生活并未改变，令人愤怒的贫富差别继续到处存在，甚至在受到空袭时依然如故，为什么我敢说这些都"将"发生？

因为时候到了，可以用"非此即彼"的词语预言未来了。要么我们把这场战争变成一场革命战争（我并不是说我们的政策应该和我上面说的一模一样——只是说应该大体是这个方向），要么失败，此外还有更多情况。很快就可能确定无疑地说，我们的脚踏上了这条或那条路。但是不管怎么说，有一点是肯定的，靠现在的社会结构我们打不赢。我们真正的力量，物质的、精神的、知识的，无法动员。

三

爱国主义与保守主义无关，其实爱国主义是保守主义的对立面，既然爱国主义是一种奉献，尽管奉献的对象不停地变化，它却神秘地始终如一。它是未来和过去的桥梁。革命者从来都不是国际主义者。

在过去二十年里，英国左派圈里流行着一种消极懒惰的观念，知识分子嘲笑爱国主义和匹夫之勇，这种不断的影响消磨了英国人的斗志，散布了一种享乐主义的"我能从中得到啥"的生活态度，这种观念有百害而无一利，就算我们是生活在这些人所谓的一个松散的国家联盟里，这观念也是有害的。在元首和轰炸机的时代，它简直就是个灾祸。不管我们多么不喜欢坚强，它可是生存的代价。有的种族像奴隶一样工作，像兔子一样繁殖，主要的国家工业就是战争，在这样的种族群里，一个习惯了享乐主义的国家是无法生存的。英国形形色色的社会主义者一致反对法西斯，但他们同时又在劝导同胞不要好战。他们失算了，因为在英国传统的忠诚比新的强烈。尽管左派报刊上充满了"反法西斯"的豪言壮语，如果普通英国人都是《新政治家》周刊、《工人日报》甚至《新闻纪事报》希望造就的角色，那么真跟法西斯打起来我们还有什么希望呢？

到一九三五年，实际上英国所有的左派都变成了和平主义者。一九三五年之后，他们当中叫得比较响的迫不及待地扑进了人民阵线运动，这只不过是对法西斯主义导致的各种问题的一种逃避。它的出发点是"反法西斯"，但却是以一种纯粹的消极方式——"反"法西斯却不说"为"的是什么的明确的方针路线——这背后藏着一个软弱的意图：到时候苏联人会为我们打仗。这令人难以置信，这种幻想居然还死而不僵。每周都能看到报刊上登载大量信件，指出如果我们政府里没有保守党，苏联人就不会避免站在我们的一边。或者如果我们公布高调作战目标（参考《我们的奋斗》《一亿盟友——如果我们选择》等），此举可吸引欧洲人民坚定地与我们并肩作战。从来都是同一种观念——从国外寻找灵感，让别人替你打仗。这背后隐藏着一个英国知识分子可怜的自卑情结，认为英国人不再是一个尚武种族，不再能够经受战火的煎熬。

其实，没有理由设想任何人会再为我们打仗，除非是中国人，他们已经打了三年。苏联人可能因遭到直接进攻而被迫站在我们这一边，协同作战，但是他们的态度很明确，只要有一线希望，他们就会避免与德军对抗。

在任何情况下，他们都不会被英国的左派政府形象所吸引。几乎可以肯定地说，苏联现政权敌视西方的任何革命。欧洲人民在希特勒快倒台的时候就会起来反抗，但是不会更早了。我们的潜在盟友不是欧洲人，而一方面是美国人——即便大企业最终就范，也需要一年时间来动员各种资源，另一方面是有色人种——从情感上讲，他们不会愿意站在我们这一边，直到我们开始革命。在很长时间里，一年，两年，也许三年，英国将是世界的缓冲器。我们必须面对轰炸、饥饿、工作过度、流感、无聊以及背叛性的和平建议。显然，这时应该增强斗志，而不是削弱它，应该丢掉左派常持有的那种机械式的反英国态度，而应设想一下，如果失去英国文化，世界将会怎样。有一种幼稚的想法，认为不列颠若被征服，其他讲英语的国家，包括美国，将不会受到影响。

哈利法克斯勋爵及其门徒相信，战后一切又会原封不动回到战前。回到凡尔赛那疯狂的块石路面，回到"民主"，即资本主义，回到排队领救济和劳斯莱斯轿车，回到灰顶礼帽和灯笼裤，天长地久。当然，这显然是不可能发生的。如果是谈判得来的和平，这倒是有可能人为地发生，但寿命不会长。自由放任的资本主义已经死了。可行的路唯有二选一，要么是希特勒将建立的那种集体主义社会，要么是他被打败后将出现的另一种。

如果希特勒打赢这场战争，他将巩固对欧洲、非洲和中东的统治。如果他的军队之前没有消耗殆尽，他将撕掉苏联的大块领土。他将建立一个等级堡垒社会，其中德国统治民族（"主人族"或"贵族"）将统治生产低价农产品的斯拉夫人和其他弱小民族。他将永久性地把有色人种彻底变为奴隶。法西斯政权与英帝国主义的真正不和在于前者知道后者行将崩溃。按目前的发展势头再过二十年，印度将成为一个农民共和国，与英国的关系将只是一种自愿的同盟。被希特勒恶毒地叫作"半猿人"的那些人将开飞机或制造机关枪。法西斯梦想的那个奴隶制帝国将寿终正寝。另一方面，如果我们战败，我们只不过就把自己的替罪羊交给新主人，刚登上主人的位置干啥都毫无顾虑。

但是除了有色人种的命运以外，事情还多着呢。两种互不相容的生活图景正拼得你死我活。"民主和集权，"墨索里尼说，"水火不容。"两种信念甚至不可一日共存。只要民主存在，即便是不彻底的英国式民主，集权也是死敌。在整个英语世界徘徊着一个幽灵——人类平等的观念，尽管说我们或者美国人曾实现了我们的诺言，那是撒谎，但是这观念已经存在，可能有一天就会变成现实。英语文化若不消亡，一个自由、人人平等的社会终有一天会横空出世。但必须是准确的人人平等观念，"犹太人"或者"犹太—基督教"的平等观念——就是希特勒来到这个世界要消灭的东西。天知道这话他重复了多少遍。世界上黑人和白人地位一样，犹太人享受人的待遇，这景象想想都叫他恐惧绝望，如同想到无尽头的奴隶制让我们恐惧绝望一样。

重要的是要意识到这两种观念是多么不可调和。明年什么时候左派知识分子很可能要发起支持希特勒的行动。这事已经初露端倪。希特勒取得的积极成就填补了这些人的空虚，而对于那些具有和平主义倾向的人，则是满足了他们的受虐欲望。以此为出发点，他们将继续辩驳，民主说到底和集权"如出一辙"或者"一样坏"。英国没有多少言论自由，所以和德国一样。靠救济过日子是个可怕的经历，所以和盖世太保的审讯室一样。总之，两黑等于一白，半个面包等于没面包。

但是在现实中，不管民主和集权到底是什么样，二者不一样倒是真的。

哪怕英国民主脱离不了现在的模样，二者也不一样。大陆军国的整体概念，包括秘密警察、文学审查制度、徭役，相比岛国的松散民主，包括贫民窟、失业、罢工和党派政治，二者有天壤之别。这是陆上力量和海上力量的差别，是残酷和低效的差别，是撒谎和自欺的差别，是党卫军和收租人的差别。在二者中做出选择，要考虑的不止是他们现有的力量，更要考虑它们将来的发展。但在某种意义上，高级或低级形式的民主是否优于集权制，这是无关紧要的。做出这个决定需要用绝对标准去衡量。唯一重要的问题是要紧关头真正的同情心在哪儿。知识分子热衷于对比民主和集权，"证明"两个一样坏，这些人是钻牛角尖了，他们从来没有面对过现实。他们现在对法西斯主义的理解依旧浅薄，跟一两年前刚开始琢磨时并无二致，那会儿他们曾对其声色俱厉，口诛笔伐。但问题不是"你能否在辩论会举例证明你有理由支持希特勒？"而是"你真相信那个实例吗？你愿意服从希特勒的统治吗？你想看到英国被征服，还是不想？"最好把这些弄清楚，避免草率地与敌人站在一边。在战争中没有中立，在现实中人必须帮一方或另一方。

紧要关头，西方传统下长大的人不会接受法西斯生活。现在重要的是我们要认识这一点，要理解它会带来什么。尽管散漫、虚伪、不公，但英语世界的文化是希特勒前途上唯一的大障碍。这与所有"绝对正确的"法西斯主义信条构成了一个现实的矛盾。为此，所有法西斯主义作家在过去许多年一致认为，英国这股力量必须灭掉。英国必须被"灭绝"，必须被"清除"，必须被"停止存在"。从策略上看，这场战争结束时有可能希特勒占领了欧洲，英帝国原封不动，英国海军力量基本没有损失。但这在思想意识上是不可能的，假如希特勒提出这种建议，那绝对是阴谋，私下盘算间接征服英国，或者时机一到再发动攻击。英国不可能被允许存在下去，继续作为一个渠道，通过它，大西洋彼岸的致命思想源源不断地传送到欧洲的警察国家。再回到我们自己的观点上来，我们面对的是一个巨大的问题，极为重要的问题，就是把我们所熟悉的民主制尽可能保存下来。但是保存就意味着延续，我们面临的与其说是胜利与失败之间的选择，不如说是革命与冷漠之间的选择。如果我们为之战斗的事业被彻底消灭，它将是部分地被我们自己的行为消灭掉的。

可能发生这样的情况，英国开始引进社会主义，把这场战争变成一场革命战争，可还是被打败了。无论如何这并非不可思议。尽管这很可怕，但对任何成年人来说，相比之下，"妥协换和平"才更致命，后者是少数富人及其雇用的骗子求之不得的。最终毁掉英国的只能是一个听命于柏林的英国政府，但如果英国已经觉醒，这结果就不会发生。因为在那种情况下，失败确定无疑，斗争仍将继续，这种念头将存活。坚持抵抗和不战而降的区别，绝不是一个小学生英雄主义的"荣誉"问题。希特勒曾说接受失败会摧毁一个国家的灵魂。这话听上去像废话，但绝对真实。一八七〇年的失败并没有减弱法国的世界影响力。第三共和国的影响力更大（文化方面），超过了拿破仑三世的法国。但是贝当、赖伐尔及其部下所接受的和平，代价是铲除了法国文化。维希政府享受着一种虚无的独立，条件是清除了法国文化的显著标志：共和政体、政教分离、尊重人才、肤色平等。如果我们先行革命，我们就不会被彻底打败。我们可能看到德国军队在白厅进出，但是最终会扼杀德国强权梦的另一列队伍，正蓄势待发。西班牙人民被打败了，但是，他们在那牢记不忘的两年半时间里学到的东西，终有一天将变为手中的复仇利剑，刺向西班牙法西斯。

一段莎士比亚的大话在战争爆发时广为传播。连张伯伦先生也引用过一回，如果我没记错：

全世界向我们四面进攻，我们也能击退他们：只要英格兰对自己尽忠。

说得没错，只要解读正确。但是英格兰必须忠于她自己。她没有忠于自己——当难民拥上我们的海岸避难我们却把他们关进了集中营，当公司经理精心筹划避缴超额利润税。再见了，《闲谈者》和《旁观者》，别了，劳斯莱斯轿车里的女士。上议院不见纳尔逊和克伦威尔的后代了。他们在田间在街头，在工厂在军队，在四便士啤酒吧，在郊外别墅后花园，如今他们仍受到那一代幽灵的压制。与把真实的英国变回本来面目的任务相比，即便打赢这场战争——尽管这是必然的——也是次要的。进行革命，我们回归自我更多，而不是更少。不可能半途而废，进行妥协，救助"民主"，停滞不前。从来没有什么会停滞不前。我们必须对我们的传统做出贡献否则就会丧失它，我们必须变得更伟大或者更渺小，我们必须向前进或者向后退。我相信英国，我相信我们要向前进。

一九四一年二月十九日

贾文浩　贾文渊　译

为什么社会主义者不相信乐趣

　　一想到圣诞节往往不由自主地想到查尔斯·狄更斯,这种情况有两个非常合理的原因。首先,狄更斯属于少数几位真正描写过圣诞节的作家。虽然圣诞节是英国最重要的节日,然而描写这个节日的文学作品却少得令人吃惊。这类文学作品中有大多数起源于中世纪的《圣诞颂歌》,有罗伯特·布里奇斯、T.S.艾略特和极少数诗人写的圣诞诗歌,再就是狄更斯,此外很少有其他作品。其次,狄更斯在描述令人信服的愉快场景方面,几乎是现代独一无二的。

　　在《匹克威克外传》的一个章节和《圣诞颂歌》中,狄更斯两次成功描述了圣诞节。据列宁的遗孀称,列宁临死前曾阅读《圣诞颂歌》,觉得其中的"资产阶级情调"让人完全无法忍受。如今,列宁的说法在一个意义上是正确的:假如他死前心情较好,也许会注意到,这个故事的社会学含义是让人感兴趣的。首先,不论狄更斯这幅画作涂了多浓厚的油彩,也不论故事中的小蒂姆有多"伤感",但克拉奇特家还是让人感到他们生活得开心,比如说,他们的话语中流露出愉快,但威廉·莫里斯的小说《乌有乡消息》却并没有表现出愉快的感觉。此外,狄更斯对此的理解,便是他主要从对比中表现愉快的一种写作秘密。他们为第一次有了足够的食物而兴高采烈。门外有条狼,不过却在摇尾巴。做圣诞布丁冒出的蒸气飘向一间间当铺的后院,飘向挥汗劳作的人们,斯克鲁奇①的鬼魂站在摆上晚餐的桌旁,满脸疑惑。鲍勃·克拉奇特甚至想要为斯克鲁奇的健康祝酒,但克拉奇特太太表示拒绝,她这么做合情合理。克拉奇特家能够享受圣诞节不过是因为这个节日每年只有一次。他们的幸福感令人信服,因为圣诞节每年只有一次。他们的幸福感令人信服,也因为这个节日可以用不完美来形容。

凡是试图描述永久幸福的努力,注定要以失败告终。乌托邦(顺便说,"乌托邦"这个编造的字眼意思并不是"好地方",而仅仅是"不存在的地方")在过去三四百年中常常出现在文学作品里,但就是那些"好的"也无一例外让人倒胃口,通常也缺乏生命力。

迄今,最著名的当代乌托邦是由 H.G. 威尔斯②创作的。威尔斯憧憬的未来几乎完整表达在他二十世纪二十年代初期写的两本书中:《梦幻》和《神一样的人》。在书中,读者得到了威尔斯想要看到的世界景象,或认为他想要看到世界是何种景象,那是一个开明、快乐充满科学奇迹的世界。我们如今遭受的种种罪恶和苦难都消失了。愚昧、战争、贫穷、肮脏、疾病、挫折、饥饿、恐惧、劳累、迷信,全都消失得无影无踪。看到这样的描述,我们不可能说,那不是大家盼望的世界。我们都想废除威尔斯想要废除的事物,但是有人愿意真正在威尔斯描述的理想国生活吗?恰恰相反,人们

---

① 斯克鲁奇,狄更斯的小说《圣诞颂歌》中的老吝啬鬼。
② H.G. 威尔斯(Herbert George Wells,1866—1946),英国著名小说家,以创作科幻小说闻名于世。

不愿生活在那样一个世界，不愿在一个卫生的郊区花园中醒来，让一群直率的女学究包围其中，这已经成为一种自觉的政治动机。像《美丽新世界》这样的书表达了现代人感觉到的真实恐惧，那是对现代人有能力创造出的理性快乐主义社会的恐惧。一位天主教作家最近说，如今，从技术上讲，乌托邦是有可能实现的，结果，如何避免乌托邦就变成一个严重问题了。我们不能把这当成个愚蠢评论而抛在脑后。因为法西斯主义运动的渊源之一，就是对避免太理性太舒适生活的渴望心理。

所有"好的"乌托邦在假定完美方面看上去都相似，却无法让人联想到幸福。《乌有乡消息》算是一个威尔斯的伪善乌托邦版本。人人都和蔼友善、通情达理，所有场景描述都取自利伯蒂的描写，但是给读者的印象却是一种淡淡的忧伤。不过我们感触更深的是，仍然健在的、想象力最伟大的作家乔纳森·斯威夫特[①]在创造"好的"乌托邦方面，并不比其他作家更成功。

在《格列佛游记》前面一部分中，作者对人类社会做了最具毁灭性的攻击，猛烈程度超过了其他任何作品。其中每一个字眼对今天都有意义，有些内容对当今的恐怖政治做了相当具体的预言。然而，斯威夫特在试图描述他崇拜的物种时却遭到了失败。在书的末尾，作者用面目可憎的野人衬托不会像人一样出错的理性马胡伊纳姆。这种马尽管有高尚的品格及可靠的常识，却是些乏味得要命的动物。它们像生活在乌托邦的所有动物一样，主要关心的是避免烦恼。它们的生活太平无事、平淡单调、"富有理性"，

[①] 乔纳森·斯威夫特（Jonathan Swift，1667—1745），英国-爱尔兰作家，讽刺文学大师，以《格列佛游记》《一个温和的建议》和《一只桶的故事》等作品闻名于世。

不但没有争执、混乱或任何种类的不安全，而且没有"激情"也没有身体之爱。它们选择配偶是根据优生学原则，避免过度受情感的影响，大限到来时，它们表现得颇为乐意赴死。在这本书的开始部分，斯威夫特展示出的人类行为愚蠢而卑鄙，但是，除去愚蠢和卑鄙的成分后，剩下的就只有生活中平淡无聊的东西，这种生活几乎不值得过。

凡是尝试描写超凡脱俗世界中的幸福，结果也一样不成功。天堂跟乌托邦一样是个惨败，不过，对地狱的描写在文学中却占有令人敬佩的地位，往往不仅极为详尽而且令人信服。

在人们通常的描述中，基督教的天堂谁也吸引不了，这种情况司空见惯。几乎所有信仰基督教的作家在描写天堂时，要么直截了当说那是个无法描绘的地方，要么想象出黄金加宝石的朦胧景象，加上无休无止地唱赞美诗。这一想象的确让世界上一些优秀诗人得到过灵感：你的墙壁是玛瑙玉髓，你的雉堞是方形钻石，你的城门镶嵌着东方宝珠，无比富有，世所罕见！但是，诗歌却无法描述普通人主动想要的环境。许多信仰复兴运动的牧师、许多耶稣会会士（参见詹姆斯·乔伊斯的《一个青年艺术家的肖像》中可怕的训诫词等）用词语描述的地狱景象几乎把听众吓得灵魂出窍。但是，一旦说到天堂，马上无语了，只能用"狂喜"和"福佑"之类字眼形容，却并不试着做解释。关于这个主题的著名的文章中，也许最生动的只言片语是德尔图良①写的，他解释说，天堂上一个主要的乐趣，就是观望受诅咒的人受折磨。

异教徒对天堂的描述稍有点迷人。希腊神话中的极乐世界总让人看到

---

① 德尔图良（Tertullian，约160—230），生于迦太基，早期基督教著名的神学家和哲学家。

曙光。诸神居住的奥林匹亚山或许比基督教的天堂多一点家庭生活气息，有神酒，有美味佳肴，有他们的仙女和青春及春天女神，D.H.劳伦斯称她们是"永恒的荡妇"。但是，人们不会愿意在那里久留。在穆斯林的天堂，每个男人都有七十七个美女陪伴，想必她们同时吵嚷着争宠，那简直是场噩梦。再说说巫师吧，虽然他们总是向我们保证说"那里的一切都明亮而美丽"，可他们描述的另一个世界的活动却让有思想的人认为无法忍受，更不用说迷人了。

他们试图对完美幸福的描述也是一样，其性质既不是乌托邦式的，也不是超脱尘世的，而仅仅是世俗欲望的。他们总是让人产生一种空虚的感觉或粗俗的印象，要么二者兼而有之。伏尔泰在他的小说《女佣》开篇描绘了查理九世与他的情人阿格尼丝·索雷尔的生活。他说,他们"总是幸福的"。那么，他们的幸福主要在于什么？无休止的饮宴、酗酒、打猎、做爱？享受几个星期后，谁不会对这种生活感到厌倦？拉伯雷描绘了幸运鬼魂在来世享受美好时光，作为他们在这个世界忍受艰难困苦的安慰。他们唱了首歌，歌词大致可翻译成："跳啊，舞啊，搞恶作剧吧，畅饮红白葡萄酒，除了把玩到手的众多金冠，整天什么也不做。"哎呀，听上去多无聊啊！勃鲁盖尔的画作《安乐地》表现出永恒的"美好时光"这个空洞概念，画中，三个大胖子头抵着头酣睡，鸡蛋自动煮熟，火腿自动烤好，等着他们去吃。

看来，人类没有能力描写什么是幸福，恐怕也没能力去想象什么是幸福，除非以比较的方式衬托出来。因此，天堂或乌托邦的概念随时代不同而不同。在工业化以前的社会，天堂被描绘为一个可以永远休闲的地方，而且到处铺着黄金地板，这是因为当时普通人的经历是过度劳累、生活贫穷。穆斯林天堂中的美女是一夫多妻制社会的反映，大多数妇女被关进了富人家的闺阁。但是，这些"永恒狂喜"的画面从来不成功，因为狂喜一旦变成永恒的（人们把永恒看作无止境的时间），便失去了可比性。起初基于物质条件的一些文化传统已经不复存在了。祭祀春天的仪式就是一个例子。在中世纪，春天主要的象征并不是燕子归来和野花绽放。春天带来了绿色蔬菜、牛奶和鲜肉，一连几个月躲在没有窗户的烟熏小屋里，吃腌猪肉度日的时光终于结束了。春之歌快乐而放荡，人们饮宴作乐，为肉食价廉、女色娇媚而感谢上苍恩赐这愉快的新一年。健壮的小伙儿四下漫步，到处是愉快的人们，毕竟大家都为冬天已经过去而快乐，这是桩了不起的事情。圣诞节本身是个基督以前就有的节日，也许是因为北方的冬季难以忍受，需要一个放松的场合，让人们纵情吃喝。

　　人类除了想象从辛劳苦难中得到放松，无法想象出更大的幸福了，但这给社会主义者提出一个严肃的问题。狄更斯可以描绘一个非常贫困的家庭大吃烤鹅，他们便显得幸福，但是，富有社会的居民似乎不再有发自内心的欢乐了，他们通常也排斥这类简单的情感。但我们显然不打算讨论狄更斯描绘的那种世界，大概也不准备讨论他能想象出的任何世界。社会主义者的目标不是建立一切都能轻易得到的社会，不能指望好心的老绅士向大家施舍一只只火鸡。但是，假如我们的目标不是需要"慈善"的社会，那我们的目标是什么？在我们想要的世界中，一心想着红利的斯克鲁奇和腿患结核瘤的小蒂姆都不可能存在。但是，我们的目标难道不是个没有痛苦，不需要付出努力的乌托邦？我认为，社会主义社会的真正目标不是幸福感，说这话要冒着《论坛报》编辑不认可的风险啦。迄今为止，幸福感一直是个副产品，依我们看来，这种情况会一直持续下去。社会主义的真正目标是人类间的兄弟情谊。这是人们普遍感觉正确的目标，不过通常并不这么说，或者并不公开说出来。男人们一生艰辛，要么从事伤心痛苦的政治斗争，要么在内战中送命，要么在盖世太保的秘密监狱里遭受拷打。他们的目的并不是建立一个有暖气、有空调、有条形照明灯的天堂，而是想要创造一个人类相互热爱，而不是相互欺诈、相互谋杀的世界。那是他们作为第一步起码想要的世界。此后他们想继续要什么还不太肯定，要做出详细的预测只会让问题复杂化。

社会主义思想要对未来做预测，但只能是广义的预测。人常常向一个非常朦胧的目标努力。例如在此刻，世界正处在战争时期，人们想要的是和平。然而，世界从来没有过和平的经验，只知道有"高尚的野蛮人"。世人想要的是一种朦胧感觉到可以存在的状态，却无法准确定义。今年圣诞节，成千上万人要在俄国的大雪中流血送命，要么冻死在冰水里，要么在太平洋岛屿的沼泽地相互厮杀，无家可归的孩子们要在德国城市的废墟中争抢食物。杜绝这种事情的发生是个好的目标，要具体说和平的世界是什么模样，那就是另一回事了。

乌托邦的所有创造者差不多都像牙疼患者，认为幸福就是牙不疼。他们想要创造的完美社会是无休止地重复某种事情，其实这种事情是因为存在短暂才有价值。可以说，人类必须因循的一些路线便是宽广的事业，伟大的战略已经制定，但是对具体细节的预测就不是我们的事了。凡是试图做完美想象的人，等于暴露了自己的空虚。就连斯威夫特这样伟大的作家，这个定论也适用:他可以恰如其分地严厉批评一位主教或一个政客,但是,他若试图创造一个超人,却完全有悖初衷,仅仅让人感到,令人讨厌的野人比理性的胡伊纳姆前景更可观。

一九四三年十二月二十日《论坛报》

贾文浩　贾文渊　译

为英国式烹调辩

近年来我们听到了不少关于吸引外国游客来英国的好处的谈论。大家都知道，从外国来客的观点看，英国有两大缺点，一是我们星期天的没劲，一是买一杯酒喝之难。

这两件事都是由于狂热的少数人所造成的，他们需要好好地压制一下，包括范围广泛的立法。但是有一点却是公众舆论能够促成迅速改进的：我指的是烹调。

一般都说，甚至英国人自己也说，英国式烹调是世界上最糟糕的烹调。它不仅是差劲的，而且是模仿的，我最近甚至在一位法国作家写的书中读到这么一句话："最佳的英国式烹调当然就是法国的。"

这话完全是不正确的。凡是长久在国外待过的人都知道，有许多美味在说英语的国家之外是很难弄到的。没有疑问，这分菜单还可以添加，但是这里就有一些我本人在外国到处寻觅而没有找到的东西。

首先是熏鱼，约克郡布丁，德文郡奶油，松饼，松脆煎饼。还有一长列布丁，我如一一列举，菜单就会无穷无尽。我只挑选几种特别值得一提的：圣诞节布丁，糖浆馅饼，苹果布丁。还有单子同样长的蛋糕，例如，黑梅蛋糕、酥饼、藏红花小圆面包。还有种类多得数不清的饼干,当然,饼干哪里都有,但公认英国的饼干更好吃,更松脆。

接下来还有许多种烧土豆的方法,这是我国特有的。你在哪里见到过土豆放在带骨的腿肉下面烤?这种烤法是最最好的烤法。或者说你在英格兰北部吃到的美味土豆饼。新土豆用英国式方法来烧——那就是用薄荷煮过后,佐以有些融化的黄油或人造黄油——要比大多数国家煎土豆的方法要好得多了。

接下来有英国特有的许多调味汁。例如,面包汁、辣根汁、薄荷汁、苹果汁;更不用说红加仑子酱,佐兔子肉和佐羊肉一样都很好吃,还有各种各样的甜泡菜,似乎比任何国家种类都多。

还有什么?在英伦三岛以外,我从来没有看见过羊肚杂碎布丁[①],仅有一次是罐头的,也没有看见过都柏林大虾、牛津橘皮果酱、和其他各种果酱(如黑莓酱),香肠也是与我国不同的。

接下来还有英国乳酪。种类不多,但是我认为斯蒂尔顿乳酪是世界上最好的一种乳酪。温斯莱台尔次之。英国苹果也特别好,尤其是考克斯的橘苹果品种。

最后,我想为英国面包说一句话。所有的面包都好,从撒了茴香籽的犹太大面包到颜色像黑蜜糖一样的俄国裸麦面包。但是,如果说有什么面包像英国乡村面包(我们什么时候能再见到?)柔软顶部的面包皮那样好,我还没有见过。

没有疑问,我上面提到的东西有一些可以在欧洲大陆弄到,就像在伦

[①] 羊肚杂碎布丁,一种苏格兰布丁,在羊肚中塞牛肉杂碎。

敦能弄到伏特加或燕窝汤一样。但是它们都是我国特产，在许多地方根本没有听说过。

比如，在布鲁塞尔以南，我就认为你弄不到一块羊油布丁。在法国，根本没有一个字能确切译出"羊油"。而且，法国人在烧菜时从来不用薄荷油，从来不用黑加仑子，除非是作为配制一杯酒的材料。

可见我们没有理由为我们的烹调感到惭愧，至少就独创性而言，或者就材料而言。但是必须承认，从外国游客的观点来看，有一个严重的障碍。你在私人家里以外几乎找不到可口的英国式烹调食品。如果，比如说，你要吃一大块美味的约克郡布丁，你更可能在英国最穷的人家吃到，而不是在饭馆里，而那里却必然是游客最可能用餐的地方。

的确，现在很难找到能吃一顿英国风味的地道好菜的饭馆了。一般来说，酒馆不卖吃的，除了土豆片和无味的三明治。高价的餐厅和饭店几乎都学法国式烹调，而且菜单也是用法文写的。如果你想要吃一顿价廉物美的饭，你自然走向希腊饭馆、意大利饭馆或者中国饭馆。在还是有人把英国看作是一个烹调糟糕、规章烦琐的国家的时候，我们是不大可能吸引到游客的。目前，你对此无能为力，但迟早会取消配给，到那时我们的民族烹调就会复兴。并不是自然法则规定英国的饭馆家家都必须是外国的，否则就糟糕了。改进的第一步将是英国公众自己不再采取那种长期忍受的态度。

一九四五年十二月十五日《旗帜晚报》

董乐山　译

民族主义记事

拜伦①在某处曾提到一个法语单词"冗长的章节",顺便评论说,虽然我们英国没这么个字眼,却有大量这类现象。与此相同,如今有一种非常盛行的思维习惯,在几乎所有方面都影响我们的思维,可我们还没有给这种思维习惯定个名称。我从现存词汇中给它找了个最接近的同义词,叫"民族主义",不过,在下面会看到,我并不是用这个字眼的一般意义,就是说与这种情绪相关联的并不总是所谓的民族——一个地域的单一种族。它可以依附于教会或阶级,或者仅仅以消极的意义起作用,它反对某种事物却不是忠于任何积极的目标。

我使用"民族主义"这个字眼,首先是指一种思维习惯,认为人类可以像昆虫一样分类,而且可以心安理得地把数以百万计或数以千万计的人

---

① 拜伦(George Gordon Byron,1788—1824),英国十九世纪初期伟大的浪漫主义诗人。

群贴上"好人"或"坏人"的标签①。其次，这个字眼更重要的意义，是认同自己属于单一民族或其他团体的习惯，将这个民族或团体置于超越善恶的地位，除了增进其利益并不认可其种种责任。民族主义不能与爱国主义相混淆。这两个字眼一般都是以朦胧的意义使用的，任何使之明晰化的定义都可能不受欢迎，但是我们必须指出二者的不同，因为这涉及两种不同的理念，甚至是相互对立的理念。"爱国主义"这个词的意思是指对特定地点和特定生活方式的忠诚，人们相信这些事物是世界上最好的，但无意强迫其他人民接受。爱国主义的属性是防御性的，在军事上和文化上皆属防御性。民族主义则与渴望权力密不可分。每一个民族主义者不二的目的是获取更多权力和声望，不是为他个人，而是为他选择献身的民族或其他团体。

既然民族主义仅仅适用于德国、日本和其他国家臭名昭著的民族主义运动，这个词语的意义便足够清楚。从外部观察诸如纳粹主义这样的现象，几乎所有人都会就这个字眼的定义说同样的话。但是，我必须重复上面说过的意思，我使用"民族主义"这个词，是因为还没有找到更好的字眼，而这个词的外延意义，包括共产主义、泛政治天主教主义、犹太复国主义、反犹太主义、托洛茨基主义和反战主义等运动和倾向性。它的含义并不一定是对一个政府或一个国家的忠诚，更不一定是对自己祖国的忠诚，而且所说的这种团体甚至在严格的意义上不一定具体存在。我们举几个显而易

---

① 民族，甚至像天主教会或无产阶级这样朦胧的实体，通常会被拟人化为个人，常常用"她"来称呼。但是，诸如"德国理所当然是奸诈的"等明显荒诞的评论却在任何报纸上比比皆是，几乎所有人都对民族性格做鲁莽的概括（"西班牙人天生是贵族"或"每个英国人都是伪君子"）。这类概括往往是毫无根据的，使之根深蒂固的罪责源自这种思维习惯和诸如托尔斯泰或萧伯纳等具有显赫国际声望作家的作品。——原注

见的例子：犹太民族、伊斯兰教世界、基督教世界、无产阶级和白人种族都是强烈民族主义情感的对象，但这些事物的存在却可以受到严肃的质疑，而且这种对象中的任何一个都没有普遍接受的明确定义。

还有一点值得再次强调，那就是民族主义情感往往纯粹是消极的，比如说，托洛茨基分子变成了苏联的敌人，却没有培养起对任何其他团体的相应忠诚。把握了这一点含义，我所说的民族主义的属性就清楚多了。一个民族主义者的唯一或主要想法，是争取威望。他或许是个积极的或消极的民族主义者，也就是说，他可能将自己的心智力量用于助推或诋毁，但无论如何他的思维方向总是胜利或失败、得意或屈辱。在他眼中，历史是极权团体无尽的兴衰轮回，当代历史尤其是这样。在他看来，每一个事件都展示出自己的一方在兴盛，而受他仇视的对手在衰败。但最后一点是，不能将民族主义与崇尚成功混淆起来，这一点是重要的。民族主义者的原则并不是简单地与最强的一方勾结。恰恰相反，他一旦确定了自己属于哪一方，就从内心深信，这一方是最强的，哪怕各种事实以压倒性的形势于他不利，他也会坚持自己的信仰。民族主义是一种掺杂了自欺的权力欲望。每一个民族主义者都会搞最臭名远扬的欺诈，但他也有不可动摇的信念，认为自己是正确的，因为他意识到是在为比自己大的某种事物服务。

我已经为此做了个冗长的定义，因而认为大家会承认，我说的这种思维习惯在英国知识界十分普遍，比在人民群众中更普遍。如果有人对当代政治深有感触，只要涉及声望，他们就很容易受到某些话题的感染，结果他们几乎不可能使用真正理性的思维方法了。在可供我们选择的成百上千的例子中，挑出这个问题来考虑吧：在苏联、英国和美国这三个强国的同盟中，哪个国家在打败德国的过程中贡献最大？在理论上，应该有可能对这个问题做出有理的、甚至可能是确定的回答。然而在实际上，却无法做出必要的计算，因为凡是有可能费心回答这个问题的人，都难免从竞争声誉的角度看这个问题。因此从一开始，他就要根据具体情况决定自己是偏向俄国，偏向英国还是偏向美国。只有在这一点确定之后，他才会搜集似乎能支持自己立场的论点。类似这样的问题多得不胜枚举，只有对与整个主题相关的持中立立场的人，才可能做出诚实可靠的回答，但这样的回答在任何情况下可能都毫无价值。因而，我们时代的政治和军事预测在一定程度上遭到显著的失败。回想起来让人感到好奇，在所有流派的所有"专家"中，竟没有一位预测到一九三九年会签订苏德协定①。这一协定被撕毁的消息传来时，对两国关系破裂的种种解释分歧大得不着边际，人们做出种种预测，马上就证明是错误的，因为几乎全都不是以可能性研究为基础，而是出于各自的愿望，有的认为苏联好，有的认为坏，有的视苏联强大，有的视之弱小。政治或军事评论员就像占星术士，出任何错都能保住自己的地位，因为他们的忠实追随者并不指望他们对事实做评价，而是仰赖他们激发出民族忠诚感②。就像政治判断一样，审美判断常常发生堕落，文学判

---

① 像彼得·德鲁克等几位具有保守倾向的作家曾预言，德国与俄国会订立一个协议，但他们期待的是一种真正的同盟关系或永久性的合并。没有哪位马克思主义作家或其他任何分支的左派作家比较准确地预见到两国会签订互不侵犯条约。——原注

② 大多数大众化报纸的军事评论员可划分为亲苏或反苏、亲保守或反保守等派别。他们犯过的预测错误包括：法国马其诺防线无法攻克，苏联会在三个月内征服德国等，但这些错误都没能动摇他们的声誉，因为他们说的话从来是拥护自己的听众爱听的。知识界最喜爱的军事批评家是利德尔·哈特上尉和富勒少将，前一位告诉大家说，防御力量比进攻力量强大，后一位则说，进攻力量比防御力量强大。二人的预测截然相反，却没有妨碍他们让同样的公众接受为权威。他们在左派圈子里受欢迎，其秘密原因是二人都与英国陆军部不和。——原注

断尤其容易堕落。印度的一位民族主义者就难以欣赏吉卜林的作品,一位保守主义者也难以看到马雅可夫斯基的长处,只要一个人不赞成某一本书的倾向性,从来都会不由自主地说,从"文学的"观点看,这肯定是本坏书。拥有强烈民族主义观点的人常常耍这种花招,却并不会意识到自己不正直。

在英国,如果仅仅考虑涉及的人数,也许可以说,民族主义占支配地位的形式是过时的英国沙文主义。这种情况肯定仍然普遍,比十几年前大多数观察家相信的情况更严重。不过,在这篇文章中,我关心的主要是知识界的反应,在这个范围里,沙文主义及老式爱国主义几乎已经消亡,不过在少数人中似乎又在死灰复燃。几乎用不着说,在知识界,占主导地位的民族主义是共产主义,他们用这个词定义非常不精确,因为他们不仅包括了共产党员,还包括"同路人"和一般的亲俄者。为了我在本文的讨论目的,共产主义者的意义限定为:将苏联视为自己祖国的人,他们认为替俄国政策辩护并以一切代价促进俄国的利益是自己的责任。显然,这种人今天在英国为数众多,他们的直接和间接影响都非常巨大。但许多其他形式的民族主义也在蓬勃滋生,关注不同的甚至看似相反的思想潮流拥有的相似点可以得到最佳的观察。

十年前或二十年前,与今天的共产主义最为一致的民族主义形式是泛政治天主教主义,其最出色的诠释者就是 G.K. 切斯特顿,不过,他也许算是个极端的例子,而不是个典型范例。切斯特顿是个相当有天赋的作家,他在投身罗马天主教宣传事业中,选择了既压抑自己的情感,又抛弃自己知识分子的正直。在他生命的最后二十年间,他的全部产出其实就是不断重复同样的东西,他付出聪明才智和辛苦劳作,就是表达那些简单而不厌其烦的主题,比如:"伟大啊,以弗所人的狄安娜。"他写的每一本书、每一段对话必确定无疑地表现天主教比基督教或异教更优越。但是,切斯特顿并不满足,他认为这种优越性不仅是智力上或精神上的,还必须扩展到民族主义声望和军事力量方面,尤其这在法国引发了对拉丁国家的一种无知的理想化。切斯特顿并没有在法国生活很久,因为那里信奉天主教的农民越来越多地喝着红葡萄酒唱《马赛曲》,他就像不熟悉巴格达日常生活的朱清周[①],与现实的联系很少,结果他大大高估了法国的军事实力(在一九一四年至一九一八年前后,他认为法国比德国更强大),还对战争做了愚蠢而粗俗的赞颂。切斯特顿的《勒班陀》和《圣巴巴拉颂歌》等战争诗歌用的也许是我们语言中最华丽的高调夸张言辞,相比之下《轻骑队战歌》的歌词倒像出自反战主义者的宣传册。妙的是,假如有人用他描写法国和法军的习惯手法描写英国和英军,他准会是头一个起而嘲笑的人。在国内政治方面,他是个英格兰本土主义者,真心痛恨沙文主义和帝国主义,按他的能力准会成为民主主义的铁杆好友。然而,一旦他将目光投向国际领域,便放弃了自己的原则,甚至根本没有留意到自己的作为。因而,他对民主道德有一种近乎神秘主义的信仰,这种信仰妨碍了他对墨索里尼的崇拜。墨索里尼解散了代议制政府,取缔了出版自由。为了这出版自由,切斯特顿在英国国内可是苦苦奋斗过的,但墨索里尼是个意大利人,而且是他把意大利变成了强国,这就平息了切斯特顿心中的纠结。对于意大利人或法国人的帝国主义行径及征服有色人种的恶行,切斯特顿从来没找到一个字眼表达自己的看法。只要他的民族主义忠诚参与其中,他的实

[①] 朱清周(Chu Chin Chow),英国同名音乐剧中的中国商人。此剧根据《阿里巴巴和四十大盗》的故事改编,一九一六年八月三日在伦敦首演,引起轰动。总共演出两千二百三十八场,这个纪录保持了四十年。

事求是精神、他的文学品位,甚至他在一定程度上具有的道德观念就换位了。

显然,以切斯特顿为例证的泛政治天主教主义与共产主义有相当多的相似之处。在例如苏格兰民族主义、犹太复国主义、反犹太主义或托洛茨基主义之间,也有相当大的相似之处。假如断言说,形形色色的民族主义都一样,即使说的仅仅是他们的思想气质都相同,也未免太过于简单化了,但是,某种规律却适用于各种形态的民族主义。以下列出的是民族主义思想的主要特征:

痴迷心理:民族主义者除了在思维、谈论或写作中尽其所能反映自己所属力量团体的优越性,不会考虑任何其他事物。要让任何民族主义者掩饰自己的效忠心理,即使并非不可能也很困难。自己所属的团体若受到哪怕最轻微的诽谤,或者敌对组织受到含蓄的赞扬,他都会感到心烦意乱,不做出某种尖锐的反驳就不会感觉宽慰。如果他效忠的团体是诸如爱尔兰或印度等具体的国家,他一般会宣称,自己国家的优越性不仅表现在其军事实力和政治美德上,而且表现在艺术、文学、体育、语言结构、国民优美的体态,甚至还有气候、景色、美食等方面。他会对一些事情表现出强烈的敏感,比如,国旗的正确摆放方式、报纸标题上不同国家名称的字号相对大小和先后次序①。在民族主义者的思想中,命名法占有非常重要的地位。赢得了独立或取得民族主义革命胜利的国家通常会改变国名,涉及多种强烈感情色彩的国家或其他团体,往往有好几个名称,每个不同的名称都承载着不同的含义。西班牙内战双方都有九个或十个不同的名称,用于

---

① 对"英美"这两个字组合的词,某些美国人曾表达出不满,并建议替换为"美英"。——原注

相互表达不同程度的爱憎。坦白地说，有些称呼是有问题的（比如称佛朗哥的支持者为"爱国者"，称支持政府的人士为"保皇派"），而这些称呼中没有一个是对立双方一致同意使用的。

不稳定性：民族主义者虽然感情强烈，却难免转移效忠对象。首先，他们不但可以而且常常效忠于某个外国，这一点我在前面已经提到过。我们会发现一个相当常见的现象：伟大的民族领袖或民族主义运动的奠基人，甚至并不属于他们为之增辉的国家。在有些情况下，这些人是彻头彻尾的外国人，在另外一些常见的情况下，他们来自民族主义受到怀疑的周边地区。这种人的实例有：斯大林、希特勒、拿破仑、德瓦莱拉、迪斯雷利、庞加莱、比弗布鲁克等，而泛日耳曼主义运动的创始人之一是个英国人，名叫休斯敦·张伯伦。在过去五十年或一百年间，民族主义者改换门庭在文学界一直是个常见的现象。拉夫卡迪奥·赫恩加入了日本国籍，卡莱尔及其很多同时代人则投靠了德国，在我们这个时代，改换门庭通常是转变为俄国国籍，但是，特别有趣的现象是，他们有可能重新转回原来的国籍。多年受到崇拜的国家或其他团体可能骤然变得可憎，其他受热爱的目标瞬间取代了其地位，这个转变过程几乎没有时间间隔。在赫伯特·乔治·威尔斯的《历史纲要》头版和他在那个时期的其他作品中，他褒扬美国的言辞情真意切，与当今的共产党人赞颂俄国一样夸张。然而没出几年，这一未经评判的崇拜就转变成了敌意。坚定的共产主义者在短短几个星期甚至几天中就转变成同样坚定的托洛茨基主义者，这是个常见的奇特景象。在欧洲大陆，法西斯主义运动的成员大多数是从共产主义者中吸收的，相反的过程同样会在接下来的几年中发生。保持不变的是民族主义者的心态，他们的效忠对象是可以改变的，也可以是虚构的。

但是，对于知识分子来说，改换门庭具有重要的功能，我在前面谈论切斯特顿时已经扼要地提到过。与效忠祖国或效忠真正了解的团体相比，改换门庭有可能让他的民族主义变本加厉——更加粗俗、更加愚蠢、更加恶毒、更加虚伪。我们看到，肉麻地吹捧斯大林和红军的无聊文章竟出自相当睿智而敏感的人笔下，便会意识到，这准是作者发生了某种转变。在我们这种社会中，被描述为知识分子的人深深依恋祖国实属非同寻常。认为他不会爱国的是公共舆论，也就是把他视为知识分子的那部分人的舆论。他周围的大多数人持怀疑态度，有背叛倾向，他可能出于模仿或纯粹出于怯懦而采取同样态度，他这样做会摈弃最容易接受的民族主义，但也不能向真正的国际主义观点靠拢。他仍然感到需要有个祖国，于是自然将目光投向国外，一旦找到，便会以自己获得解放的信念全身心投入进去。上帝、国王、帝国、国旗——所有这些推翻的偶像如今都在不同名义下再现，因为以前没有认清其真相，才会受到虔诚的崇拜。民族主义者改换门庭就像迁怒于替罪羊，这是个获得救赎却用不着改变行为的捷径。

罔顾现实：所有民族主义者都拥有一种能力，那就是他们罔顾几组类似事实之间的相似之处。英国保守的托利党人在欧洲捍卫其自决权，却在印度反对当地人享有自决权，且丝毫没有感到自己的态度前后矛盾。对行动善恶的判断不根据行动本身的是非曲直，而根据行动者是敌还是友，假如是"我们"一方采取的行动，滥用酷刑、扣押人质、强迫劳役、大规模驱逐出境、未经审判便监禁、伪造证据、暗杀行刺、轰炸平民等骇人听闻的滔天罪行也改变不了其道德性质，丝毫引不起他们的愤慨。《新闻纪事报》刊登了一组德国人绞死俄国人的照片，作为揭露触目惊心暴行的例证，一两年后又刊登了几乎完全相同的照片，不过这次是俄国人绞死德国人，但文章却表现出热情的赞同口吻。① 对待历史事件的态度也是一样。历史在很大程度上是按民族主义思想书写的，诸如宗教裁判所、英国星座法庭的酷刑、利用海盗（例如，弗朗西斯·德雷克爵士奉命将船沉入海底，活活淹死船上的西班牙战俘）、恐怖统治、印度民族大起义的英雄疯狂射杀成百上千的印度同胞、克伦威尔的士兵用剃刀乱割爱尔兰妇女的脸——只要感觉这些暴行都是为了"正义"事业，便可以罔顾道德，甚至可受到嘉奖。回顾过去四分之一个世纪，会发现几乎没有任何一年没有从世界上某个区域发来残暴行径的报道，然而，这些发生在西班牙、俄国、中国、匈牙利、墨西哥、印度的阿姆利则、土耳其的士麦那等地的暴行，没有一件遭到过整个英国知识界的谴责。那种行径是否该受谴责，甚至那种行径是否当真发生过，从来要靠政治偏好来确定。

民族主义不但不赞成自己一方施暴，还拥有一种对这种暴行闭目塞听的卓越才能。在长达六年的时间里，崇拜希特勒的英国人想方设法掩饰，假装不知道德国存在达豪集中营和布痕瓦尔德集中营。而厉声谴责德国集中营的人士，往往不知道苏联也有集中营，或者只是隐约听说过此事。对于饿死数百万人的一九三三年乌克兰大饥荒这样的重大事件，大多数英国亲德分子都视而不见。许多英国人对目前战争中德国和波兰犹太人遭种族灭绝的惨剧知之甚少，是他们的反犹太主义倾向导致他们罔顾如此灭绝人寰的惨剧。在民族主义的认识中，有些事实既可以是真实的，也可以是虚

---

① 《新闻纪事报》建议读者观看新闻纪录片，目睹执行绞刑的全过程，其中还有特写镜头。伦敦《星》报刊登出显然经过核准的照片，照片上是几个通敌叛国的女人，她们浑身赤裸遭巴黎群众痛殴。这些照片与纳粹党刊出的照片惊人的相似，那些照片上是柏林群众痛殴犹太人的场面。——原注

假的,既可以是知道的,也可以装作不知道。如果他们讨厌某事,他们的习惯做法便是将它抛在脑后,不费心思索;如果他们喜欢某事,便会处心积虑仔细讨论,哪怕他自己心里也清楚,这并不是事实。

每个民族主义者心中都萦绕着一种谬误,认为昔日的结局如今仍可改变。他的一部分时光是在一个虚幻的世界中度过的,其中的一切事件都按他自己的意愿进展——例如,西班牙无敌舰队终获胜利;俄国革命在一九一八年惨遭粉碎。如果有可能,他会把这个虚幻世界的碎片拼凑进历史书中。我们这个时代很多宣传家的作品,就是名副其实的伪造。重要事实遭查禁,日期被篡改,引述的内容断章取义被伪造,结果全然不是原貌。凡是民族主义者认为不该发生的事件,就只字不提,最终彻底抵赖。①一九二七年,蒋介石屠杀了数百名共产党人,但没出十年,他变成了左派英雄。他在世界政治格局的重组中走进反法西斯阵营,于是,人们便认为,他屠杀共产党人"不能算数",那事也许压根就没有发生过。当然,宣传的主要目的是影响当代舆论,但改写历史的人心中也许真的相信,他们能往历史中塞进一些新史实。为了让人相信,托洛茨基在俄国革命中并没有发挥有价值的作用,有些人编造新事实非常精心,让人很难认为编造者仅仅是在撒谎。他们很可能认为,自己写的版本才是上帝看到的真相,因而重新调整历史记录是正当的。

分裂的世界各部分间相互封锁,给民族主义者罔顾客观真相造成了便利,也让发现真相变得越来越困难。对极为残暴的事件,人们往往真心感到怀疑。例如,当前战争造成的死亡人数高达数百万甚至数千万,但这么

---

① 一个例子就是匆匆将《苏德协定》从公共记忆中抹去。一位苏联记者告诉我说,展示近期政治事件的苏联年鉴已经不再提起那个协定。——原注

大的数字不可能让人产生计算概念。灾难的报道层出不穷——战争、大屠杀、饥荒、革命，这些报道往往让普通人得到不真实的感觉。普通人没办法对事实取证，甚至不能确信事情是否发生过，从不同渠道传来的解释总是完全不同。一九四四年八月华沙起义的报道孰是孰非？德国在波兰建的毒气室是真是假？孟加拉大饥荒该归咎何人？也许事实真相是可以发现的，但任何报纸的报道都太不正直，难怪普通人听信谣言或者无法提出自己的看法。由于对真相普遍不确定，便很容易产生愚蠢的信念。由于一切都很难证实也很难否定，确凿事实便可受到厚颜无耻的抵赖。此外，尽管民族主义者念念不忘的是权力、胜利、失败和报复，对现实世界发生的事情往往不太感兴趣。他想要的感受，是自己的团体战胜某个别的团体，为此最便捷的途径是驳倒对方，而不是核查事实，看事实是否对自己有利。所有民族主义的争论都局限于辩论比赛的层面，那种比赛从来不可能得出任何结论，因为所有选手无一例外地坚信自己已经获胜。有些民族主义者离精神分裂症不远，他们幸福地生活在权力和征服的梦境中，与现实世界没有丝毫联系。

以上我尽可能分析了形形色色的民族主义的精神习惯。接下来要给不同的民族主义形式分类，当然，这显然不可能全面。民族主义是个庞大的研究课题。我们的世界饱经折磨，种类无法计数的众多幻想和憎恨以无比错综复杂的形式相互交叉，有些极为阴险，却仍未触动欧洲人的意识。在这篇文章中，我关心的是英国知识界滋生的民族主义。与普通英国百姓的情况不同，在这个领域中，民族主义没有与爱国主义混杂在一起，因而可以做比较单纯的研究。下面列出如今英国知识界盛行的民族主义种类，并做必要的评论。虽然有些种类可分属不同类别，但使用三个标题比较方便：

积极的民族主义

1. 新托利主义：典型代表人物是艾顿勋爵、艾伦·帕特里克·赫伯特、G.M. 杨、皮克索姆教授，典型代表文章是托利改革委员会的文件，典型代表期刊有《近代英国回顾》和《十九世纪及未来展望》。考虑到新托利主义的民族主义特征及其与普通保守主义的区别，其真正动力是一种渴望，即不愿承认英国的势力和影响在衰退。有些持现实态度的人们看到英国的军事地位已不比以前，但即使是这种人也往往声称，"英国理念"（往往没有下定义）必须支配世界。所有新托利派都持反俄态度，但有时候其主要焦点是反美。重要的是，这一思想流派在十分年轻的知识分子中比较普及，有时候还在前共产主义者中有市场，这些前共产主义者经历过理想幻灭的过程，看破了共产主义的本质。反英分子忽然变成极端的亲英分子，这是个十分常见的景象。阐释这一倾向性的作家有 F.A. 沃伊特、马尔科姆·马格里奇、伊夫林·沃、休·金斯米尔，在心理学上做的类似研究可以从 T.S. 艾略特、温德汉姆·刘易斯及其诸多追随者的作品中看到。

2. 凯尔特民族主义：威尔士、爱尔兰和苏格兰的民族主义虽有不同点，但在反英定位方面如出一辙。这三个运动的成员虽然继续自称持亲俄态度，但反对战争，其极端分子甚至假装既亲俄又亲纳粹。但并不能将凯尔特民族主义与仇英心理相提并论。凯尔特民族主义的动力是信仰凯尔特人民的过去和未来，具有强烈的种族主义色彩。他们认为，凯尔特人在精神上比撒克逊人优越，因为凯尔特人质朴、有创造力、不粗俗、不势利等，但在这些表面掩盖下的，骨子里却照例是对权力的渴望，其中一个症状就是一种幻想，认为爱尔兰、苏格兰甚至威尔士不需要来自英国的保护，可以独自维持独立。这一流派思想的作家代表有休·麦克迪尔米德和肖恩·奥卡西。

现代爱尔兰作家中，没有一位完全没有民族主义的痕迹，就连叶芝和乔伊斯也不例外。

3. 犹太复国主义：这是个特点非同寻常的民族主义运动，但是，其美国分支似乎比其英国分支态度更激烈，也更有恶意。我将犹太复国主义划归积极民族主义而不是转移的民族主义，因为几乎只有在犹太人中间才盛行。在英国，出于若干颇为不一致的原因，在巴勒斯坦问题上，知识界大多数人亲犹太人，但他们并不抱强硬态度。所有善意的英国人在不赞成纳粹迫害的意义上也是亲犹太人的。但是真正的民族主义忠诚，或对犹太民族先天优越的信念，却难得在非犹太人中存在。

转移的民族主义

1. 共产主义。

2. 泛政治天主教主义。

3. 肤色感。在英国，对"土著"的旧式蔑视态度已经大大减弱了，形形色色强调白人种族优越性的伪科学理论均已遭到唾弃。① 在知识界，肤色感仅以转移的形式存在，换言之，这是一种认为有色人种具有先天优势的信念。如今，肤色感在英国知识界日益常见，也许其成因更多地来自受虐倾向和性挫折感，而不是受到东方人或黑人民族主义运动的影响。即使是在对肤色问题感觉不强烈的人们中，势利和模仿对他们也产生了强有力的影响。听了白人种族比有色人种优越的论调，几乎所有英国知识分子都

---

① 一个好的例子是对中暑的迷信。不久前有人相信，白人比有色人种容易中暑，白人男子不戴遮阳帽在热带阳光下步行不安全。这一理论没有任何根据，却对强调"土著"与欧洲人的差异有佐证意义。战争期间，这个理论被抛弃，军队在热带地区调动均不戴遮阳帽。对中暑的迷信盛行时，在印度的英国医生似乎像外行一样相信确有其事。——原注

会感到愤慨，然而，相反的说法即使他们不同意，也似乎无可非议。对有色人种的民族主义依恋往往与相信他们的性生活优越有关联。有一种私下流传广泛的传说称，黑人的性能力超强。

4. 阶级感。在上层社会和中产阶级的知识分子中间，这种感觉仅以换位的形式存在，即相信无产阶级的优越性。此外，在知识界内部，舆论的压力势不可挡。对无产阶级的民族主义忠诚，以及在理论上对资产阶级的恶意仇恨，不但有可能而且往往在实际上与日常生活中普通的势利感并存。

5. 反战主义。大多数反战主义者要么属于某种宗教派别，要么仅仅是反对生灵涂炭的人道主义者，仅此而已。但是，还有一小批知识分子反战主义者，他们真实却不公开承认的动机显然是仇视西方民主，崇拜极权主义。反战主义者的宣传通常可归结为：一方与另一方同样邪恶，但是，如果仔细研究比较年轻的知识分子反战主义者的文章，便可发现，他们根本不是不偏不倚地表达不赞成，而是受到指使几乎彻底反对英国和美国。此外，他们通常并不谴责暴力本身，仅仅反对用于捍卫西方国家的武力行为。与反对英国不同，他们并不反对俄国采取战争手段捍卫自己，这种类型的所有反战主义宣传都避免提到俄国和中国。此外，他们并不要求印度公开放弃其反英斗争。反战主义者的文件中充满了模棱两可的评论，其隐含的真实意义显然是表示，他们宁愿支持希特勒式的政治家，也不要丘吉尔式的类型，同时还表示，如果暴力不是足够凶残，就是可以原谅的。法国失陷后，法国的反战主义者面对着一种实在的选择，大多数人倒向了纳粹，而英国的反战主义者却用不着做这种决定，在英国，"保证和平联盟"和法西斯主义之间显然存在着一些成员资格重叠的问题。反战主义者曾发表文章赞扬一个法西斯主义的知识之父卡莱尔。总而言之，从反战主义在知识界的组成部分看，难以让人感觉它不是暗地里崇拜权力并为成功采取残忍手段。他们将这一情感依附于希特勒是犯了错误，但重新转移目标是很容易的。

消极的民族主义

1. 仇英心理。在知识界内部，嘲弄英国并对英国持适度敌视态度或多或少算一种时尚，但在很多情形下并非作假。战争期间，知识界表现出失败主义，一直持续到轴心国败局已定的形势明朗化后很长一段时间。新加坡失陷和英国人被驱逐出希腊时，他们中许多人公开表示欣慰。他们听到战争捷报明显表现出难以置信，比方阿拉曼战役①获胜、不列颠之战中被击落的德军战机数目等。当然，英国左派知识分子并不希望德国或日本赢得战争，但他们中许多人禁不住想看到自己的国家遭屈辱，想要体会最终胜利属于苏美而不是英国的感觉。在外交政策方面，许多知识分子的观点遵循一种原则：凡是英国支持的一派就准是错误的。结果，"开明"的观点在很大程度上是保守政策的镜像。仇英心理向来易于逆转，因而出现一种相当常见的景象：一场战争中的反战主义者在下一场战争中就变成了好战分子。

2. 反犹太主义。由于纳粹的迫害，凡是有思想的人必然支持犹太人反对其压迫者，因此目前没有多少证据显示反犹太主义的存在。凡是受过足够教育的人，一听到"反犹太主义"这个字眼，便会理所当然地声称自己与之无涉，所有类别的文献中也都仔细删除了反犹太主义的评论内容。其

---

① 阿拉曼战役，一九四二年十月二十三日到十一月三日，在第二次世界大战时的北非战场上，轴心国司令埃尔温·隆美尔指挥的非洲装甲军团与英国伯纳德·蒙哥马利将军统领的英联邦军队在埃及阿拉曼交战。这场战役以英国为首的盟军获胜而告终。

实,反犹太主义显然十分普遍,甚至在知识分子中也同样普遍,普遍保持缄默的秘密约定也许使之得到了加剧。持左派观点的人也不能免于这种主义,他们的态度有时会受到一种情况的影响,那就是托洛茨基主义者和无政府主义者往往是犹太人。但是,具有保守倾向的英国人接受反犹太主义比较自然,因为他们怀疑犹太人削弱了民族的斗志,淡化了民族的文化。新托利党人和泛政治天主教主义者从来易于向反犹太主义屈服,起码会断断续续发生这种情况。

3. 托洛茨基主义。这个字眼用得非常不严谨,往往包括了无政府主义者、民主社会主义者,甚至包括了自由主义者。我在这里用这个词,指的是主要动机与斯大林政权为敌的教条主义的马克思主义者。要研究托洛茨基主义,最好看一些内容隐晦的宣传册或诸如《社会主义者的呼声》之类报纸,而不必看托洛茨基本人的作品,因为他根本不是个只坚持一种思想的人。虽然在美国或其他地方,托洛茨基能吸引相当大一批追随者,还能发展成一种以他为元首的有组织的运动,但其精神却基本上是消极的。托洛茨基主义者反对斯大林,而共产主义者支持斯大林,与大多数共产主义者类似,托洛茨基主义者的愿望不是改变外部世界,而是想要这场斗争有益于自己一方的声望。持这两种主义的人有同样执迷不悟的单一焦点,同样不能基于可能性形成真正有理性的观点。各地的托洛茨基主义者都是受到迫害的少数派,对他们的指控通常是与法西斯主义者合作,这显然是捏造,也让人们产生了托洛茨基主义在思想上和道德上优于共产主义的印象,但是,至于二者是否有很大的不同却值得怀疑。无论如何,大多数典型的托洛茨基主义者原来是共产主义者,他们都是经过一种左派运动皈依托洛茨基主义的。除非受习惯驱使,所有其他人都是没有突然陷入托洛茨基主义而成为共产主义者的。相反的过程看起来并非经常发生，不过并没有不能发生的明显理由。

在我以上尝试的分类中，好像我往往言过其实，过于简单化，做无根据的假想，未考虑一般正派的动机。这实在是不可避免的，因为在这篇文章中，我的尝试是分离出并识别我们思想中都存在的种种倾向性，这类倾向性让我们的思想堕落，却并不一定以单纯的形式出现，也不一定连续发生。此刻纠正我不得不过分简单化的描述是重要的。第一，谁也无权假定每一个人，甚至每一位知识分子都受到了民族主义的影响。第二，民族主义可以是间歇出现的，而且范围有限。一个有知识的人或许部分屈从于一种信念，也清楚这么做是荒诞的，于是会在很长一段时间把这种信念排除出去，只有在愤怒时或感情用事的时候才会故态复萌。第三，人可能在非民族主义动机下善意地接受一种民族主义的信条。第四，若干种民族主义，甚至若干种相互冲突的民族主义可能在一个人身上同时存在。

在以上整个讨论过程中我说"民族主义者做这事"或"民族主义者做那事"，这么说的目的是为了阐述极端且近乎疯狂的民族主义者，在他们的思想中没有中间地带，除夺取权力的斗争外对任何事物都不感兴趣。其实，这种人相当普通，不该受到枪弹的对待。在现实生活中，人们必须对抗艾顿勋爵、D.N. 普里特、休斯敦夫人、埃兹拉·庞德、范西塔特勋爵、库格林神父及其余那帮枯燥的人，但他们的智力缺陷几乎用不着明确指出。没人对偏执狂感兴趣，虽然逝去的岁月具有一定的除臭效果，但心胸狭隘的民族主义者写的书仍不值一读。一旦承认民族主义并未在所有地方占上风，也认识到有些人的判断仍未受其欲望摆布，那么许多紧迫的问题就可以在合理的平台上讨论，下面这些问题从来没有真正讨论过：印度、波兰、巴勒斯坦、西班牙内战、莫斯科审判、美国黑人、苏德协定等。艾顿、普里特、库格林等人及其追随者都张着大嘴巴，一遍又一遍吼叫着同样的谎言，他们显然是些极端的例子，但是，假如我们不保持清醒，便可能受到蒙蔽，失足与他们同流合污。让我们敲响警钟踩碎几个爆米花吧（用不着怀疑，那不过是些爆米花而已），因为最公正和蔼的人也有可能突然被转化成其堕落的党羽，一心想战胜对手，对自己在此过程中撒过多少谎、犯过多少逻辑错误都漠不关心。反对布尔战争①的劳埃德·乔治曾在下院宣布说，如果统计起来，英国官方报告中宣称消灭的布尔人数超过了布尔民族的总人数。根据记录，亚瑟·贝尔福②一听，当下跳起身，高喊："无赖！"听到这种话很少有人能保持心平气和，这就像一个黑人受到一个白种女人斥责，一个英国人听到一个美国人对英国的无知批评，天主教护教论者听到有人向他提起西班牙无敌舰队，大家做出的反应必然大同小异。这就像戳向民族主义神经的一根刺，知识分子的体面立刻荡然无存，历史可以篡改，最直白的事实也可以受到抵赖。

假如一个人内心藏匿着一种民族主义的忠诚或仇恨，即使在一定意义上是正确的，某些事实也难以让他承认。我举几个例子。下面我列出五种类型的民族主义者，对应每种类型，我附上一个事实，这个事实是那种类型的民族主义者无法接受的，即使在他心灵深处也无法接受：

英国托利主义者：这场战争结束后，英国的国力和声誉都将衰退。

---

① 布尔战争（Boer War），英国人和布尔人（今称阿非利卡人或阿非利堪人）之间为了争夺南非殖民地而展开的战争。
② 亚瑟·贝尔福（Arthur James Balfour, 1848—1930），一九〇二年至一九〇五年出任英国首相，第一次世界大战中任海军大臣和外交大臣。

共产主义者：假如没有受到英国和美国的援助，苏联会被德国打败。

爱尔兰民族主义者：只有在英国保护下，爱尔兰才可能保持独立。

托洛茨基主义者：斯大林政权受到苏联群众的接受。

和平主义者：一个人只有别人代他施暴，才会"放弃"使用武力。

只要没有投入某种情感，上述所有事实都非常明显。但是，每个事实却是每种类型的人所无法忍受的，他们不能不抵赖这些事实，而谬论也正是基于他们的抵赖。我返回到对目前战争所做军事预测的惊人失误上。我认为，知识界对战争进程的预测比普通百姓还不靠谱，这是因为他们的看法受党派情结的影响而摇摆。比如说吧，一般左派知识分子相信，英国会在一九四〇年战败，德国必然在一九四二年侵占埃及，日本绝对不会从征服的领土上被赶出去，英美对德轰炸不会撼动德国。他们之所以相信这类说法，是因为他们对英国统治阶级充满仇恨，因而不愿承认英国的计划能够成功。人受到这种情感的影响，要吞下的愚蠢苦果就多得没有限度了。我曾听过一种言之凿凿的说法，称美军应邀来到欧洲，并不是要与德国作战，而是要粉碎英国的革命。要相信一种说法，就必须成为知识界的一分子，那种说法是：普通人全是大傻瓜。希特勒入侵俄国时，英国新闻部发布了一个"作为参考"的警告称，预计俄国可能在六个星期内被打垮。而共产主义者却认为，在战争的每个阶段俄国都打了胜仗，但俄国人却被迫几乎撤退到里海地区，数百万士兵沦为战俘。没有必要举更多的例子了。问题是，只要存在恐惧、仇恨、嫉妒和对权力的崇拜，真实感就变成癫狂。我已经指出过,是非之心也变得错乱了。只要是"我们"一方的作为，就不是不可饶恕的罪行，绝对不是。哪怕并不抵赖有过这样的罪行，哪怕自己心里清楚，曾在其他场合谴责过与此相同的罪行，哪怕以知识分子的良知承认那是不公正的,但仍然不会感到那是错误的。有了忠诚,同情心就没了。

至于民族主义的出现及蔓延的原因,这实在是个太大的问题,无法在此讨论。我们只能说,在英国知识分子中出现的民族主义形式,是外部真实战争中可怕战役的扭曲反映,其恶劣透顶的罪恶从来是试图粉碎爱国主义和宗教信仰。如果有人追随民族主义的思路,便有陷入一种保守主义的危险,或者有陷入政治无为主义的危险。例如,有人可以振振有词地称,爱国主义本来就是从民族主义中衍生出来的,这话甚至有可能是对的,还有人声称,君主政体可以防止独裁统治,有组织的宗教可以防止迷信行为。或者还可以声称,毫无偏颇的观点是不可能存在的,所有信条和事业同样都难免涉及谎言、愚蠢和残暴,这常常作为完全不参与政治的理由。虽然当今世界上凡被视为知识分子的人可以在不关心政治活动的意义上称自己置身政治之外,但我不接受这个论点。我认为人不可能不从事政治(我指的是这个词的广义),而且人不可能没有偏好,换言之,人不可能不认为某些事业从客观上讲优于其他事业,即使受到同样恶劣的手段推动也是如此。至于我上面谈到的民族主义热忱和憎恶,不论我们是否喜欢,都是我们大多数人不可分割的组成部分。我不知道是否有可能摆脱这种情感,但我相信,与之做斗争是有可能的,而这种斗争在本质上是一种道德努力。首要的问题是发现自己究竟属于哪种类型,自己的真实情感是什么,然后体谅不可避免的偏见。假如你憎恨并恐惧苏联,假如你嫉妒美国的财富和国力,假如你鄙视犹太人,假如你在英国统治阶级面前有自卑感,就不可能仅靠思索摆脱这种情感,但你至少可以承认自己有这种情感,防止其污染你的思维过程。情绪冲动既是无法逃避的,在政治行动中也许还是必要的，因此应当能与接受现实的思想并存。不过我要重申，这需要做出道德努力，涉及我们时代所有主要问题的当代英国文学显示出，愿意做出这种道德努力的人实在少之又少。

一九四五年五月《论战》

贾文浩　贾文渊　译

英国式谋杀的衰落

时间是星期天下午,最好是在战前。妻子已在小沙发上睡着了,孩子们给打发出去痛快地遛弯去了。你把双脚搁到了长沙发上,鼻梁上戴好了眼镜,打开《世界新闻报》。烤牛肉和约克郡布丁,或者浇苹果调味汁的烤猪肉加上羊油布丁,然后是一杯可以说是结束美餐的深褐色浓茶,使你感到十分心满意足。你的烟斗在美滋滋地吸着,沙发靠垫软软地垫在你的身下,炉火正旺,空气暖和温馨。在这幸福的环境中,你想要读的新闻是什么?

自然,是关于一起谋杀案的新闻。但是哪一种谋杀?如果你考察一下那些给了英国公众最多乐趣的谋杀案,那些几乎人人都知道大概经过,而又经星期日报纸反复炒来炒去的谋杀案,你就会发现其中大多数发生谋杀案的家庭都极为相像。我国发生谋杀案的伟大时期,也就是说我国的伊丽莎白时期,大约是在一八五〇年和一九二五年之间,凶手的声誉经受了时间的考验的有如下几个:勒其莱的帕尔默医生,开膛手杰克,奈尔·克里姆,梅布里克太太,克里本医生,西顿,约瑟夫·史密斯,阿姆斯特朗,拜瓦特斯和汤普森。此外,在一九一九年左右,还有一桩十分有名的案子符合总的模式，但是我最好不要举出名字，因为被告已宣布无罪开释。

在上述九起案件中，至少有四起已被作为根据，写成成功的小说，有一起改成受人欢迎的情节剧，而以报纸报道、犯罪学论文、律师和警官的回忆等形式围绕这些案件的文字材料足足可以建个相当大的图书馆。很难相信英国最近发生的犯罪有任何一起会这么长久、这么清晰地被记住，这不仅是因为国外的暴力事件的残暴使得谋杀似乎相形见绌，而且是因为流行的犯罪类型似乎已有变化。战争年代中主要的著名案件是所谓下巴颏儿案件，如今已写成一本流行小书；该案件的审判实录去年也由耶罗兹公司出版，贝契霍弗·罗伯茨先生写了序言。这一可悲又可鄙的案件只是从社会学，也许还有法律的观点来看有兴趣，在回到这一案件之前，先让我来说明一下，星期日报纸的读者百无聊赖地说，"如今你似乎碰不上一起令人回味的谋杀案了"，这话是什么意思。

在考虑我上面所提到的九起谋杀案时，你可以一开始就把开膛手杰克一案另列在外，它本身就自成一类。其他八起中，六起是毒杀案，十个罪犯之中有八个属于中产阶级。除了其中两起以外，所有的谋杀案中，不论以这种方式或者别的方式，性是一个非常有力的动机，而在至少四起案件中，想要保全体面——在生活中求得一个安稳的地位，或者不想因为诸如离婚这样的丑闻破坏你在社会中的地位——是犯罪的主要原因之一。在半数以上的案件中，目的是为了弄到一定的已知数量的金钱，诸如遗产或保险赔款，但是所涉金额几乎都是很小的。在大多数案件中，罪行都是慢慢地才败露的，那是由于邻居或亲戚产生怀疑而引起周密调查的结果；在几乎每个案件中，总是有某种戏剧性的巧合，可以清楚地看到老天爷的干预，或者没有一个小说家敢大胆设想的一种插曲，例如，克里本带着女扮男装的情妇飞越大西洋，或者约瑟夫·史密斯在他的一个妻子淹死在隔壁屋子里的时候，用风琴弹奏"我的主啊，向你更加走近了"。所有这些犯罪的背景，除了奈尔·克里姆的以外，基本上都是家庭内部；十二个被害者中有七个是凶手的妻子或者丈夫。

心中有了这些做底，你就可以设想，以《世界新闻报》读者的观点，什么样的谋杀案是"完美无缺"的谋杀案。凶手必须是一个专业阶级的小人物——比如说牙医或者办案律师——在郊区什么地方过着极其体面的生活，最好是住在一所半独立的房子里，这样邻居就可以隔墙听到可疑的声音。他不是保守党当地支部的主席，就是新教派和禁酒派领袖。他是因为对自己的女秘书或者职业上的对手的妻子怀有非分的恋情而误入歧途的，在同自己的良心经过长期而可怕的斗争后才终于决心不惜犯罪。在决定要谋杀后，他设计了极其狡猾的计划，只是在某一个琐细的没有预料的细节上犯了错。当然，所选择的手段应该是毒药。归根结底分析起来，他犯谋杀罪是因为在他看来这比起被察觉通奸似乎是不那么丢人，对他的事业不那么有害。有了这种背景，这桩罪行就可以有戏剧的甚至悲剧的性质，使它令人难忘，并且使人对被害者和凶手都感到同情。上面所提的犯罪大多数都有一些这样的气氛，而且，在其中三起案件中，包括我只提到而没有指名道姓的那一起，故事大致接近我所概述的。

现在比较一下下巴颏儿谋杀案。在这起案件中没有感情的深度。两个有关的人一起犯了这起具体的谋杀案几乎纯属偶然，他们没有再犯别的更多案件完全是我们运气好。案件的背景不是家庭内部，而是舞厅的平淡生活和美国电影的错误价值观。两个罪犯中一个是名叫伊丽莎白·琼斯的十八岁前女招待，一个是名叫卡尔·赫尔顿冒充军官的美军逃兵。他们在一起只有六天，在他们被捕以前很可能甚至不知道对方的真实姓名。他们是在一家喝茶的地方偶然相识的，那天晚上偷了一辆军用卡车去兜风。琼斯自称是跳脱衣舞的。这严格来说并不确实（她在这方面只表演过一次，并不成功），她还说要做一件危险的事，"比如做杀手姘妇"。赫尔顿自称是芝加哥巨匪，这也不准确。他们见到一个在路上骑自行车的姑娘，为了显示自己有多狠，赫尔顿开车把她撞死，然后两人抢了那姑娘身上的几个先令。接着一次，他们撞倒了他们假装让其搭车的姑娘，剥下了她的大衣和手提包，把她扔进河里。最后，他们极其随便地杀害了一个正好口袋里有八英镑的出租车司机。此后不久，他们就分了手。赫尔顿被捕了，因为他十分愚蠢，把那辆车子留下自用，琼斯自动向警方坦白招供。在法庭上，两个罪犯互相揭发。在犯罪的间歇，他们两人的行为似乎都十分麻木不仁，他们把出租汽车司机的八英镑用在赛狗上。

从那姑娘的信件中看，她的案件能引起一定的心理学方面的兴趣，但是这桩谋杀案之所以在报上作为头条新闻刊登是因为它给法兰西战役期间"嗡嗡弹"袭击下的焦虑生活带来调剂。琼斯和赫尔顿是在V1型火箭的嗡嗡声中犯下罪的，在V2型火箭①的嗡嗡声中定罪。当时引起了很大的轰动——在英国这已成了很平常的事——因为男的判了死刑，女的判了徒刑。据雷蒙德先生说，琼斯的轻判引起了普遍的愤慨，抗议电报如潮水般涌向内政大臣。在她的家乡，墙上刷了"应绞死她"的大标语，旁边还贴了一具吊在绞刑架下的死尸的图画。考虑到20世纪里英国只绞死过十名妇女，而且这一刑罚因民意一致反对而基本上已不再实行，很难不觉得这种要求

---

① V1型火箭是德国发明的无人驾驶火箭，一九四四年六月起袭击伦敦，伦敦人叫它"嗡嗡弹"。V2型火箭于一九四四年九月起袭击伦敦。

绞死一个十八岁姑娘的呼声，一部分是由于战争造成的残忍化作用。的确，这整个无谓的故事以及它的舞厅、电影院、廉价香水、假名字、偷来的汽车等的氛围，基本上都是属于战争时期的。

也许有意义的是，近年来最为人津津乐道的英国谋杀案竟是由一个美国人和一个部分美国化的英国姑娘犯的。但是很难相信，这个案件会像以前的那种家庭毒杀戏剧那样为大家长期流传，后者是一个稳定的社会的产物，在这种社会里，到处都左右一切的伪善至少能保证，像谋杀那样严重的犯罪应该有强烈的感情作为动机。

一九四六年二月十五日《论坛报》
董乐山　译

泡一杯好茶

如果你随便打开一本烹调书,查一下"茶",你就会发现里面没有提到它,或者至多你会找到寥寥几句的指点,而没有对好几个最重要的方面做什么说明。

这是令人很觉奇怪的,不仅因为茶是我国的,也是爱尔兰、澳大利亚、新西兰的文明的重要支柱之一,而且因为最理想的泡茶方法是引起激烈争论的话题。

我查了一下自己记的最佳泡茶方法,发现重要的方面不下十一条。也许其中两条可以得到普遍赞同,但其中至少有四条是会引起激烈争论的。下面是我归纳的十一条,我认为每一条都是金科玉律:

首先,你应该选用印度或锡兰茶叶。中国茶叶有今天不应轻视的优点:它便宜,可以不加奶就喝,但不够刺激。你喝了以后并没有感到人聪明了一些,勇敢了一些,或者乐观了一些。任何人凡是使用"一杯好茶"这句令人舒服的话时,都毫无例外地是指印度茶叶。其次,茶应该少量地泡,这就是说用茶壶。用茶桶泡的茶总是没有味的,而军队里喝的用铁锅泡的茶带有油腻味和漂白粉味。茶壶应该是瓷器或者陶器制的。银器或铜器泡的茶不好，搪瓷的更差；但奇怪的是锡器茶壶（如今已是稀品）泡的茶却不错。第三，茶壶应该事先预热，最好放在开水架上，而不是像一般那样用热水涮一涮。第四，茶应该浓。可装一夸脱水的壶里，如果把水将近装满，那么满满六茶匙的茶叶差不多。在目前配给时期，这个想法不是每天都能实现的，但是我认为，一杯浓茶胜过二十杯淡茶。真正爱喝茶的不但爱喝浓茶而且一年比一年喝得浓——这个事实在领养老金的老人多得一份配给上就得到了承认。第五，茶叶应该直接放入壶中。不要用过滤纸或茶叶袋等东西把茶包起来。在有些国家里，茶壶口挂有小篮子不让茶叶渣掉到茶杯里，他们认为茶叶渣不好。实际上，你可以咽下去，再多也不会有不良结果，如果茶叶在壶里不是散开的，它们就泡不透。第六，你应当把茶壶提到开水壶那里，而不是倒过来。在倒开水时水应该还是开的，这意味着你在倒水时开水壶仍在火上。有人还说，你应该只用刚开的水，但我从来没有注意到这有什么不同。第七，茶泡了以后，你要搅拌它，或者最好摇一摇茶壶，然后让茶叶沉淀。第八，你应该用早餐杯喝茶，就是圆柱形的杯子，不是浅浅平平的杯子。早餐杯盛得多，用别种杯子盛茶，你还没有好好开始，茶就凉了一半。第九，在倒牛奶之前要把奶油撇掉，奶油太多，牛奶就有不好的味道。第十，应该先把茶倒在杯里。这一点是最引起争议的一点，在这个问题上，每个英国家庭都有两派意见。先倒牛奶派可以提出一些相当有力的论点，但是我认为我自己的论点是驳不倒的。那就是，先倒茶，而且一边倒一边搅拌，你就可以把牛奶的分量控制得恰到好处，而反过来很可能把牛奶倒多了。

　　最后，除非你是喝俄国式的茶，喝茶不应该放糖。我知道得很清楚，在这一点上我是少数派。但是我的看法仍是，如果你在茶里放糖，破坏了茶的味道，你怎么能说自己是个真正爱喝茶的？你也同样可以放胡椒或者盐呀。茶原来是要喝苦的，正如啤酒要喝苦的一样。如果你加甜，你就不是在尝茶味了，你是在尝糖味；你把糖放在白开水里照样可以制出一种十分相似的饮料来。

有人会答称，他们不喜欢茶的味道，他们喝茶只是为了暖身和刺激，他们需要加糖去掉茶的味道。对这些想法错误的人我建议，喝上两个星期不放糖的茶，很有可能你就不会再用糖加甜来破坏你的茶的味道了。

在喝茶方面所引起的争论不仅以上几点，但这足以说明这件事有多少讲究。还有围绕着茶壶的神秘的社会礼貌问题（例如，为什么把茶倒在茶杯的托碟上喝被认为是粗野的），对茶叶渣的附带用途还有不少可以写的，比如借此算命、预告客人来访、喂养兔子、治疗烧伤、擦洗地毯等。像预热茶壶和用刚开的水泡茶这样的细节，是值得加以注意的，以便确实做到把你的配给量泡出二十杯浓浓的好茶。两盎司的配给量泡得得法是应该泡出二十杯的。

一九四六年一月十二日《旗帜晚报》

董乐山　译

观蟾随想

燕儿尚未春归，水仙仍未绽放，傲霜的雪莲盛开不久，大蟾蜍便以自己的风范迎接春天的到来了。它们钻出蛰伏了一冬的地洞，尽快爬进最近的适宜水洼。把它从冬眠中唤醒的也许是大地的一个战栗，也许仅仅是温度微微上升，不过有些蟾蜍看来睡过了头，错过了应该苏醒的时间。我不止一次在仲夏季节从泥土里刨出过活生生的蟾蜍。

由于长期禁食，蟾蜍苏醒后，神色很有些宗教意味，活像个大斋期结束前的虔诚国教徒。它的动作软弱无力，不过目的性明确，它的身体萎缩，相比之下两只眼睛大得出奇，特别引人注目。我这才注意到，蟾蜍的眼睛大概是所有生物中最漂亮的，就像灿灿黄金，更准确地说就像有人用在戒指印章上的金色亚宝石，我想那种宝石的名称叫金绿宝石。

蟾蜍钻进水洼后，会一连几天吞食小昆虫，全神贯注于恢复体力。不久，它便膨胀起来，恢复了正常体型，接着便进入一个性亢奋期。雄蟾蜍一心一意要伸出两条前腿抱住任何东西，伸给它一根小棍或手指头，它就会紧紧抱住，力气大得让人吃惊，过了挺长时间，它才恍然意识到，原来不是雌蟾蜍。人们常常会看到十几只或二十几只蟾蜍挤作一团，一只抱住另一只,雌雄难辨。不过,它们会渐渐形成一对对伴侣,雄蟾蜍趴在雌蟾蜍背上。这时就能分辨出雌雄了,雄蟾蜍个头小,颜色较深,趴在上面,两条前腿紧紧抱住雌蟾蜍的脖子。一两天后,雌蟾蜍开始产卵,一串串长长的卵泡在芦苇之间的水面上漂出去,很快就看不见了。几个星期后,水面上便充满了一群群小蝌蚪。它们成长迅速,先是身体上萌发出后腿,不久又生出前腿,尾巴渐渐消失。最后,在仲夏时节,新一代蟾蜍长成了,它们的个头比人的拇指指甲还小,但已经是标准的蟾蜍模样,从水中爬出,开始新一轮的生命循环。

我谈起蟾蜍产卵孵化,因为这是春天最深深吸引我的一个现象,还因为蟾蜍跟云雀和报春花不同,从来没有激发过诗人们的赞美。我意识到,许多人不喜欢爬行动物或两栖动物,我并不建议人们为了享受春光去关注蟾蜍。在春天,人们尽可以欣赏番红花、黑刺李、獭鹬鸟、杜鹃等。我只想说,人人都能享受春天带来的愉快,不需要付出任何代价。即使是在最肮脏的街道上,春天也会留下自己的印迹,要么是在烟囱之间露出湛蓝的天空,要么是残垣断壁上一根老枝萌发出嫩绿。即使是在伦敦市中心,各种生命也在自然生息,令人感慨。我见过一只茶隼盘旋在德特福德市的煤气厂上空,我在伦敦尤斯顿路听到过一只乌鸫鸟美妙的歌喉。住在这方圆四英里区域内的鸟儿,就算没有数百万只,也准有数十万只。让人感到欣慰的是,它们都不需要支付一分钱的房租。

春天到来时,即使英国银行周边狭窄阴郁的街道也无法阻挡它的脚步。春的气息会渗透到所有地方,就像能透过各种过滤器的新型毒气。人们常常称春天是"奇迹"。在过去五六年里,这个用滥的比喻又重获新生。近年来,熬过几个不祥的严冬后,春天的到来的确像个奇迹,因为人们变得越来越不敢相信春天真的会到来了。自从一九四〇年后,每年二月我便不由自主地想,这年冬天恐怕要严寒永驻了。但珀尔塞福涅就像蟾蜍一样,总是在同样的时刻重回人间①。到了三月底,奇迹突然就发生了,我居住的贫民窟陋巷骤然变得春意盎然。前面的交叉路口处,落满煤烟灰的女贞树丛已经变成鲜绿色,栗子树叶日益茂密,水仙花已经盛开,桂竹香开始萌芽,警察身穿的蓝色紧身制服看上去也让人愉快。鱼贩子接待顾客面带微笑,就连麻雀也感受到了浓郁的春天气息,不但换上了颜色不同的新羽毛,还自去年九月以来第一次壮起胆子在水中扑腾洗澡。

　　享受春光和其他季节变化难道有什么不道德吗?换个准确点的说法:人们都禁锢在资本主义的枷锁中呻吟,或者说本该呻吟才对,但因为听到一只乌鸦在歌唱,看到十月的榆叶变成金黄,或者因为不必花钱就看到其他自然现象,也不必从左派报纸称作阶级观点的角度看自然现象,便感觉生活有时还比较值得过下去,难道在政治上该受谴责吗?无疑,许多人认为该受谴责。根据经验我知道,我在文章中用赞许的口吻提到"自然",有可能招致书面辱骂,尽管这类来信的关键字眼通常是"故作多情",但似乎混杂着两种看法。一种看法是,现实生活中的任何乐趣都会助长政治无为主义。按照这种看法,人应该不满足现状,我们的任务是放大自己的需求,而不是简单地提高对已有事物的享受层次。另一种看法是,如今是个机器的时代,想要表现与机器不同,甚至贬低机器的统治地位,不仅是

---

　　① 珀尔塞福涅,希腊神话中宙斯之女,被冥王劫持娶作冥后。传说她每年返回人间与母亲德墨忒耳生活六个月,在此期间万物生长。

保守和反动的，而且还有点可笑。提出这两种看法的人还常常辅以陈述，说热爱自然是城里人的一种癖好，却根本不知道自然有怎样的真实面目。文章会辩论说，凡是要跟土地打交道的人并不热爱土地，除了严格意义上的利用，也不会对鸟儿或花儿产生哪怕一丁点儿兴趣。要热爱乡下，就要居住在城镇，仅仅在一年温暖的时候偶尔趁周末去乡间闲逛。

可以证明，最后这种看法是错误的。例如，包括民间歌谣在内的中世纪文学就满含乔治王时代对大自然的热爱，中国和日本等农业国的艺术总是围绕着树木、鸟儿、花卉、河流、山峦等主题。前一种看法在我看来以巧妙的手腕掩盖着错误。我们当然不该满足现状，也不能仅仅从艰难的现实中找乐子，然而，假如我们毁掉现实生活中的一切乐趣，我们该为自己怎样的未来做努力？如果一个人连春回大地都不欣赏，到了无须多少劳动的乌托邦理想国又怎能感到幸福？人如何利用由机器干活节省出来的闲暇时光？假如我们的经济和政治问题真正一劳永逸得到了结局，生活会变得简单而不是更复杂吗？我们观赏第一朵报春花的愉悦心情会超过听着沃立舍钢琴奏出的曲子吃冰激凌的感觉吗？对此我从来抱着怀疑态度。我认为，保持一颗童心，热爱树木、鱼儿、蝴蝶和我刚才首先提到的蟾蜍，才更有可能创造和平美好的未来，我还认为，一味宣扬除了钢筋混凝土什么也不值得欣赏的观念，比较确定的结果是，让人的剩余精力无处宣泄，以致心中积蓄起仇恨，搞起领袖崇拜。

无论如何，即使是在伦敦北一区，春天也已经到来，他们不能阻止人欣赏春景。这个想法让人感到惬意。有很多次，我驻足观看蟾蜍交配，观望两只野兔在玉米苗间嬉戏，心里想到所有那些重要人物，只要你们没有生病，没有挨饿，没有受到牢狱之灾，没有被关押在集中营，春天仍旧是春天。原子弹正在工厂里囤积，警察正在城市里搜寻，高音喇叭正大声散布着谎言，但是地球仍然围绕太阳运行，独裁者或官僚尽管不赞成，却无力阻止这个进程。

一九四六年四月十二日《论坛报》
贾文浩　贾文渊　译

文学的防卫

大约一年前,我参加了诗人、散文家、小说家俱乐部的一次会议,会议主题是纪念弥尔顿的《论出版自由》发表三百周年。值得铭记的是,那篇文章当年是以小册子形式发表的,目的是捍卫出版自由。提前印发的会议内容传单上印着弥尔顿的名言:"杀害"一本书是犯罪。

有四个人在会议讲台上发了言,其中一个人在发言中谈论了出版自由,但仅与印度的出版自由有关;另一个发言人讲话时态度犹豫,出语非常笼统,说自由是件好事;第三个人在发言中抨击了与文学中淫秽内容相关的法律;第四个人的发言大部分内容是关于抵御苏联肃反运动。在会场的谈论中,有人回应了淫秽问题及相关法律,另外一些讨论的内容简直是在歌颂苏联。与会者似乎普遍认可道德自由,即在出版物中坦率讨论性问题的自由,但人们绝口不提政治自由。出席那次会议的数百人中也许半数直接从事写作生涯,但没有一个人提出出版自由问题,而出版自由的最基本含义是批评和反对的自由。引人瞩目的是,发言者中谁也没有引用传单上宣称纪念的内容,也没有提到战争期间在英国和美国遭到"杀害"的各种书籍。结果,那次会议的实际效果等于是赞成出版审查制度。

这一点本来没什么特别让人惊讶的。在我们这个时代，思想自由受到来自两个方面的攻击。一个方面是理论上的敌人：极权主义的辩护者，另一方面是实践中直接的敌人：垄断和官僚主义。凡是想要保持自身正直的作家或记者，虽不会真正受到迫害，但会在社会的总舆论趋势冲击下受挫折。对他不利的情况是报刊集中掌握在少数富有的人手中，电台和电影受到垄断控制，公众又不愿花钱买书，于是，凡是要挣钱糊口的作家，几乎全都不得不靠出卖粗制滥造的作品来维持生计。英国新闻部和英国文化委员会一方面帮助作家维持生活，另一方面又浪费他们的时间，干预他们的观点。十年来持续的战争环境也造成任何人无法逃避的扭曲效应。我们时代的一切因素都像是联合起来搞密谋，将作家和所有其他门类的艺术家变成了小官吏，按高层下达的主题创作，绝对不能说出自己看出的全部真相。但是，在与这样的命运抗争中，他们得不到自己一方的帮助，也就是说，没有大的舆论体系让他确信自己的观点是正确的。过去，至少在整个基督教改革的几个世纪中，反叛的观念和知识分子正直的观念是不可分割的。不论是政治上的、道德上的、宗教上的还是美学上的异端，都是不愿违背自己良知的人。他们的观点在一首信仰复兴运动的赞美诗中得到了归纳：

敢于做个但以理[①]
敢于独自坚持

---

① 但以理，《圣经》中记载的一位先知，在巴比伦传讲天国福音，受诬告，王下令杀之。上帝显灵救但以理，王遂宣布但以理所信是真神。事见《圣经·旧约·但以理书》第六、七章。

敢于坚守目标

　　敢于公开表示。

　　要将这首赞美诗用于当代，就得在每行前面添个"不"字。因为我们的时代有个独特性：凡是反抗现存秩序者，也是个人正直观念的叛逆，至少大多数反抗者的典型特征是这样。"敢于独自坚持"在思想上属于犯罪，在实践中会遭遇危险。作家和艺术家的独立性受到不明确的经济力量侵蚀，同时还受到本该是捍卫者的暗中破坏。我在此关心的是第二种情况。

　　思想自由和出版自由通常会受到攻击，但攻击的论点不值得费心去讨论。凡是有演讲经验或辩论经验的人都知道，用不着把那种事情挂在心上。我不准备在此讨论那种人所共知的论点，说什么自由是个幻想，要么称极权国家的自由比民主国家还多。我要讨论的是更加似是而非、更危险的主张，称自由不受欢迎，称知识分子的正直是反社会利己主义的一种形式。虽然这个问题的其他方面通常是讨论的热点，但是，对言论自由和出版自由的争议却是这类辩论或撒谎的本质。争论的真正焦点其实是有权真实报道当代事件，还是坚持无知、偏见以及每一位观察者必然感到痛苦的自欺。我这么说，好像在说，仅仅是文学的一个分支纯报告文学才与之有关系，但接下来我要讨论到，同样的问题在文学的每一个层面，也许还包括艺术的每一个层面，都或多或少存在，只不过形式有细微的不同。与此同时，有必要剥离通常一揽子讨论的不相关问题。

　　与思想自由为敌的人总是设法讨论纪律与个人主义的矛盾，而真实与虚假的问题却尽量深藏不论。虽然辩论的侧重点可能多种多样，但他们总是给拒绝屈从的作家贴上利己主义者的标签，要么指责他把自己关在象牙塔中，要么指责他出风头表现自己的个性，要么指责他死抱不该享有的特权对抗势不可挡的历史潮流。天主教徒和共产主义者都认为，其对手不可能既诚实又睿智。他们心照不宣地声称，"真理"已经被揭露，持异端邪说者不是个彻头彻尾的傻瓜就是心底里意识到了"真理"，只是出于自私的动机与之对抗。在共产主义者的文学作品中，对思想自由的攻击通常掩盖在"小资产阶级的个人主义""十九世纪自由主义幻想"等雄辩面具下，还滥用"浪漫主义"和"感情用事"等字眼。由于这些字眼没有明确的含义，所以难以做出回答，以这种方式搞的论战偏离了真实问题。人们会接受共产主义者的论点：纯粹的自由仅仅存在于无阶级社会，只有为实现这样一种社会而工作，才最接近自由。最开明的人往往会接受这个论点。假如接受了这一点，就等于接受了一种没有事实根据的说法，即共产党本身的目标就是建立一个无阶级的社会，在苏联这一目标正在实现。假如允许第一点做第二点的条件，那么对常识和尊严的攻击就没有什么不正当了。但与此同时，辩论要点却闪烁其词避开了。思想自由意味着报告所见所闻所感的自由，而不是被迫捏造虚构的事实和情感。人们都熟悉抨击"逃避主义""个人主义""浪漫主义"的长篇大论，但那些论调仅适用于辩论策略，其目的是企图让曲解的历史看起来值得尊敬。

十五年前，要保护思想自由，就要反对保守派、天主教徒以及在英国未成气候的法西斯主义者，今天则要反对共产主义者及其"同路人"。虽然不该夸大一小批英国共产党人的直接影响，但是，苏联神话对英国知识生活的毒化效果却不容置疑。由于这种效果，已知事实受压制或受歪曲，竟然到了怀疑该不该书写我们时代真实历史的程度。我从数百个可引用的事例中举一个出来。德国被打垮时，竟然发现人数众多的苏联人在为德国打仗，毫无疑问，这些背叛祖国的人大多数并无政治动机。此外，数目不多但比例不容忽视的苏联战俘和难民拒绝返回苏联，至少其中不少人被遣返回国是违背了他们本人的意愿的。现场许多记者了解这些事实，但英国报纸几乎从未报道过。与此同时，英国的亲苏宣传分子继续为苏联在一九三六年至一九三八年搞的肃反和驱逐公民出境活动正名，声称苏联"没有卖国贼"。谎言和误传的迷雾掩盖了乌克兰大饥荒、西班牙内战、苏联的波兰政策等主题。这些谎言和误传并非完全出于故意的不诚实，而是由于那些作家或记者完全同情苏联。俄国人恰恰想要他们表现出的这种同情，也默认他们故意歪曲重要问题。我手边就有一个非常罕见的宣传册，是马克西姆·李维诺夫在一九一八年写的，内容提纲挈领地勾画了俄国革命的最新事件，没有提到斯大林，但高度赞扬了托洛茨基、季诺维也夫、加米涅夫和其他人。假如思想最审慎的共产党人看了这个宣传册，会产生什么态度？我看他们充其量会采用蒙昧主义的态度，说这是个不受欢迎的文件，最好禁止。假如出于某种原因决定对这个宣传册断章取义修改后发行，诋毁托洛茨基，插进斯大林的内容，保持忠诚的共产党人就不会抗议了。近年来，几乎与这种情况一样恶劣的伪造一直在进行，但重要的不是这种事情在发生，而是知识界的全部左派明知这种情况，却并未做出反应。要求讲真相的论点不是"不合时宜"，就是"受到某人指使"，总之让他们感到无法回答，很少有人为谎言导致的前景操心，他们容忍谎言刊登在报纸上，写进历史书中。

极权国家惯于搞有组织的撒谎，这并不是有时声称的类似军事迷惑般的权宜之计，而是极权主义整体中的组成部分，即使集中营和秘密警察部队不再需要，这种做法仍会继续。在知识分子中的共产党员中间，私下流传着一种传说，称苏联政府如今不得不应付谎言宣传、诬陷审判等谬误，并正秘密记录真相，会在未来某个时候公布。我相信，我们可以肯定不会发生这种情况，因为这种活动暗示的是开明历史学家的心态，这样的历史学家相信过去不容改变，正确的历史观理所当然是有价值的。然而从极权主义者的观点看，历史是个能够重新创造的事物，不该照原样接受。极权国家本质上就是神权国家，其统治集团为了保持统治地位，就要让人认为他们是不会犯错的。但由于任何人在实践中都要犯错，就需要不断重新调整过去已经发生过的事件，以便显示出并没有犯这样那样的错误，或者真的取得过这样那样的胜利。每一次重大的政策改变都需要相应地改变信条，相应地揭露著名历史人物。这种事情随处可见，但显然更可能导致对社会的彻底歪曲，因为在那种社会中，任何一个特定的时刻只允许有一种观点。实际上，极权主义要求不断地改变过去，长此以往，也许就该要求怀疑客观事实本身了。在这个国家，极权主义的朋友们通常倾向于争论说，由于绝对真理是不可能得到的，一个大谎言并不比小谎言更恶劣。他们会指出，一方面所有历史记录都存在偏见，都不准确，另一方面，现代物理学已经证明，我们看上去是真实的世界，其实不过是个幻觉，因此，相信凭感觉得到的证据，纯粹是一种粗俗的市侩主义。一个成功维持下来的极权社会也许要建立起一个精神分裂的思想体系，在这个体系中，常识的法则在日常生活和某些严格的科学中仍然有效，但这种法则不会受到政客、历史学家和社会学家理睬，已经有很多人认为，篡改科学教科书是可耻的，却没觉得篡改史实有什么不对。正是在文学与政治的交汇点上，极权主义专家对知识分子施加着极大的压力。迄今为止，严格的科学并未受到同样程度的威胁。这在一定程度上说明了，在所有国家，科学家比作家更拥护自己国家的政府。

为了正确看待这种情况，我重复一个本文开始时说过的内容：在英国，诚实和思想自由的直接敌人是报界的老爷、电影业的巨头以及各级官僚。但是，从长远的观点看，知识分子本身追求自由的愿望减弱是最严重的病症。好像我这么长时间以来一直在谈论的，不是整体文学作品的审查制度，而仅仅是政治新闻的审查制度。姑且认可苏联问题构成了英国报界不容讨论的禁区，认可诸如波兰、西班牙内战、苏德协定等问题不容认真讨论，如果掌握了与盛行的正统说法相左的信息，要么该歪曲它，要么别谈论它——姑且认可所有这一切，那么，为什么广义上的文学会受到影响呢？难道每一位作家都是政客？难道每一本书都必然是一部纯粹的"报告文学"作品？即使在最严厉的独裁统治下，难道作家自己的思想不能保持自由，不能保持并伪装自己的非正统思想，避免让当局发现吗？无论如何，如果作家本人赞同盛行的正统思潮，为什么会感到受压迫呢？在没有主要观点冲突、艺术家与观众之间没有明显差别的社会中，文学或任何形式的艺术难道最有可能繁荣吗？难道应该假定，每一位作家都是反叛者，甚至假定这样的作家是个不正常的人吗？

只要尝试捍卫自由思想，抵御极权主义的主张，就会遇到某种形式的这种问题。这类问题是基于对文学性质的彻底误解，也许还应该说，是基于对文学为什么会存在的彻底误解。要提出这种问题，等于是假定作家若不是个艺人就是个廉价捉刀人，可以像个街头拉手风琴卖艺的人改变曲调一样，随时从一种宣传路线转向另一种。那么，书究竟是怎样让人写下的？文学作品只要超越相当低俗的水准，就是一种通过记录生活体验试图影响同时代人观点的尝试。在表达自由方面，一位普通记者与极端"非政治"

的虚构文学作家之间没有很大的不同。一位记者被迫撒谎或缄口不说出自己认为重要的新闻，他就没有自由，也会感觉不自由；一位作家不得不歪曲他认为逻辑属实的主观感觉，这位虚构作家也是不自由的。他可能扭曲现实或讽刺现实，为的是清晰表达自己的意思，但他不能歪曲自己心中的景象，不能言之凿凿地说，喜欢自己并不喜欢的事物，或相信自己并不相信的东西。假如他被迫这么说，唯一的结果就是他的创作能力行将枯竭。真正不涉及政治的文学是不存在的，至少在我们这样的时代不存在，因为在这个时代，每个人意识中的恐惧、憎恨、对某种政治类型的忠诚几乎都表面化了。哪怕仅仅是一种禁忌，也可能对思想产生全面的严重后果，因为危险一直存在，任何可以自由追随的思想都可能引向遭禁止的思想。由此产生的结果是，极权主义环境对任何散文作家都是窒息性的，不过诗人或许有可能顺畅呼吸，至少抒情诗人有这种可能。在极权主义的存在超过两代人的任何社会里，过去四百年来一直存在的散文文学实际上必然终结。

有时，文学在专制主义政体中也会兴盛，但是，人们常常指出，昔日的专制主义并非极权主义。专制主义的压制手段向来无能，其统治阶级通常腐败而冷漠，观点有一定的开明性质，而且盛行的宗教教义通常不赞成完美主义及人类一贯正确的观念。尽管如此，散文文学在民主及思想自由时期达到了最高水准，这在很大程度上是真实的。极权主义的新特征是其信条不但变幻无常，而且不容挑战。不接受这种信条，就得接受诅咒，但是，这种信条会随时发生即兴修改。想想英国共产党人或"同路人"对英—德战争形形色色相互矛盾的观点吧。一九三九年九月以前，他们一连几年准是让"纳粹恐怖"折腾得烦恼不堪，把以前的颂扬文章通通改写成谴责希特勒。一九三九年九月以后的二十个月里，他们不得不相信，德国犯下的罪过比受到的罪恶对待要少,"纳粹"这个字眼再也不能在他们的词汇里出现,至少不能在印刷材料中出现。听完一九四一年六月二十二日早八点的新闻公报,他们立刻就得再次相信,纳粹是世界上有史以来最可憎的恶魔。政客做这种改变容易,作家要变,情况就不同了。假如他在同样的时刻改变自己的效忠对象,要么必须背着自己的主观感觉撒谎,要么不得不完全遏制自己的主观感觉。不论采取哪种选择,他都会毁掉自己的创作活力,不但灵感不会涌上心头,而且使用的词语本身也显得牵强。在我们的时代,政治文章几乎完全是用预先构建的短语搭配起来的,就像孩子们的零件装配玩具。这是自我审查不可避免的结果。要用平易有力的语言写作,就要具有无畏的思索环境,如果能做无畏的思索,在政治上就不可能正统。盛行的正统思想若属长久存在而且人们并不过分在意,本来可以形成一个"信仰的时代"。在那种情况下,有可能,或者说或许有可能让人的思想在很大程度上保持不受正式信念的影响。即使如此也该注意到,在欧洲仅有的一个信仰的时代,散文文学也几乎消失殆尽。在整个中世纪,几乎没有富有想象力的散文文学作品,历史内容的作品也非常少,社会的思想领袖们在表达自己最严肃的思想时,使用的也是一千年没什么变化的死语言。

极权主义可望开启的不是个信仰的时代,而是个精神分裂的时代。一个社会的结构变成虚设,统治阶级失去社会功能只靠武力或欺诈把握政权,这个社会就变成了极权社会。不论这样的社会维持多久,都绝对不会持宽容态度,也不会得到思想上的稳定。这种社会绝对不允许记录事实真相,也不允许文学创作中必不可少的真挚情感。但是,不生活在极权国家也会受到极权主义的感染,仅仅是某种观点的盛行,就足以传播某种毒素,让一个又一个主题无法用于文学目的。无论是在哪里,只要有一种强制推行的正统思想——在实践中往往推行两种这类思想——优秀文学作品便告终结。西班牙内战充分说明了这一点。在许多英国知识分子看来,那是一场让人荡气回肠的体验,但那种体验却不能让人真诚书写,因为它只允许作家表达两种事情,两种都是明显的谎言,结果,那场战争后涌现出大量作品,但皆不值一读。

还不能肯定极权主义对诗歌的影响是否同样致命。在独裁社会,一系列的原因造成诗人比散文作家容易感觉轻松自在。首先,官僚和其他"讲求实际"的人们通常特别蔑视诗人,对他们说的话不怎么感兴趣。其次,诗人说的话,或者他的诗歌"含义"若翻译成散文,相对而言微不足道,即使在他自己看来也不重要。一首诗常常只包含简单的思想,其主旨并不会超过一幅画主要反映的意趣。一幅油画是画笔刷痕的组合,一首诗则是声音和联想的组合。在叠句等短小的片段中,诗歌甚至完全没有意义,因此诗人可以轻松远离危险主题,避免表达异端观点,就算真的表达了,也不会引起人们的注意。更重要的是,优秀诗歌与好的散文不同,诗歌不一定是个人的作品,如叙事诗等某些种类的诗歌属于框架结构形式,可以由一批人合作完成。古代英格兰和苏格兰的叙事诗,起初是由一个人创作的还是由全体人民创作的,这一点尚无定论,不过在口口相传过程中,内容不断发生变化,从这个意义上讲,肯定有集体的参与。同一首叙事诗的两个印刷版本从来不同。许多原始人都是集体创作诗歌的。某个人即兴创作,可能是在乐器伴奏下即兴表演,第一位诗人一时语塞,其他人便插进来补充一两个诗行或韵脚,表演过程便继续下去,最后整个一首歌或叙事诗成形了,却无法确认作者是何人。

在散文创作中,就不可能有这种亲密合作。内容严肃的散文至少必须由个人独自创作，而令人兴奋的集体参与创作其实只能是帮助创作某种诗律。即使是在审查最严厉的政权统治下，诗歌也有可能存在，也许还是优秀的诗作，不过不会是水平最高的作品。即使是自由和个性已经绝灭的社会，也仍需要爱国歌曲和英雄主义叙事诗，要么用于庆祝胜利，要么用于煞费苦心地恭维谄媚。这种类型的诗歌可以按订单生产，也可以共同创作，其产品不一定缺乏艺术价值。散文则是另一回事，因为要散文作家压缩自己的思想范围，就不能不扼杀他的创作性。极权主义社会史或接受极权主义观点的人群史显示，失去自由对各种文学形式都有害。希特勒当权时，德国文学几乎完全消失了，意大利的情况也大同小异。从译文判断，苏联文学自从革命初期以来已经恶化，不过，一些诗歌的水平显得比散文略好。即使有些苏联小说可以认真看待，但过去十五年中经过翻译的也很少。在西欧和美国，文学界相当大一部分人不是有参加过共产党的经历，就是热情赞颂共产党，但是整个"左倾"运动中创作的值得一读的作品却少得特别可怜。此外，正统天主教对某些文学类型有粉碎性效果，对小说的效果尤其如此。在三百年间，有多少人既是优秀小说家，又是虔诚的天主教徒？有些主题是不允许用文字来描述的，暴政就属于这类主题。没有任何人写过一本赞扬宗教法庭的好书。诗歌或许能在极权主义时代幸存，某些艺术门类或建筑设计等带有一些艺术性质的行业甚至能得到暴君的赞助，但是散文作家别无选择，只能选择保持沉默或死亡。我们所知道的散文文学是理性主义的产物，是基督教几个世纪文化的产物，是有独立意志的个人的产物。摧毁了思想自由，记者、社会学作家、历史学家、小说家、批评家和有相同思想的诗人就成了残废。在未来，有可能兴起一个新的文学类别，不掺杂个人情感或真实观察，但这种类别目前还无法想象。更可能的情况是，自从文艺复兴以来我们生活其中的自由文化一旦终结，文学艺术也将随之消亡。

当然，印刷会继续得到使用，至于僵死的极权社会中何种读物能幸存，我们推测一下也颇为有趣。在电视技术达到更高水平之前，报纸看来会继续存在，但是除了报纸，工业化国家的人民大众是否感觉还需要别的文学门类，这就值得怀疑了，至少他们不愿为文学支付与其他消遣同样的花销。也许小说和故事会让电影和广播产品完全取代。或许某些低俗的惊险或煽情小说能幸存，那类作品是用传送带方式生产的，将人类的主观能动性降到了最低限度。

要让机器写书，大概在独创性方面超不过人类。但是在电影和广播、广告和宣传节目的制作过程中，在新闻业的下游制作过程中，已经能看到一种机械化加工过程了。例如，迪士尼影片的制作过程基本上是一种工厂生产流程，其生产部分由机器做，部分由艺术家团队完成，艺术家的个性必须服从团队精神。广播特写通常由心怀厌倦的写手撰写，节目主题和题材的处理方式均事先得到授意，即使如此，他们撰写的作品也仅仅是半成品，要经过制作人和审查人员砍削加工。政府委托书写的无数书籍和宣传册也是这样。短篇故事、系列故事、廉价杂志上的诗歌等更像机器加工的产品。像《作家》这样的报纸上，有大量文学学校的广告，所有这类学校都出售现成的情节，每个只要区区几先令。有些学校不但出卖情节，还提供每个章节开始和结尾的句子。另外一些学校则提供一种类似代数公式的框架，让人用来自行构建情节。还有一些学校拥有一匣匣的卡片，分别标着人物和情景，要自动制造出有独创性的故事，只要像洗扑克牌一样打乱重组即可。在极权主义社会，假如仍感到需要文学，很可能就是以这样的方式制造出来的。写作过程中要消除想象力，甚至要在可能的范围内消除意识。图书出版要由官僚们在其总路线中做计划，写作过程要经过很多人的手，等到作品完成时，就像从装配线上造出来的福特牌汽车，根本不是个人的产品。不言而喻，这样制作的文学产品只能是垃圾，但不是垃圾的东西会危及国家结构。至于昔日流传下来的文学作品，则要么予以压制，要么先经过精心改写。

好在极权主义在任何地方都没有取得完全胜利。我们自己的社会从广义上讲仍然是自由的。要行使自己的言论自由权，就必须与经济压力做斗争，与强大的舆论做斗争，好在尚无须与秘密警察部队做斗争。只要愿意采用偷偷摸摸的方式，还是可以说任何话、发表几乎任何内容的。不过，我在这篇文章开始的时候说过，最具灾难性的是，对那些刻意与自由为敌的人，自由本该最有意义。广大公众无论什么都不在乎。他们不赞成迫害持异端邪说者，可他们也不费心捍卫他们。他们一方面太理智，另一方面又太愚蠢，无论如何都不可能接受极权主义的观点。对知识分子尊严的直接而有意识的攻击来自知识分子自身。

亲苏的知识界如果还没有屈从于苏联的独特神话，便有可能屈从于另一种大同小异的神话。但是，无论如何苏联的神话是存在的，其腐败散发出臭气。看到受过高等教育的人们对那里的镇压和迫害漠然观望，会不由感到惊愕，不知道哪种情况更该受到鄙视：是他们的犬儒主义，还是他们的短视行为。例如，许多科学家不加分析地崇拜苏联。他们似乎认为，毁灭自由无关紧要，只要自己眼下的行业不受影响就行。苏联是个发展迅速的庞大国家，对科学工作者有着强烈的需求，因而慷慨对待他们。只要他们不搞诸如心理学这样的危险专业，科学家们就是享有特权的人们。而作家却要受到严厉的迫害。不错,就像伊利亚·爱伦堡或阿列克谢·托尔斯泰一类文学娼妓的确挣得了巨额金钱,但是,对这种作家唯一有价值的东西却被夺走了——他们的言论自由。科学家们满腔热情谈论着科学家在苏联享有的机会,他们中至少有一部分人能理解上述这一点,但他们的反应似乎是:"作家在苏联受到迫害。那又怎么样?我并不是作家。"他们并不明白,对思想自由和客观真理的任何一种攻击,终究会威胁到每一个思想分支。

目前,极权主义国家容忍科学家是因为需要他们。即使是在纳粹统治下的德国,除犹太人种外,科学家受到的待遇相对优厚,德国科学界作为整体并没有反对希特勒。在这个历史阶段,就连最专制独裁的统治者也被迫重视物理现实,部分原因是自由思想习惯仍然存在,部分原因是备战的需要。只要物理现实不能完全受忽视,只要在诸如绘制一架飞机的蓝图时二加二必须等于四,科学家就有其功能,甚至可以允许他们享有一定程度的自由。他的觉醒来得比较晚,到时候极权主义国家已经根深蒂固了。与此同时,假如科学家想要捍卫科学的正直,就该与文学同行建立某种团结关系,而不是在不准作家们讲话或把他们逼到自杀的边缘时,或者在报纸系统地篡改真相时,采取漠不关心的态度。

我在上面设法展现出未来的前景。假如思想自由消亡了,不论物理科学或音乐美术和建筑设计会如何发展,文学注定要遭灭顶之灾。凡是保留着极权主义结构的国家,不仅其文学要消亡,而且凡是接受极权主义观点、为逃避迫害找借口并篡改真相的作家,都要毁掉自己作为作家的根本。这是别无选择的。任何反对"个人主义"和"象牙塔"的长篇大论,任何称"真正的个人主义只能通过认同集体的方式获得"等陈词滥调都绕不开一个事实:被收买的思想是变质的思想。除非在某一时刻产生自发性,否则不可能有文学创作,语言本身也会变得与现在完全不同,到头来人们也许不得不学会将文学创作与知识分子的正直区分开来。目前,我们只知道,想象力就像头狂暴的野兽,不可能在囚禁的牢笼中繁殖。不论是作家还是记者,只要抵赖这个事实(目前对苏联的所有赞颂几乎都包含或隐含着这种抵赖),其实就是在主动要求毁掉自己。

一九四六年二月《论战》第二期

贾文浩　贾文渊　译

图书在版编目（CIP）数据

狮子与独角兽 /（英）奥威尔著；董乐山，贾文浩译.
– 北京：北京燕山出版社，2015.1
ISBN 978-7-5402-3710-3

Ⅰ.①狮… Ⅱ.①奥…②董…③贾… Ⅲ.①散文集—英国—现代 Ⅳ.① I561.65

中国版本图书馆 CIP 数据核字（2014）第 266551 号

狮子与独角兽

［英］乔治·奥威尔 著
董乐山　贾文浩　贾文渊 译
责任编辑 / 尚燕彬　臧晓雅
装帧设计 / 小　贾　张　佳

北京燕山出版社出版发行
北京市西城区陶然亭路 53 号　邮编 100054
全国新华书店经销
北京盛源印刷有限公司印刷

开本 880×1230　1/32　印张 9　插页 8　字数 208,000
2015 年 4 月第 1 版　2015 年 4 月第 1 次印刷

定价：35.00 元

版权所有　盗版必究